風に舞いあがるビニールシート

森 絵都

文藝春秋

風に舞いあがるビニールシート　目次

装画　ハヤシマヤ
装丁　池田進吾（67）

風に舞いあがるビニールシート

器を探して

まもなく発車いたします、と最終案内のアナウンスがホームに鳴りわたると、弥生は「ごめんなさい、着いたら、また……」と口早に言い置いて、携帯電話をコートのポケットへ忍ばせた。後ろ髪を引かれる思いで新幹線の乗車口に足をかけたものの、背後ですっとドアの閉まる気配がすると、どうせ後戻りはできないのだからと逆に心が鎮まった。

高典はさぞかし憮然としていることだろう。岐阜？　美濃焼？　なんだよそれ。やぶからぼうにどういうこと？　しかも、よりによってこんな日に……。電話の声はあきらかに混乱していたし、やぶからぼう、なんて芝居じみた言いまわしを彼がするのは機嫌を損ねているときだ。

むりもない。弥生すらその朝、今日にでも美濃焼の器を探しに行ってほしいとヒロミに言われたときには、あまりの唐突さに混乱もしたし憤《いきどお》りもした。

「三日後に例のプディングの撮影があるでしょう。あれ、器は美濃焼でいったらどうかしらって、急にひらめいたのよ。桃の節句にちなんだ企画だし、和と洋のコラボレーションっていうのかな、こう、桃の果実をふんわり抱いた鉢みたいなイメージなんだけど、東京じゃほら、焼物も品数がかぎられてるじゃない。辻ちゃん、ちょっと本場でよさそうなの見繕《みつくろ》ってきてくれない?」

朝一番、店の事務室で顔を合わせるなり「よろしくね」と出張費入りの封筒を突きつけられた弥生は、しかし、高典とは違ってはなからどこかで観念してもいた。

予兆はあった。ヒロミがこのところ危険な信号を放っているのは察していた。なにかが弥生に降りかかるのは時間の問題だった。はたして今回はなんだろう。テレビで紹介された幻のバターを北海道まで買いつけに行けというのか。ヒロミの知人がメガホンを握る映画村の撮影所まで焼き菓子の差し入れに行けというのか。新作ケーキに用いる上質のメープルシロップをはるばるカナダまで物色に行けというのか。

むしろ国内でよかったと考えるべきかもしれない、と徐々にスピードを上げていく新幹線の中、おぼつかない足取りで座席を探しながら弥生は思う。スタイリスト任せにはしない器へのこだわりはヒロミの身上の一つだし、桃のプディングは人気料理誌の特集ページを飾る大事な仕事でもある。ヒロミが力を入れているのは百も承知だし、「つやのある静けさ」「慎ましやかな華」「無機質な色気」等々、例によって抽象的ながらも彼女が今回の器に求めているイメージもわからないではない。

解《げ》せないのは、なぜその器が美濃焼でなければならないのか、だった。仮に美濃焼であるべき必然性があったとしても、なぜそれをクリスマス・イヴの朝にひらめいたりするのか、だ。

イヴの昼間に東京を発つ新幹線の車内はむんわりとこもっていて、それはエアコンのためだけではなく、普段よりも心なしかくどめの香水臭が座席の方々から鼻孔に忍び入ってくるせいのようにも思えた。乗客の誰もが普段より三割増しのおしゃれをし、三割増しの化粧をし、あるいは三割増し入念に髭を剃って誰かのもとへ向かっているかのような。頭上の棚にも今日ばかりは特別に大事なものばかりがひしめきあっている気がする。

無論、気がするだけの話で、現実はそれほど悠長なものでもないだろうけれど。

指定の座席を見つけた弥生は隣席の女性にちらりと目をやってから、手前の通路側に腰かけた。それからふと首をもどして、もう一度、ちらりと目をやった。視界のはしにとらえた妖《あや》しい光の出所は、隣席の女性が広げるファッション誌だった。

「華麗なるサクセス――ただ飛ぶのではなく、美しく羽ばたくために」

そんな見出しのもと、シャネルの赤いスーツを悠然と着こなした女が笑んでいる。なまめかしくうるんだ黒目がちの瞳。整形疑惑を醸《かも》すほどの鼻筋。ほどよく物欲しげな唇。生来こまやかな肌には三十代の半ばをすぎた今も尚、年相応という概念に抗《あらが》う若々しさと色気が同居している。

偶然だな、と弥生は誌面から顔をそむけながら思い、いやべつにそんなこともないか、とすぐにまた思いなおした。テレビや雑誌、新聞などで伊形ヒロミを見かけるのは、このところめずらしいことではない。「時の人」と騒がれはじめた二年前から、飽くことなくマスコミは彼女に群がり、ヒロミもまた飽くことなくそれに応えている。マスコミ対応は消耗する。本業に専念すべきだ。そんな忠言はどこ吹く風で、ヒロミは露出をすればするほど美しくなり、陽を浴びた果実のように熟《う》れていく。そんな彼女の陰で奔走して早十年になる弥生は、しかし、こんなことがいつまで続くのだろうと最近とみに不安になる。

　窓ガラスの向こうをすりぬけていく景色は冴えない鉛色で、ながめていても紛《まぎ》れるどころかかえって気が滅入った。ホワイトクリスマスをもたらすには少々目方不足の薄雲が空一面を覆い、延々とつらなる鈍い色調の家並みが大地を埋めている。どこまで走っても、どこへもたどりつけそうにない閉塞感――。

　かじかんだ手がぬくもるのを待ってポケットから携帯電話をとりだすと、案の定、話半ばに置き去られた高典からのメールが届いていた。

〈最初で最後、一度だけ言うよ。僕かあの女か、どちらかを選んでくれ。こんなことは言いたくないけど、今回ばかりは我慢も限度。今夜は本当に大事な話があったんだ。君もわかっていたはず。高典〉

　ひと月前に左薬指のサイズを尋ねてきた高典の、瞳の定まらない照れくさそうな、それでいて誇らしげな顔を思いだし、弥生は胸をうずかせた。聖夜にフレンチレストランでプロポーズ。まるでバブル時のトレンディドラマのような計画を高典は隠そうとしなかったし、弥生にしても当然、心の準備はしていた。そしてヒロミまでもがその甘やかな空気を嗅ぎつけていたからこそこんなことになってしまったのだと、弥生は高典への返事を思いあぐねながら深々と吐息した。

　弥生がヒロミと知りあったのは二十代の頭、洋菓子職人をめざして全日制の製菓学校へ通っていた頃だった。卒業を目前にしながらも就職先を決めかねていた弥生に、学校の講師が「おもしろい女性がいるから、会ってみないか」と話を持ちかけてきたのだ。ヒロミはその当時二十八歳で、にもかかわらずパリの某有名洋菓子店で五年間の修業を積んだ経歴と、自由が丘に自分の店をかまえるだけの資金を持ちあわせていた。言うまでもなく大変なお嬢様で、指定された日時に南青山の自宅マンションを訪ねた弥生は、その生活臭のかけらもない3ＬＤＫにヒロミがたった一人で暮らしていることにまずは仰天させられたものだった。

「アンテナショップっていうのかしら、まずは手始めに自由が丘で勝負をかけてみようと思ってるの。私の味がどこまで通用するのか、小手調べっていうのかしらね。小さな店舗だし、スタッフはアルバイトで十分だけど、一人か二人は信頼できる社員も採りたくてね、誰かいい人いないかしらって沢口さんに相談したのよ。そうしたら、優秀な生徒さんとして真っ先にあなたのお名前があがったってわけ」

「いえそんな、優秀だなんて……」

「でもあなた、学校側の紹介する就職先をのきなみ蹴ってきたそうじゃない。理想の高いこだわり屋だって、沢口さんがおっしゃってたわ。私の店がお眼鏡にかなうかどうか、よかったらその理想っていうのを聞かせてもらえるかしら」

初対面のその日から、会話をはじめた瞬間から、驚くべき握力で主導権をさらっていくのがヒロミのやり方だ。相手の思惑や困惑などは無視して、力業《ちからわざ》で自らのペースへ引きずりこんでしまう。

「いいえ、そんな理想だなんて……ただ、学校の紹介してくれるところは全国的なチェーン店とか、有名なホテルとか、大きなところばかりだったので。私、できればそういう企業ではなくて、小さな、でも本当においしいお菓子だけを提供するお店で働きたいんです。手作り感のある温かいお店。そこにしかない味を求めて遠くからお客さんが集まってくるような、一番大事な誰かに贈りたくなるような、そんなお菓子を作りたいんです」

いかにも二十歳そこそこの娘が口にしそうな抱負――しかし弥生は本気で、しかも必死だった。ヒロミの発する強烈なパワーに、その香るような美貌に圧倒され、しゃべればしゃべるほどに自分が弱くてつまらないものになっていくような焦燥と闘っていた。

そんな思いを知ってか知らずか、ヒロミは無言で温めたカップにアールグレイをそそぎ、弥生の話が一段落するのを待って、苺のショートケーキとともにさしだした。

小ぶりのスポンジとクリームを幾層にも積みあげた円柱形のケーキ。繊細なフリル状のクリームをたっぷりとあしらったその頂《いただき》では、なにやらべつの果実と見紛《みまが》うほどに大きな、つやつやの苺が完璧なシルエットを象《かたど》っている。視界が一気に華やいだ。まるでテーブルを照らすキャンドルのようだった。緊張で口のからからだった弥生でさえ、アールグレイに手を伸ばすよりも早く、気がつくとフォークを握っていた。

一口含んで、泣きたくなった。昔から、あまりにもおいしいものと出会うと、弥生は泣きたくなる。生まれてきてよかった。そうつぶやくと周囲は大袈裟と笑うけれど、「食」とは人類に最も手短な、そして平等な満足と幸福をもたらす賜《たまわ》りものであると信じている。

目の前のケーキは極上の賜りものだった。なによりもその軽さが弥生の舌を驚かせた。クリームはもとより、スポンジまでもが軽い。素材のすべてが一瞬のうちにとろけて絡みあい、ぽわんと頭を惚《ほう》けさせるような甘味で口いっぱいをうるおす。そしてまた一瞬のうちに後味も残さず消えるから、今のは一体なんだったのかと、すぐにまたフォークをさしのべずにはいられない。幾度それをくりかえしても、依然としてそれはつかみどころのない、正体の知れない味のままだった。夢や幻のようだった。

「これは、どちらでお求めになったんですか」

思わず声にした弥生は、すぐに自分の失言に気づいて顔中をほてらせた。

「ごめんなさい、あんまり綺麗で、おいしかったものですから。その、市販のケーキみたいっていうか、いいえ、市販のケーキにも全然劣らないっていうか……」

言えば言うほど深みにはまっていく。

萎縮しきった弥生を、しかしヒロミは愉快そうにながめながら微笑んだ。

「ねえ、お客さんが遠くからこの味を求めて集まってきてくれると思う？」

弥生は迷わずうなずいた。確信があった。この味は無数の人を誑《たら》す。無数の舌を酔わせて虜《とりこ》にさせる。二十数年間を生きてきた中で、これほど強い確信を抱いたのは初めてだった。

「もちろんです。きっと想像もつかないほど大勢のお客さんが集まってきます」

「一番大事な誰かに贈ってくれると思う？」

「もちろんです」

「私と一緒にお店を支えてくれる？」

いた。

「もちろん……」

よろしくね、と最後まで聞かずに右手をさしだしたヒロミは、すでに頼もしいボスの顔をしていた。

その翌月にオープンした自由が丘のケーキショップ「ラ・リュミエール」は弥生の理想通りの小世帯で、常時四人もスタッフがいれば切りもりしていける店舗サイズでありながらも、ヒロミは開店三ヶ月後に早くも厨房スタッフを増員する必要に迫られた。スイーツ特集のさかんな雑誌やTV番組でとりあげられたこともあり、ヒロミの生みだす摩訶《まか》不思議な味わいは瞬く間に全国の甘党を魅了、店先につらなる人々の列は日増しに延びていき、商品の製造が追いつかない状態に陥ったのだ。あげく、長蛇の列が近隣商店の不興を買って、ラ・リュミエールは結局二年と経たずに青山へ店舗を移すことになった。ヒロミの小手調べは期待以上の成果とともに幕を閉じたのだ。

子供服ブランドの自社ビルを買い取って改築した青山の新店舗は、自由が丘時代のそれとは比較にならない規模を誇り、三階建てのビルにはケーキショップのみならず、イートインの可能なティールーム、応接室、事務室、スタッフ用の休憩室、ヒロミ専用のバスルーム付き店長室——と、あればあったで便利なすべてがそなわっていた。無論、なければないで自由が丘時代はなんとかやってこられたわけであり、すでにそこは弥生の理想とする「小さくて温かみのあるお店」ではなくなっていた。にもかかわらず、店を移るという発想が弥生に芽生えなかったのは、もはや完全にヒロミの生みだすケーキの虜《とりこ》になっていたせいだろう。

弥生はヒロミのケーキを信奉した。信者が布教に奔走するように、この良きものを一人でも多くの人に届けたいと願った。そのためにより大きな店舗が必要ならば致しかたない。

ここにたしかな幸福がある。手を伸ばせば誰もが簡単に触れられる。その触感を、香りを、味わいを全身でむさぼれる。努力も我慢もいらない。投資も貯蓄もいらない。学歴も資格もキャリアも関係ない。このわかりやすい小さな幸福を弥生は信奉した。

ヒロミから新店舗の主任の冠を与えられ、大幅な昇給を約束されたことも、弥生をラ・リュミエールに留まらせる一因であったことは否めない。青山の新店舗には二十人以上のスタッフが常勤し、中にはヒロミと同年代のベテラン組もいたけれど、ヒロミは弱冠二十三歳の弥生を片腕として抜擢したのだ。

が、しかしそれはヒロミの味の後継者としてではなく、あくまでも与《くみ》しやすい便利屋としてだった。日々の仕入れや売りあげの管理。店内の備品チェック。シフト表、及び顧客リストの作成。新人スタッフの面接と教育。ヒロミの苦手な雑事はなにもかも弥生にまわってきた。自由が丘時代は日々厨房を駆けまわっていた弥生にとって、一度もオーブンをのぞけないままに暮れていく日が増えていくのはむなしくもあったが、ヒロミのケーキを世に広めるという大いなる使命を前にして、そんな個人的感傷はとるにたらないものだと自分に言いきかせた。

ヒロミと出会った時点で、弥生はすでに自分個人の夢など放棄していたのだ。将来は自分の店を持ちたい。オリジナルのケーキを流行らせたい。学生時代に抱いていたそんな野心は、ヒロミの絶対的な才能を前に完膚なきまでに打ち砕かれていた。

人にはそれぞれの持ち分がある。そう割りきって以降、弥生はひどくせいせいした境地にまで至り、ヒロミの黒子《くろこ》として店を支えていくことに誇りと生き甲斐を見いだしていたのだった。

一体この町のどこに美濃焼の器があるのか？

それが、多治見駅の改札から一歩、足を踏みだした弥生の正直な感想だった。

東京から名古屋まで、新幹線のぞみで約一時間半。中央線の快速に乗り継ぎ、さらに三十五分。弥生が目的の地へ到着したのは午後二時を少々まわった頃だったが、ごく一般の地方都市といったその駅まわりにいくら目を凝らしても、想像していた店影や看板を捉えることはできなかった。「美濃焼の里」等の謳《うた》い文句はもとより、陶磁器関連の広告も目につかない。

悪い予感を覚えつつ、ひとまずはタクシーで十五分ほどの美濃焼卸センターをめざしたものの、多治見随一の品揃えを誇るそこで扱われている陶磁器の大方は業務用に量産された食器類で、ヒロミの期待に添える一品は見つかりそうになかった。弥生は改めて事前のリサーチ不足を悔やんだ。

なにしろ時間がなかった。ヒロミに出張を命じられてから出発までの三十分、弥生は店のパソコンで美濃焼関連のウェブサイトを片っぱしからチェックした。結果、美濃焼とは岐阜県東濃西部の多治見市・土岐《とき》市・瑞浪《みずなみ》市等で焼かれた陶磁器の総称であることを知ったまではいいが、その広範な生産地のはたしてどこを訪ねればいいのか判然としない。多治見を選んだのはたんに関連サイトの数が最も多かったからであり、弥生はそれらをプリントアウトして鞄に忍ばせはしたものの、所詮それは「インターネットで三十分」の資料にすぎなかった。

　弥生が焦っていたのには理由がある。少しでも早く現地へ到着し、少しでも早く東京へもどりたかった。七時に予約している広尾のレストランには間に合わないにせよ、今晩中にせめて高典のマンションへ顔くらいは見せに行きたかった。

「あの、多治見で今、美濃焼のお店が一番多い界隈にお願いしたいのですが」

　現地の情報はやはり現地の人間に訊くのが最も手っ取り早い。美濃焼卸センターから再び乗りこんだタクシーの中で弥生が運転手に尋ねると、「うーん。本町のオリベストリートくらいかなあ」と、返ってきたのはあまり景気の良くない声だった。

「まあ一応、そこが陶磁器店のメインストリートってことになっているんですがね、しかし今じゃ開いてる店も少ないですよ。陶磁器産業はもう不況もいいところで、ばたばたつぶれましたから」

「え」

　一瞬、多治見は土岐や瑞浪との美濃焼抗争に敗れたのかと絶望しかけたが、どうやらそれほど単純な話でもないらしい。

「土岐も瑞浪も似たようなものです。昭和三十年代にこのあたり一帯で窯の燃料革命が起こりましてね、それまでの石炭が石油にとってかわった。それで一気に窯が進化して、陶磁器の大量生産が可能になったんです。しかしね、そんなに陶磁器を仰山作ったところで、消費量はかぎられているでしょう。結局、大量生産によって逆に需要と供給のバランスが崩れて、零細企業が足の引っ張りあいをはじめたわけですな。美濃焼自体の質や技術は向上しているのに、産業としてはもう、どうにもこうにも……」

タクシー運転手の言うとおり、古い町並みを貫くオリベストリートは全盛期のにぎわいを想像できないほどに閑散としていて、焼物めあての観光客の影など片手にあまるほどだった。とはいえ、焼物の町としての面影が完全に失われたわけでもなく、若手作家の作品を集めたギャラリー的なショップと、業務用の陶磁器を扱う古参の商店がぽつぽつと散在している。一軒一軒を訪ねてまわる中には目を引く品も多く、弥生はここでなら撮影用の器も見つかりそうだと胸をなでおろした。

早速、数ある中から候補をしぼりこみ、携帯電話のカメラに収めていく。一口に美濃焼と言っても、織部、志野、黄瀬戸、赤絵、三彩、天目、青磁、などとその形式は多様で、それぞれにまったく異種の造形と色彩をそなえている。中から弥生が候補に選んだのは、三点——花びらを思わせる景色がほのかに浮いた志野の平鉢と、朱一色の繊細な縁取りがほどこされた赤絵の丸皿、そして翡翠《ひすい》のように静かな透明感をたたえる青磁の輪花鉢だった。平鉢と丸皿は桃の節句にしっくりとそぐいそうだし、硬質な肌合いの青磁はプディングのやわらかさを逆に引き立ててくれそうな予感がする。弥生なりに頭を悩ませた末の選択だったが、しかし、結論からいうとヒロミはそのすべてを却下した。

「だめだめ、どれも主張が強すぎる。器が主役ってわけじゃないんだから、もっとこう、秘めやかで奥ゆかしい風合いっていうのかな、脇役としての抑えた存在感がほしいのよ。乳白色のプディングがライトを浴びてぷるんと光るでしょ、それがバックの器によってどれだけ映えるかって話なんだから」

携帯カメラの画像を送信し、近くのカフェで時計を気にしながら待つこと三十分。ようやく返ってきた電話で容赦のないダメ出しをくらった弥生は、落ちこむ間もなく再びショップを練り歩き、今度は白磁の平皿と粉引《こひき》の平鉢に目をつけた。どちらもごくシンプルな白一色だ。弥生も内心、器はシンプルでいいとは思っていたのだが、それでは自分がはるばる多治見まで出向いた甲斐がないようにも思え、一度目は候補からはずしていた。

今度こそ。祈る思いで画像を送信する。二十分後に返ってきたのは、しかしまたも辛辣《しんらつ》な声だった。

「辻ちゃん、あなたなんでわざわざ岐阜まで出向いたの？　こんな普通の器でかまわないなら、伊勢丹だって髙島屋だっていいじゃない。なにかこう、ひと味ちがう深みっていうか、でしゃばらない個性？　そういうのを期待してるのに」

「すみません、でも……」

陶磁器の産地としての美濃一帯が傾いていること、よって多治見にも思っていたほどの店数がなく選択の余地もかぎられていること、等を弥生が説明しても、ヒロミはまるで意に介する様子がない。

「あら、だったら直接、窯元を訪ねればいいじゃない」

「窯元？」

「やっぱりこう、ショップで扱う商品ってどこかしら画一的でしょう。窯元に行けばもっとおもしろいものや味のある一点物なんかが見つかるんじゃないの？　だいたい、焼物のショップなら東京にだってあるし、窯元めぐりくらいしなきゃ岐阜まで行った甲斐がないじゃない」

「でも……」

ヒロミの言い分にも一理あることを認めつつ、弥生は言葉を濁して腕時計に目を走らせた。五時十分前。

「もう時間がありません。ショップもそろそろ店じまいのようですし、窯元はもう閉まっているのではと……」

「焦ることないわよ、辻ちゃん、明日もあるし」

ついに――ヒロミは弥生が最も恐れていた一言を口にした。

「明日は渋谷に三時半でしょ。収録用のムースはアシスタントに任せればいいし、辻ちゃんはそれまでそっちにいていいわ。もともと岐阜に日帰りは酷だと思って、出張費も弾んでおいたのよ。たまにはのんびりしてらっしゃいよ、おいしいものでも食べて」

罠にはまったのかもしれない。ヒロミは最初から弥生をイヴの東京から閉めだす気でいたのかもしれない。しばらくぶりに聞くヒロミの上機嫌な声に、弥生は釈然としないながらも「わかりました」と従った。仕事で来ている以上、そして目的の器が見つからない以上、ヒロミに一泊しろと言われたらそうするほかはない。

〈ごめんなさい、どうしても今日中には帰れそうにありません。またのちほど電話します〉

さぞかし高典は激憤するだろうと思いつつ、ひとまずメールで断りを入れておく。

今日中には東京へ帰れないと観念したとたん、どこかでなりをひそめていた夜が猛スピードで襲来したかのように、弥生の視界に重たい闇が垂れこめた。道行く住人の姿もまばらな焼物の町にはタクシーの影もなく、急ぐ理由をなくした弥生は駅周辺のビジネスホテルをめざしてぶらぶらと歩きだす。聖夜にひとりでビジネスホテルか……。改めて我が身をかえりみるにつけ足取りも重く、吹きすさぶ風がひときわ冷たく全身をこわばらせる。日中の気温はさほど東京と変わらなかったものの、日没後の中部はやはりぐんと冷えこんだ。薄墨色にひたった旅先の夜はあまりにもひそやかで、イヴの当日というのにサンタクロースもクリスマスツリーもほとんど目につかず、そういえば到着してから一度もクリスマスソングを耳にしていなかったことに弥生は思い至る。ここにも東京との温度差があった。駅まで約二十分の道沿いにはすでにシャッターを下ろした焼物屋や飲食店、手芸用品店などが軒をつらねていて、中でも弥生を引きつけたのは『釣具小鳥将棋碁麻雀』と看板を掲げた古い商店だった。

釣具小鳥将棋碁麻雀？

ケーキ一筋の弥生には、店主の意識が向かうところの拡散ぶりがうらやましくもあり、その無節操さが薄気味悪くもある。店先にはたしかに小鳥が四羽、二羽ずつのペアで籠に入れられていて、しかしそこには「籠の鳥」から連想される悲愴さのかけらもなく、小鳥たちはのんきで、幸福そうですらあって、それもまた薄気味悪かった。

駅前のデパートで替えの下着と夕食のおにぎり二個、それに栗ういろうという和菓子を調達し、そこから徒歩三分のビジネスホテルに部屋をとった。まずはユニットバスにたっぷりの湯を張って冷えきった体を温め、つかの間の夕食を終えて、さあデザート……と、ようやく気持ちが上向いてきたところで、携帯電話が再びヒロミからの着信メロディを奏でた。

「ごめん、言うの忘れてたけどインタビュー原稿が一つ届いててね、これ、今日中にもどしてほしいって頼まれてたのよ」

「今日中、ですか？」

「そうなの。辻ちゃんいないから明日にしてって言ってはみたんだけど、あっちも年末進行でばたばたしてるみたいで、そこをなんとかって泣きつかれちゃって」

「わかりました」

弥生はホテルの案内に記されたフロントのファックス番号をヒロミに伝えた。

「こちらにファックスで流していただけたら、私からライターさんにもどしておきます」

「よかった。べつに私がやってもいいんだけどね、やっぱり辻ちゃんのほうが……」

「ええ、もちろん、私の仕事ですから」

思わず声が力んだ。ヒロミにインタビュー原稿のチェックなど任せられるわけがない。どうか今回の原稿が赤ペンで真っ赤になるほどの代物ではありませんように。祈りながらファックスを待つあいだ、弥生は尽きかけた燃料でも補充するかのように、今夜の唯一の楽しみであった栗ういろうを頬張った。素朴な甘みのそれはヒロミのケーキが宿す魔性のかけらも有してはいなかったものの、今の弥生にはその素朴さが快くもあった。

そもそもヒロミがマスコミに頻繁に顔を出すようになったきっかけは、芸能人カップルの挙式用に彼女が請け負ったウェディングケーキだった。

青山へ店舗を移してからの数年間は多忙ながらも充実のうちにすぎ、ラ・リュミエールの名は一部の甘党のみならず、ごく一般のＯＬや主婦、学生たちのあいだにも浸透した。禁断、と銘打たれたスパイシーなアップルパイが空前のヒットを飛ばしてからは芸能関係の顧客も増え、元来有名人に弱いヒロミは彼らを応接室で手厚くもてなした。芸能人カップルの結婚がヒロミにとって一世一代の晴れ舞台であったのはまちがいない。

実際、ヒロミの手がけたウェディングケーキは花嫁もそこのけの脚光を浴び、マスコミでもさかんにとりざたされた。ラ・リュミエールのケーキよりもヒロミ自身をしばしば媒体で見かけるようになったのはそれ以降であり、それまで「ラ・リュミエール店長」を名乗っていた彼女の肩書きはいつしか「オーナーパティシエ」に変わっていた。ヒロミの変貌をふりかえるにつけ、弥生は今もなにかの象徴のようにあのウェディングケーキを思いだす。

実際、それはとほうもなく美しいウェディングケーキだった。新郎新婦の手にしたナイフではとうてい太刀打《たちう》ちできそうもないほどに巨大な、それでいてシンプルな五段重ねのショートケーキ。その側面には花嫁を映やすレースさながらのクリームが長く垂れ、トップにはティアラのような透明の飴細工が高々と配されている。ヒロミはカラフルなデコレーションでケーキの純白をけがすことをよしとせず、代わりにラズベリーやブルーベリー、ダークチェリーなどふんだんなフルーツで皿を彩る方法を選んだのだ。

熟した果実の海にたたずむ聖なる白い女神——。

結婚式のケーキをもう一度食べたいと切望したのは初めてですよ、と某芸能人が自ら司会する番組で口にしたとおり、外観のみならず、その味もまさにヒロミの才気の結晶だった。放心を誘う夢のような幻のような味。けれどもそれはもはや誰もが簡単に、平等に手を伸ばすことのできる小さな幸福ではなかった。

それまでスタッフに「店長」と呼ばせていたヒロミが「先生」になり、ラ・リュミエールの「主任」であった弥生がヒロミの「専属秘書」になったのは、その結婚式から約半年後のことだった。

TV出演。新聞・雑誌への寄稿やインタビュー。ケーキ作りのレシピ本監修。全国各地の講演会。日に日に多忙を極めていくヒロミのスケジュールは、もはや誰かが慎重に、そして綿密に管理をしなければにっちもさっちもいかなくなっていた。頼まれると断れないヒロミのダブルブッキングを未然に防ぎ、講演先での移動手段や宿泊先の手配をし、気分屋のヒロミが途中で投げだした仕事の後始末をする人間がどうしても必要だった。厨房との距離がますます遠のくのを承知で弥生がそれを引き受けたのは、周囲をどれだけ見回したところで自分に代わってくれる相手がいなかったからだ。

誰もがヒロミに憧れる。その威光にあやかろうとにじりより、あの手この手で気を引こうとする。しかしその距離がある程度まで縮まると、皆一様に終業の鐘でも耳にしたように我に返り、とんだより道をしてしまったとでも言いたげな勢いで立ち去っていく。近づきすぎると怪我をするとか、火傷をするとか、それほど羽振《はぶ》りのいい話ではなく、たんに彼らはヒロミに飽きていなくなる。

だからこそ自分が必要なのだと、弥生はこれまで思ってきた。ヒロミを、ヒロミのケーキを誰かが慎重に、綿密に守らねばならないのだ、と。


ヒロミがファックスでホテルに流してよこしたのは、およそひと月前に彼女が受けた某女性週刊誌のインタビュー原稿だった。狭く無機質なシングルルームのデスクで弥生はそれに目を通し、予想以上にヒロミの話が正確にまとめられていることに嘆息した。誠実な仕事をするライターに、こちらの都合で修正を申し入れるのはいつも胸が痛む。

「甘いデザートのない食事なんて、恋愛のない人生のようなものじゃない？」

「私ね、本当にたくさんの人に支えられてきたんですよ。その感謝の気持ちこそが私のエネルギー源なんです」

「守護霊とか宇宙意志とか、絶対に存在しますよね。この世界は目に見えないもので充ち満ちている。その濃厚な気配を近頃とみに意識するんです」

「前世では私、マリー・アントワネットだったらしいんです。ほら、パンがないならお菓子を食べればいいのにって、有名な言葉があるでしょう？　そんなことを言うなら自分でお菓子を作って民衆に提供しなさいって神様から命じられて、それで現世ではスイーツプロデューサーとして東奔西走しているわけです。言うは易く行うは難しっていうんでしょうかね、ふふ」

なんとしてもこのマリー・アントワネットのくだりだけは削除してもらわなければ、と弥生は頭を抱えこむ。すみません、前世の話ですけど、あれ、つい最近とある占い師の方に言われたばかりでして、先生も今はその気になってるみたいですけど、すぐに頭も冷えると思いますので、その、お願いしますね……。インタビューのあと、それとなくライターに釘を刺しておいたのに、そっくり記事にされている。近頃ヒロミがしきりに口にする「スイーツプロデューサー」の肩書きも、薄っぺらく響くからやめたほうがいいと再三反対しているのに。

問題はそれだけではなかった。デザートのない食事なんて恋愛のない人生云々というのは、すでにヒロミが何百回となくあちらこちらで口にした台詞であり、しかもこれとまったく同じフレーズがとある女性作家の小説に登場するとの指摘がネット上に出回ってしまった。感謝の気持ちをエネルギー源にするのは結構な話だが、ヒロミはつい十日ほど前に発売された他誌のインタビューで「誰の助けも借りずに自力で生きてきた、その自負だけが私のエネルギー源です」とあきらかに矛盾した発言をしている。本人はとうに忘れているだろうが、守護霊に関してもヒロミは一年前に口述したエッセイ集の中で、「私は守護霊なんかより、素敵な男性に守られたいな」などとおちょくったことを言っている。

矛盾と混乱に満ちた発言の、一体どこからどう修正を入れていけばいいのか。赤ペンを握る手に汗がにじみ、いつもながら弥生は泣きたくなる。

悪気がないのはわかる。ヒロミはただその場その場の気分でものを言っているだけなのだ。そしてその背後には必ず男の影がある。

そうか、やはりヒロミはあのスピリチュアル系のカメラマンと寝たんだな、と守護霊のくだりを再読しながら弥生は確信した。約三ヶ月前に製作したレシピ本『伊形ヒロミのとっておきケーキ』のプロセス撮りを担当した長身のカメラマン。眠たげな一重まぶたに妙な憂いとなまめかしさを宿す彼をヒロミが気に入っていたのは一目瞭然で、槍でも降ってこないかぎりはいずれ関係を持つだろうと弥生も予期していた。当然ながら槍は降らず、ヒロミは彼と寝たのだ。

しかし、もう捨てられた。ヒロミはいつも捨てられる。そして弥生はその都度なんらかのとばっちりを食らう。たとえば聖夜にひとりでおにぎりを頬張り、色も華もないビジネスホテルで夜を明かすように。


ヒロミがほれっぽく飽きられやすいのは今にはじまった話ではなく、自由が丘時代から弥生がひそかに気を揉んでいたことだった。

天は二物を与えないというが、ことヒロミに関しては神様もだいぶ気前がよく、三物も四物もさずけてこの世へ送りだしたように思える。まずはあの比類なきケーキ作りの才能。店の重要なポストを任せる人選を決して誤らない運営手腕。マスコミの群がる華麗な容姿。ここ一番に強い運。それらすべての上前でもはねるかのように、しかし神はヒロミから恋愛運を没収した。

近よってくる男は絶えないから、恋人に不自由をすることはない。けれどヒロミは甘い言葉ひとつですぐに恋に堕ち、すぐに服を脱いでベッドへ横たわり、すぐにめろめろになり、デートを終えてもすぐにまた会いたい抱かれたいと言ってすぐにうとまれ、すぐに飽きられ捨てられる。高嶺の花に見えたヒロミが恋愛に関しては駆けひきひとつできない小娘なみであることを知ると、男たちは期待していたぶんだけ興醒めし、悪くするとヒロミの尻軽ぶりを方々で言いふらす。

男が去ったあとのヒロミはまるで脱ぎすてられた靴下のようにくったりとして、活力のかけらもなく、顔色もくすんで髪もつやをなくし、とても人前に出せたものではないけれど、弥生にはそれがヒロミの最も人間らしい姿にも思えた。失恋を隠さず、虚勢も張らず、どうだとばかりに落ちこんでみせるヒロミに、ある種の潔《いさぎよ》ささえも感じたことがある。が、しかしそんなのんきな感慨を抱いていられたのは最初のうちだけで、落ちこみのピークをすぎた彼女が一転して攻撃的になることを悟って以降は、戦々恐々の毎日を送ることになった。

攻撃の的になるのはつねに弥生だった。いや、弥生の恋愛、というべきかもしれない。

ヒロミと知りあってからの八年間で、弥生は三人の男と恋愛をした。一人につき二、三年のペースで、それがとりたてて長いほうだとは思わなかったが、デパ地下でささっとイートイン、みたいな恋愛をくりかえすヒロミには悠久の時のように映るのかもしれない。弥生に恋人がいることよりも、その恋人との安定した関係にヒロミは嫉妬し、執拗に攻撃をしかけてきた。弥生がデートにそなえて小綺麗にしている日にかぎって残業を命じたり、休日にもかかわらず無用の用をこしらえたり、弥生の誕生日にいきなり遠方への買物を言いつけたり。あまりにも横暴な命令が続くと、弥生も時として「ＮＯ」とはねつける。するとヒロミは作戦を変更し、もっと巧みに弥生の急所を突いてくるのだ。

「新作のケーキを試作したいんだけど、辻ちゃん、今晩つきあってくれない？」

この一言に弥生が弱いのを知っているのだ。「恋人」と「ヒロミ」とならば時に前者を選ぶ弥生も、「恋人」と「ヒロミのケーキ」を秤《はかり》にかけると、否応なしに後者へ傾いてしまう。ヒロミのケーキはそれほどまでに絶対的であり、新しい奇跡の誕生に立ち会えるのならば、恋人を不機嫌にさせても徹夜で体がよれよれになってもよしんば寿命を縮めてもかまわないとさえ弥生は思っていた。

当然、恋人はおもしろくない。ヒロミが失恋後に攻撃的になるたび、安定していた弥生と彼らとの関係は不安定になった。ヒロミに新しい恋人ができればまたもとの鞘《さや》に収まるのだが、その修復速度は次第に衰えをみせていく。恋愛よりも仕事を優先させてきたのは自分の意思だから、一概にヒロミのせいだとは弥生も思っていないが、高典ばかりは四度目の正直、もはや同じ失敗をくりかえしてはならないと肝に銘じてもいた。

高典との出会いは二年前の冬だった。ヒロミがゲストとして招かれた某シンポジウムを仕切っていたのがイベント会社の高典で、ヒロミの代行として事前に打ち合わせを重ねていた弥生と次第に好意をよせあうようになり、シンポジウムの閉会後、二人きりで打ち上げをしたのが交際のはじまりとなった。シンポジウムの当日、ヒロミにつきっきりで世話を焼いていた弥生の献身的な姿にぐっと来たのだと、高典はのちに打ち明けた。皮肉にも、気まぐれなヒロミにふりまわされる弥生の姿は、男たちに世話女房的な好印象を与えるらしい。

初めから結婚を前提につきあってほしいと言われていた。三十路をすぎた弥生にも今が潮時との思いがあり、今夜、プロポーズをされたら受けるつもりでいた。高典との結婚を機にヒロミの攻撃が過熱するのか下火になるのかは定かでないが、夫婦という筋金入りの「安定」さえ手に入れてしまえば、もはや多少の障害で関係がぐらつくこともないと信じていた。

「ええ、ええ、すみません。たしかに先生はそう申しましたし、私も憶えていますが、このまま載ってしまうといろいろと支障がありまして……はい、本当に申し訳ありませんが、よろしくお願い致します」

午後十時、弥生は修正を加えた原稿をファックスでライター宅へ返送し、しばらくしてからおそるおそる謝罪の電話も入れた。マリー・アントワネット、いい味出してると思うんだけどねえ、と最初は渋ったライターもしまいには承諾し、あなたも大変ですね、とねぎらいの言葉までかけてくれた。その声に含まれていた微妙なニュアンスから、弥生はこの日が聖夜であることを改めて思いだす。

ホテルに着いてから幾度着信メロディを奏でたかわからない携帯電話を手にとると、案の定、五件中の四件までが高典からのコールで、残る一件はヒロミからだった。高典からは「連絡を待っている」とのメールも二通入っている。

弥生はひとまずヒロミに電話をしてインタビュー原稿のチェックを終えた旨を報告し、それから明日の三時半より予定されているクッキング番組収録の打ち合わせを軽くした。ヒロミが週一で担当しているケーキ教室のコーナーだが、弥生が少し目を離すとヒロミはキッチンに似つかわしくない華美な服装でスタジオ入りをしたり、ネイルアートのほどこされた手でクリームを泡立てたりするものだから、まったく油断も隙もない。三時半にスタジオ入りをするとなると、少なくとも一時にはこちらを発たねばならず、それまでにヒロミの気に入る器を探しだせるものか弥生には心許なかった。

「明日、遅れないように頼むわね。できれば辻ちゃんにも三十分前くらいに楽屋入りしてもらって、ちょっとレシピの確認をしてほしいのよ。明日収録するバナナとキャラメルのムースなんだけど、ディレクターの畑ちゃんがね、本当に分量これでいいんですかって店まで電話をよこしたらしくて、びっくりしちゃった。なんにも知らないくせにあの人、やたら口を出したがるから煙たがられていつまでもクッキング番組しか持たせてもらえないのよねえ。レシピはもちろん完璧よ。でも、もしかしたらちょっとアクセントが足りないかもしれないから、辻ちゃんに見てもらおうかなって」

肝心のケーキ作りに関してヒロミはこのところ時々、弱気なことを言う。

「畑中さんって、ご両親が浅草で食堂を経営されているんです。だから、食に関しては畑中さんなりのこだわりをお持ちなんだと思いますよ」

弥生はやんわりと返し、ヒロミの反論を受ける前に言い添えた。

「明日はなるべく早めに向かうようにします、美濃焼の器次第ですけど」

「大丈夫、きっと明日はいい器が見つかるわよ。じゃ、そういうことで楽屋入りの件、よろしくね。あ、それから……」

「はい？」

「メリークリスマス」

ねっとりと舌にまとわりつく安価なバタークリームのような声――。

皮肉で言っているのか、天然なのか。毎度ながらヒロミの真意を思いあぐねつつ、弥生は「先生もいいクリスマスを」と抑揚のない声を返した。腰のあたりからつきあげてくる疲れが、携帯電話をたたむ動作をも緩慢にさせた。しかし、今夜はまだもう一戦をひかえている。

お茶でも淹れて一服しようかと思った矢先、切ったばかりの携帯電話から再び着信メロディが流れて、来たか、と弥生は身構えた。

「ああ、やっと出た。さっきから何度も電話したのに、なにしてたの？　いや怒ってるわけじゃないけどさ、困るんだよ、連絡がつかないっていうのが一番」

ひとしきりこぼしたあと、高典は性急に例の話を持ちだした。

「で、考えてくれた？　僕を選ぶのか、あの女を選ぶのか」

弥生はほうっと息をつき、「よくわからないの」と物憂い声を返すしかなかった。

「わからない？　いや、けどさ、こうなったらはっきり言っちゃうけど、僕が今夜、弥生ちゃんにプロポーズしようとしていたのは知ってるよね？　弥生ちゃん、受けてくれようとしてたんだよね？　それってつまり、僕を選ぶってことじゃなかったわけ」

「結婚するっていうのが選ぶってことなら、そうかもしれないけど……。でも、結婚しても先生のもとで仕事は続けるわけだから」

「なに言ってんの？　そんなの無理に決まってるじゃない」

「え」

「結婚しても弥生ちゃんが外で働きたいなら反対はしないって、たしかに俺、言ったよ。けど、このままあの女のもとで働いていいとは言ってない。今みたいに不規則な仕事じゃ結婚生活なんて成りたたないでしょう。正直、弥生ちゃんがあの女にいいように使われてる姿、もう俺、見たくないんだよ」

イヴのプランをだいなしにされたのがよほど腹にすえかねているのか、高典は例の芝居がかった調子で一気にたたみかけてくる。

「だいたい、君はあの女のことをなにひとつ知らない。じつは今日、話そうと思ってた大事な話って二つあってさ、一つはまあ、プロポーズなわけだけど、もう一つはあの女にまつわることなんだ。弥生ちゃん、あの女がどっかの社長令嬢だなんて信じてるみたいだけど、嘘だぜ嘘、同じパパでもちがうパパの出資であいつは店を出したんだ。パリの名店で修業を積んだなんて話も大ボラで、あいつがいたのはマルセイユかどっかの田舎町の菓子屋だってさ。しかもあの鼻の整形疑惑も本物ときてる。俺の耳にまで入ってくるくらいだから、マスコミ連中はもうとっくに嗅ぎつけてるよ。まな板に載せていたぶるタイミングを見計らってるんだ。持ちあげるだけ持ちあげて最後に地べたへ突きおとすのが奴らのやり方だって、弥生ちゃんもそれくらいは知ってるだろ？　いいか、あの女はもはや沈みかけた船だ。君は僕というボートに乗り移ればいい」

左手で携帯電話を固定し、右手で窯元の資料を探っていた弥生は、最後の「僕というボートに」のくだりで危うく吹きそうになり、くっと喉元を力ませた。その緊張をはらんだ沈黙を、高典はべつの意味にとりちがえたようだ。

「わかるよ、ショックだろ。弥生ちゃんだって騙されてたようなもんだしな。たいしたタマだよ、あの先生。嘘でかためた経歴ひっさげて、よくもあそこまで成りあがったもんだ。たしかに見た目は綺麗だけどさ、中身はただのがらんどうみたいな女だよ」

「でも……」と、弥生は高典をさえぎった。自分でも不思議なほどに落ちついていた。

「でも、先生のケーキは本物よ。見た目も中身も本物。だから、いいじゃない」

「いいって、なにが？　詐欺だぜ、詐欺。経歴詐称。世間を偽ってるわけだろう」

「でも、お客さんは先生の経歴を買いに遠くから足を運んでくれるわけじゃないもの。ケーキさえおいしければ、経歴なんてぜんぶでたらめでも喜んでくれるわよ」

長い静寂のあと、再び聞こえてきた高典の声は一層の深刻味を帯びていた。

「あのさ、俺、弥生ちゃんのこと大好きだけど、その菓子に対する思い入れっていうか、狂信的なところ？　どうもそこだけはついていけなくてさ。だって、所詮は甘いもんじゃない。一個五百円かそこらの三時のおやつじゃない。億単位の金を動かすこともめずらしくない俺からしてみるとさ、そこまで鼻息荒くすることもないんじゃないかって思っちゃうんだよね、正直な話」

では、あなたはその億単位の金で誰を喜ばせたのか。

誰もが簡単に、平等に手を伸ばせる幸せを、小さくてもたしかな満足をもたらすことはできたのか——。

瞬時、窯で焼かれる陶器のごとく熱い塊が胸をたぎらせ、それは弥生自身にとってもめずらしい感覚だったので息を殺して慎重に吟味していると、またも高典はその沈黙を誤解した。

「ほんと、頼りにしていいよ、僕のこと。僕は絶対に弥生ちゃんに不自由はさせないし、浮気もしないから。ちょっとおとぼけの君を一生守っていくのが自分の使命だと思ってる。冷静に考えれば弥生ちゃんだってわかるはずだよ、あの先生のそばでちょろちょろ動きまわってるのと、僕のそばでちょろちょろ動きまわってるのと、どっちのほうが幸せかって。ね、いい機会だから今夜はしっかり考えてごらん」

東京と岐阜とを隔てる距離のせいだろうか。考えろ、考えろと言われるほどに弥生は考える気をなくし、デスクに広げた資料のほうに心を奪われていく。先ほど本町のオリベストリートで入手したそれらによると、多治見駅からタクシーで十分程度の市之倉という界隈に十数軒の窯元が点在しているらしい。その一軒一軒の説明書きに目を通していくにつれ、弥生の心は不思議な高揚を帯びてきた。それぞれに個性の異なる窯元のどこかに、ヒロミのプディングを託するに値する器が眠っている。そうだ、こうなったら最高の器を探しあてるのだと、弥生はまだ胸に燻《くすぶ》っている熱い塊をべつの方向へスライドさせる。

「とにかく明日、また電話するよ。それまでようく考えて、答えを出してくれ。なんだかんだ言ったって、弥生ちゃんは最終的に正しい判断のできる女だって僕は信じてるし、だからこそ一緒に家庭を築こう、僕の子供の母親になってもらおうって決意したわけだし……」

尚もつらつらと語りつづける声をＢＧＭに、弥生はやはり先ほど本町で見つけた『美濃の焼物』なる入門本を開くと、その夜は遅くまで熱心に読みふけった。

市之倉は愛知との県境に近い市之倉川沿いに広がる清閑の地で、さかのぼれば鎌倉時代後半から陶《すえ》の里として煙を絶やさずにいる。もとは釉薬《ゆうやく》をつけない茶碗が陶業の主体であったが、江戸時代以降は皿や鉢、片口などの日用品も数多く生産されるようになり、その技法も時につれて多様化していった。大正時代に入ってからは盃《さかずき》の産地としても名を馳せ、現在も尚、盃の生産高は日本一——。

『美濃の焼物』から多少の知識を仕入れた弥生は明くる朝、八時にホテルを出て駅ビルのベーカリーで玉子サンドの朝食をすませ、窯元の開く九時に合わせてタクシーへ乗りこんだ。市之倉の中心にある公民館前に降り立ったところで携帯電話が高典からの着信メロディを奏でたものの、聞き流して早速、町の散策を開始する。

資料の地図を開くと、市之倉にある窯元の数は十八。タイムリミットの一時までにその全軒を訪ねるのは難しいため、夕べのうちにいくつか目星をつけておいた。

しかし実際、最初の目的地へ向けて市之倉川沿いの小道を歩きだすと、そこには地図に記載のない窯元も多数あり、素通りするのも忍びなくてつい足を向けてしまう。どの窯元も陶房に隣接して直販売ショップを設けており、予約のない一般客が立ち入れるのはそこまでだが、中にはショップのガラス戸越しに作陶をする職人の姿をうかがえるところもあって、まるでオープンキッチンのようだと弥生はほくそ笑む。まだ朝が早いせいかどのショップにも店番の姿はなく、窯の守り人たちは訪問者の弥生に気づくと慌ててストーブを焚いたり、店の明かりを灯したりと気遣ってくれた。

　がらんとだだっ広い蔵に所狭しと織部の皿を積みあげた店。体を一回転すれば全製品を見渡せる小さな赤絵中心の店。白木の空間に現代風の志野を配したギャラリーショップ——。様々な個性が訴えかけてくる中、これなら、と思われる小鉢と弥生が出会ったのは、五軒目に立ちよった窯元の陳列棚だった。

　ショップとも言えないほどにわずかな、それでいてたしかなこだわりを感じさせる品揃えの中に、ふっくらと丸みを帯びたその紅志野の小鉢はあった。釉薬の白がひかえめにほどこされているせいか、素地の鉄分が表に滲《にじ》んで、なんとも奥行きの深い緋色を醸《かも》している。弥生は店主の了解を得てそれを携帯電話のカメラに収め、つぎなる窯元へと向かう道すがら、その画像をヒロミへと送付した。

　五分と経たずにヒロミからの返信があった。

「いいじゃない、この小鉢。素敵よ。これでいきましょう」

「え、いいんですか」

「決定。さすがは辻ちゃんね、お疲れさま」

　昨日とは打って変わったその即断に、つぎなる窯元を視界に捉えたまま、弥生は路上で立ちつくす。

「でも……もう何点かほかのものもご覧になりませんか？　私、まだ五軒しかまわっていませんし、時間にも余裕がありますし」

「いいのよ、これで。私のイメージにぴったりだもの。これ買って辻ちゃん、早く帰ってきてちょうだい」

「でも……」

「また取材だのなんだのってね、依頼がいろいろ来てるみたいなの。経理の山ちゃんが対応してるけど、やっぱり辻ちゃんがいないと話にならなくて。ね、なるべく早いとこ帰ってきてね」

一方的に会話は断ち切られ、すっかり拍子抜けをした弥生は回れ右をして、紅志野のある先ほどの窯元へと引き返した。が、けだるいその足を数歩進めたところで、ふいになにかに肩でもつかまれたように、再び回れ右をした。

前の晩、こうなったら最高の器を探して帰ろうと決めた。さっきの紅志野を見て「これなら」と思いはしたものの、「これだ」との確信に至る磁力はそこにはなかった。淡々とした緋色を織りなすそれは、ヒロミの求める「果実を抱く鉢」のイメージにかぎりなく近い。とはいえ、ヒロミのプディングの目には見えない魔性までをも花開かせてくれる器ではない。

まだ時間はある。より魅力的な器さえ持ち帰れば、ヒロミだって喜んでくれるはずだ。迷いをふりすててつぎなる窯元へと足を踏みだすと、背中で新幹線のドアが閉ざされた瞬間のように、弥生の心は平らかな静けさをとりもどした。

そもそも市之倉の町全体が恐ろしく平らかな静けさの中にあった。朝の寒気は太陽の上昇につれて緩和され、微かに煙った遠い山稜がその陽を浴びて妙に春めいた光をちらつかせている。なにひとつどぎつい色彩を持たない町の長閑《のどか》さの中で、歩を進めるにつれて弥生はひどくくつろいだ気分になり、気がつくと鼻歌までも口ずさんでいた。十分おきに流れる高典からの着信メロディももはや気にならなかった。ついさっきまでは凍えていた体もみるみる温まり、筋肉の力みがほぐれていく。

弥生はポケットに入れていた手を出し、襟元のマフラーを鞄にしまった。音もなく流れる市之倉川に遊ぶ小鳥のさえずりを耳に、さえぎるもののない一面の空を仰ぐ。ながめるにつれ、ふわりふわりとたなびく雲がいずれも甘いクリーム菓子に見えてきた。手を伸ばしても、伸ばしても届かないヒロミのケーキ――。

夢のような、幻のようなその味に魅惑され、これまで懸命に追ってきた。まだ届かない。きっと永遠に届かない。けれどもそれを一時《いっとき》ゆだねる器ならば自分にも探すことができる。それならば手が届く。必ず見つけてみせる。脈打つ心臓のようにぷるぷるとしたヒロミのプディングを殺さずに包みこんでくれる器を。その心臓に真なる命を吹きこんでくれる奇跡の一品を。

歩いても、歩いても不思議とくたびれず、新たな窯元を訪ねるにつれ高揚を募らせていった弥生がその奇跡を目のあたりにしたのは、数えてちょうど十軒目の窯元でのことだった。

瀬戸黒――。

美濃焼の代表格の一つでありながら、今ではほとんど生産されていないその焼物を、弥生は初めてそこで目にしたのだ。

町の中心からはだいぶはずれた片辺《かたほとり》の、山の中腹ともいえる木立の合間に、その窯元はひっそりとたたずんでいた。一見、山小屋風の木造平屋建てが二棟。引き戸が開放された陶房のほうには人影がなく、弥生がもう一方をショップと見なして「ごめんください」と引き戸を開くと、どう見てもそこはごく一般の民家の玄関先で、にもかかわらず三隅の壁を埋める棚には売りものらしき品々が叫ばんばかりにその存在を誇示していた。皿。鉢。茶碗。盃。そのいずれにもほかの窯元で目にしたものとは一線を画する、匂うような猛々《たけだけ》しさがある。今にもこちらへ迫ってくるような生命の迸《ほとばし》りがある。中でもひときわ目を引く十数点は施錠されたガラスケースに陳列されていて、弥生を釘付けにした瀬戸黒の茶碗もその中にあった。

口径十数センチ、高さは八センチほどの浅めの円筒形。口縁が微妙に外側へ傾いているため、一見したところは小鉢のようにも映る。造形そのものは至極シンプルでありながら、その茶碗には見る者の魂をずんと地べたへ打ちつけるような威厳と迫力があった。

黒――織部黒とも天目ともまったく質感を異にする、まるで原始の闇のような漆黒のせいだ。

ひたっと吸いつく死のような、黒。

すべてを呑みくだす虚のような、黒――。

この死のような虚のような黒に、夢のような幻のようなヒロミのプディングを容れたら？

想像するだけで胸が波立った。その高ぶりはどこかしら性欲とも似ていた。背後でふいに男の声がしたとき、弥生がひどく動揺したのはそのせいかもしれない。

「瀬戸黒って言います」

閉めそびれていた引き戸の向こうから声がして、ふりむくと、まだ年若い男が薄手の作業着姿で木漏れ日をかぶっていた。すっきりと端整な顔立ちの中で、瞳だけがいかつく光っている。

とっさに後ずさりをした弥生は体勢を崩してよろめいた。地軸でも狂ったようだった。

「知ってます」

平静を装って強い声を返すと、意図した以上にきつく響いて、弥生は小声で言い添えた。

「その、本で見たから」

「引出黒って技法でこの色を出すんです。二日から三日かけて焼いたあと、窯から引きだすと同時に一気に水で冷やす。すると、真っ赤に焼けた土が一瞬にして見事な漆黒になる。めちゃくちゃ手間がかかるから、今じゃ一部の酔狂な陶芸家しか作ってませんよ」

「あなたが作ったんですか」

「僕はただの押しかけ弟子。師匠はバイトで留守にしています」

「バイト?」

「陶芸だけじゃ食ってけないから、名古屋の結婚式場で神主のバイトをしてるんですよ。今日は大吉で大忙しらしい」

「はあ」

気の抜けた返事がおかしかったのか、男が薄く微笑んだ。弥生は心もち緊張をほぐして瀬戸黒の茶碗を再見した。

「美濃焼の器を探しに来たんです」

「美濃焼といってもいろいろだし、器だっていろいろですよ」

「ええ、でもやっとめぐりあえた気がする」

「この茶碗ですか」

「売りものですよね」

「はい、でも誰にでも売るわけじゃありません」

「と言いますと？」

「師匠から、相手を選べと言われている」

もしかしたらそれほど若くもないのかもしれない。こんな辺地で偏屈者の師匠と身をよせあっているうちに、魂に積もった世塵《せじん》が流れてつるつるした印象を与えているだけかもしれない。相手の反応を愉しむいたずらな瞳をむきだしにする男への関心を高めつつ、弥生は重ねて問いかけた。

「もし売っていただけるとしたら、おいくらになりますか」

「三十万です」

「三十万……」

「安くはありません。が、決して高くもありません。今、これほど出来の良い瀬戸黒を手に入れようと思ったら、その程度はします。いや、もっとする」

三十万。器ひとつに費やすには破格の値だ。私用ならばとうてい弥生には手が出せない。が、軽く百万を超える衣服や宝石を年中、経費で落としているヒロミをひるます額ではないだろう。

「相談してきます」

男に言い置いて表へ出ると、弥生は小ぶりの丸太を敷きつめたベンチに腰かけてヒロミに電話をした。今しがた見つけた瀬戸黒の茶碗がいかにすばらしいか、どれほどそれにヒロミのプディングを託してみたいかを、弥生にしてはめずらしく弁を尽くして力説する。どきどきしながら返答を待つ弥生が耳にしたのは、しかし、ひどくまのびした声だった。

「えーっ、辻ちゃん、まだそっちにいるの？　早く帰ってきてって言ったのに。黒？　三十万？　なに言ってんのよ、一回こっきりの撮影にそこまで凝ってたら、私、破産しちゃうわよ」

「でも、あの茶碗は先生のプディングを最大限に引き立てる最高の器なんです。きっと先生も一目でお気に召すと思います。こんなめぐりあわせは二度とありません」

「めぐりあわせって言われちゃっても、ねえ……あ、それより聞いてよ、辻ちゃん。ひどいのよ、材料屋の村田ちゃんったら、このところあっちこっちで私の悪口言いふらしてるんだって。オーナーパティシエがキッチンに立たなくなったら店はおしまいとか、ラ・リュミエールの先は目に見えてるとか……ね、最悪でしょ。もうとっくに聞きあきて耳がタコだらけみたいなこと、今さら村田ちゃんまで言わなくたっていいじゃないのよね」

受話口の向こうからいらだたしげな吐息が洩れる。どうやら浮かない声の原因はそこにあるらしい。

「ねえ私、村田ちゃんのことは青山に移ってからずっとひいきにしてあげてたよね。乳製品も粉も砂糖も、洋酒だってぜんぶあそこに委託してきたのに、あんまりじゃない。それだけじゃないわよ、青葉フルーツの平沼ちゃんだって、クリーニングのオガちゃんだって、みんな村田ちゃんの口利きで契約してあげたようなものなんだから。そこまで顔立ててあげたっていうのに、いつのまにかいっぱしの批評家みたいなこと言うようになっちゃって、人間、調子に乗りだすと怖いわね。切るわよ、こうなったら村田ちゃんも平沼ちゃんもオガちゃんも、一斉に」

「それは結構ですけど、先生、そうしたらこれからは平沼さんも小笠原さんも、皆が先生の悪口を得意先で言ってまわるようになりますよ。それに、材料をほかから仕入れることになったら、当然、質も味も変わってきますから、これまでのレシピをぜんぶ一から作りなおすことになります」

弥生の冷静な切り返しに、ヒロミはしばし押し黙り、それから「あーあ」と声を湿らせた。

「本当にいやになっちゃう。これなら前みたいに粉もクリームもぜんぶ別口で仕入れとけばよかった。あの頃なんてうち、小さな店だったのに、みんな熱心に通っていろいろ薦めてくれたじゃない。あれはあれで楽しかったって、最近、よく思うのよ。ねえ、辻ちゃんもときどきふっとこう、自由が丘時代が懐かしくなったりしない？　あんなふうに小さくてシンプルな店でもう一度、一からやりなおすことってできないのかしら」

「できるわけないじゃないですか、先生」

弥生は即答した。

「先生のケーキを小さな店舗で売ったら、それがどんなに片田舎だって、必ず長蛇の列ができます。せっかく足を運んでくれたお客さんを何時間も待たせることになるし、ご近所にだって迷惑がかかります。一からやり直したいのなら、いっそのこと、もっと大きな店舗に拡張したらいいかがですか」

「拡張？」

「先生、前におっしゃいましたよね。ショップの中央にガラス張りのオープンキッチンを設置して、ケーキ作りの過程ごとお客さんに提供したらどうかって。いいアイディアだと思います。きっと喜んでいただけます」

「まあ、そんなことを言ったような気もしないでもないけど、でも……」

「この際だからいっそ、先生のケーキにコーディネートした食器を販売するコーナーも設けたらいかがでしょう。先生のケーキは視覚と味覚の両方で味わうものですし、売り手が器にこだわるのは当然です。先生のケーキが百円均一のお皿に載せられていたりすると、私、ぼろを着せられたマリー・アントワネットでも見てる気がして、忍びないんですよ」

「ね、そういえば私の前世の話……」

「先生のケーキを食器とセットで楽しめるなんて、お客さん、絶対に大喜びです。ねえ先生、その食器展開の手始めとしても、まずはどうしても瀬戸黒の茶碗を購入したいんです。絶対に後悔はさせませません」

ここぞとばかりにたたみかけた弥生には勝算があった。普段は自分のペースで物事を押し進めるヒロミも、粘り腰の相手にひとたびイニシアチブを奪われると意外ともろく、しまいには面倒になって投げだすことが多い。

「いいわよ」と、案の定、ヒロミは億劫そうに投げだした。「じゃあ買ってくればいいじゃない、そのナントカって器。でもねえ……」

「はい？」

「私、ときどき不安になるのよね。どこまで辻ちゃんについていけるのかしらって」

「なに言ってるんですか、先生。じゃ、茶碗を買ったら私、すぐに帰りますので、それまでそっちのほうお願いしますね。今から出れば早めにスタジオ入りできると思いますので」

自然と声が浮きたち、口元がほころんだ。あの茶碗が手に入る。ヒロミのプディングと融合させられる。男のいる玄関先へと足早に引き返そうとした弥生は、しかし、その前にふとコートのポケットへしまいかけた携帯電話の着信欄を確認した。

高典からの着信履歴が五回。〈連絡をとりたい〉とのメールが三通。どれも今日の日付だ。見て見ぬふりをすることもできたが、瀬戸黒の茶碗を獲得した勢いに助けられ、弥生は高典の番号をプッシュした。

「弥生ちゃん、今、どこ？　え、まだ岐阜なの？」

「ごめんなさい。でも聞いて、やっと器が見つかったの、それも最高の……」

「なにが器だよ、もう。俺への返事はどうなったわけ？　昨日はちゃんと考えてくれた？」

ヒステリックさを募らせていく声に辟易しつつ、ふと木立のざわめきを耳にして後ろをふりむくと、さっき弥生の腰かけていたベンチの陰から一匹のアナグマが顔をのぞかせていた。一見するとタヌキのようでもある。が、これはアナグマだ。増殖しすぎたアナグマに地元の住人が悩まされているとタクシーの運転手がぼやいていた。白々とした木漏れ日に顔をまだらに光らせたアナグマは、そこにいるぶんにはまるで罪のない、素っ頓狂ともいえる表情をしていて、弥生が思わず小さな笑いを洩らすと、例によって高典はそれを誤解した。

「なにがおかしいわけ、こっちは心配してるのに。まさかそっちでほかの男と遊んでるわけじゃないよな。先生が先生だから専属秘書だってなにやってるかわからないって、会社の連中が言ってたぜ」

「自分こそ」

別段、怒りに駆られたわけではない。なのに、冷水が一瞬にして変色せしめた陶器のような声が弥生の口をついて出た。

「自分こそ、昨日からなにをやってるの？　一体どれだけ私の携帯に電話やメールを入れたの？　自分の仕事はどうなってるの？　ねえ高ちゃん、人のことはいいから、自分のことをちゃんとやろうね。今晩、仕事が終わったら会いにいくから、それまでお互いがんばろう」

最後は猫なで声で言い含め、携帯電話の電源をオフにする。

勢いこんで男のもとへもどりかけた弥生は、先ほどまでいたそこに彼の姿がないことに気がついた。もしや、ととなりの平屋へ歩みよっていくと、激しく床を打つ水音が中から聞こえ、続いて薄暗い陶房の片隅で土のこびりついた工具を洗う男の姿が目に入った。一心に、憑《つ》かれたようにブラシでこすっている。鬼気迫るその姿を、天窓からさしこむ薄明かりがほのかにあやどっている。

さっきまでは都会の繁華街によくいる手合いに思えた男が、今ではまったくの別人に見えた。

彼のいるそこが、弥生のいるここが、にわかにその輪郭を変じて別の境界へと浮揚したかのように。クリスマスも恋人も携帯電話も存在しない、ひどくかぎられた空間。それでいてとても冴え冴えとした、居心地のよいところ。思えば遠いところまで来てしまったものだ。私も。この男も。なんとはなしにそんなことを思う。

釣具小鳥将棋碁麻雀――。

足音をひそめ、遠慮がちに男へと近づいていくあいだ、弥生の頭に去来していたのはなぜだか昨日の看板だった。幸せとは、恐らくあれくらい気もそぞろに生きることで、しかし、押しかけ弟子を名乗る彼にしても、弥生にしても、もはや後戻りのできないところにいる。

男が弥生に気づいて蛇口の水を止めた。むせるような土の匂いの中で目が合うと、弥生は自分でも意外なことを口走った。

「アナグマがいた」

「ああ、この時間なら、アナ太郎かな」

「餌付けしてるの？」

「ときどき遊びにくるだけ」

「地元の人は困ってるって聞いたけど」

「べつに荒らされて困るもんは持ってませんから」

男は濡れた手を作業着でぬぐいながら笑った。

「こないだ由緒のある寺が火事で焼けたんだ。うちの師匠は絶対に坊さんの仕業だ、三島由紀夫の『金閣寺』みたいな坊さんがやったんだってえらく盛りあがってたけど、結局、寺の屋根裏に住みついてたアナグマのしわざだった。それでも、べつに寺が焼けても、俺は困らないし」

この男といると不思議と気が安まる。胸の高ぶりが収まると、弥生は先ほど彼の言ったことを思いだした。あの瀬戸黒の茶碗は、まだ完全に弥生のものになったわけではなかったのだ。

「あのお茶碗、誰にでも売るわけじゃないって言ったけど……」

おそるおそる男の表情を読む。

「誰にならなら売るの？」

「それは、僕のフィーリングに任されています」

そんなバカなと思いながらも、お茶でも飲んでいかないかと誘われるまま、弥生は男についてとなりの平屋へもどり、奥の座敷へと歩みを進めていく。男の瞳はあきらかにお茶ではないなにかを誘いかけていたが、それはお茶よりもむしろ自然なことのようにも思える。男の厚い指が土をこねるのを想像し、黄泉《よみ》のような静寂の中で弥生は体の一部を熱くする。なにしろ最高の器を手に入れるのだ。小一時間ほどここにいてスタジオ入りがぎりぎりになっても、きっとヒロミは喜んでくれる。仕事を終えたら収録用のムースを高典に届けよう。なんだかんだいってヒロミのケーキが大好物の高典は、たちどころに機嫌を直して微笑むだろう。

犬の散歩

〈スナック憩い〉はその名から想像のつくとおり、高級感もなにもない時代がかった古酒場で、訪れる客もホステスも、皆、一様に道草を食いすぎた子供みたいな目をしている。より道ばかりしていいて人生の要所を見誤り、出世街道にも玉の輿《こし》にも乗りそこなった。それはそれで気楽な毎日と割りきる者、過去の怠惰を悔やむ者、第二、第三の人生に望みをつなぐ者——共通しているのはその薄暗い店内で今も夜な夜な道草を食いつづけていることだけだ。

虚栄心を満たすための男は訪れない。華や色を求めるわけでもない。だからホステスに強引な真似もせず、誰もがカウンターで遠慮がちにウイスキーの水割りをすすっている。そのぶん酩酊すると人が変わって悪質な酔漢《すいかん》と化す客もいるが、いちいち目くじらを立てるようなホステスもこの店にはいない。どの顔ももはや三十路をすぎて久しく、安手のドレスからうかがえる尻もたるんでいる。だからこそ似たような下り坂の男たちに優しい。客とホステスというよりは、まさに道草仲間といったその雰囲気を面接の夜に垣間見た恵利子は、ここでなら自分もやっていけるのではないかと若干の自信を得た。

働くからには、と思いきって肌を露出したドレスをミシンで自製し、風邪をひくから上着をはおりなさいとママに注意された初出勤の夜から三ヶ月——仕事にも同僚にも常連客にも、三十をすぎて「エリちゃん」と呼ばれることにもだいぶ慣れた。慣れれば慣れるほどに、しかし、ここでの時間からは切りはなしていたはずの素顔がぽろぽろと皆に洩れ伝わっていく。

「ねえ、浜尻さん。エリちゃんって変わってるんですよ。彼女、なんのために水商売はじめたか聞いたことあります？」

その夜も、先輩ホステスのカオリが常連客の浜尻という男にそんな話をふった。

「さあ、知らんな。なんのためって、金のため以外に理由がいるのか」

「だから、なんのためにお金が必要かってことですよ」

「そりゃ生活のためだろう。それとも、貢ぐ相手でもいるか」

浜尻は風変わりな客だ。この店の常連中では例外的に小金を持っていて、週に一度か二度、訪れるたびに必ず三万円のドンペリを開ける。どうやらＩＴ関連の会社を経営しているらしい。きっと税理士から交際費の領収書が足りないってせっつかれてるのよ、でも人づきあいの苦手な人だし、高級クラブにいる若い女の相手も面倒だし……で、うちみたいな店が意外と落ちつくんじゃないかしら、とママは言う。

「ピンポン」と、カオリに瞳でうながされるままに、恵利子は浜尻の隣席に尻をすべらせた。

「ただし、貢ぐ相手は彼氏じゃありません」

「彼氏って言うな、彼氏って。いい年をして、なんだ。恋人なり愛人なり情人なり、いくらでも言い様があるだろう」

「まあ、浜尻さん、そう言わないで」

他愛のないことで機嫌を損ねる浜尻に、とりなすようにカオリが割って入った。

「じつは、恋人でも愛人でも情人でもなくてね、ワンちゃんなんですよ、ワンちゃん」

「あ？」

「エリちゃん、捨て犬の世話をするボランティアをしていて、それでお金がかかるんですって。ワンちゃんのために水商売なんて、おとなしそうな顔して結構、変人でしょ」

「ワンちゃんって言うな、ワンちゃんって。王貞治でもあるまいし。犬は犬でいい」

いらだたしげに言いながらも、浜尻は若干、興味をそそられたらしい。開けるだけでついぞ手をつけないドンペリを脇目に、ハーパーロックの氷を鳴らしながら恵利子に質《ただ》した。

「犬に貢いでなんになる？　犬がここ掘れワンワンと大金の隠し場所でも教えてくれるか。それともあんたの老後の面倒を見てくれるのか」

「いえいえ、そんな……」

「じゃあ、なんになる」

高飛車な態度なりに、浜尻は本気で答えを求めているようだ。カウンターの酔客が熱唱する『ガンダーラ』を背に、恵利子は紫煙のたゆたう店内にしばし視線をさまよわせた。

「犬は、私にとっての牛丼なんです」

「牛丼？」

「ええ、牛丼です」

その答えには浜尻のみならずカオリまでもが意表を衝かれたようだった。が、「それは一体……」と浜尻が再び口を開きかけた矢先、その胸元のポケットから携帯電話が着信音を奏でた。

電話の相手と短い会話を終えた浜尻は、めずらしく名残惜しげに腰を浮かせた。

「話の続きはまた今度だ。明日にも来られたら来るとしよう。牛丼とは、どうにも解せんからな」

恵利子はカオリと浜尻を見送りに表へ出た。例によってにこりともせずに立ち去る浜尻に一礼し、薄暗い紫煙の中へ再びもどったとき、カオリはもはや犬のことなど微塵も頭に残してはいないようだった。カウンターからカラオケの曲番をがなる常連客に、恵利子もすばやく頭を切りかえて対応し、機械に曲をセットする。前奏のメロディに合わせて手拍子を打ち、間奏の合間には新たな酒を用意し、曲が終われば拍手と歓声で持ちあげる。

調子はずれの歌声と、安酒と、禿《ち》びた煙草の吸い殻と——。

快楽とも愉悦とも異なるけだるい道草の旨味を募らせて、こうして夜は更けてゆく。


午前六時半。

夜明けはいつも濡れた鼻の感触とともに訪れる。フンフン、と生温かい鼻息で首筋をくすぐり、ビビが容赦なく押しつけてくるひんやりとした鼻。起きて。遊んで。散歩につれてって。外では猫にまでびくついている怖がりのビビも、家の中では盛大な甘えぶりを発揮する。やめて、やめてと身をよじって寝返りを打つと、待っていたように今度はギャルにべろんと唇をなめられた。いつでも誰にでも人懐こいギャルには唇フェチの気があり、その執拗な愛撫に音をあげた恵利子が頭から布団をかぶると、飼い主の姿を見失ったビビはクウン、ともヒイン、ともつかない鳴き声を響かせ、ギャルはギャンギャンとせきこむような勢いで吠えたてた。そのけたたましい騒動に一役買うかのように、間もなく枕頭《ちんとう》の目覚まし時計が六時半を告げるアラームを奏ではじめる――。


目覚めるたびに恵利子は飽きもせず同じ疑問をくりかえす。

一体どうやって犬たちはアラームの時間を察知するのだろう？

そしてとなりで寝ている夫の弘司はなぜ、二匹が鳴こうが吠えようが寛大に聞き流すくせに、時計のアラームには気短な反応をするのだろう。

「あと十分」

と、クイズの早押し名人なみの俊敏さで時計に手を伸ばした弘司は、アラームを止めるなりふうっと吐息し、再び布団にうつぶした。

「……だけ、寝るね」

「はい」

弘司のあと十分の安眠を守るため、恵利子は新しい一日のはじまりに鼻息を荒くした二匹を階下のリビングへと誘導した。

朝の体調は起きぬけの水である程度、判断がつく。冷たい水が心地よく喉をすりぬけていく日は、まずまず良好。口に含んだ瞬間にアルコールの残り香が鼻をかすめるのは、前夜の疲れを引きずっている証拠。要注意なのは起きぬけの水があまりにもおいしいときで、これはあきらかに二日酔いの症状だ。

今朝の水は少々美味すぎた。スナック憩いにはタクシーで帰宅するような客はついていないため、通常は終電に合わせた午前〇時すぎには店を閉められるが、昨夜は悪酔いをして一時まで粘った常連客がいたため、後片づけをして店を出た頃には一時半をまわっていた。帰りは同じ方面のママとタクシーに同乗し、家の前で降ろしてもらう。二時にはビビとギャルにただいまの挨拶をしたはずだ。となると、就寝は二時半。睡眠時間は四時間という計算になる。

四時間——それは外で働く三十二歳の主婦として長いほうなのか短いほうなのかと思いあぐねつつ、恵利子はリビングでそわそわしている犬たちに朝のフードを与え、それから人間の朝食作りにとりかかった。アジの開きと玉子焼き、小松菜のおひたし、そしてネギと油揚げの味噌汁。

電気釜にセットした米が炊きあがるのとほぼ同時に、朝風呂を浴びてすっきりした様子の弘司が食卓に現れ、二匹から熱烈な朝の挨拶を受けた。

「よーしよし、ビビもギャルも、今日もよく鼻が光ってるぞ。それに比べて恵利子は照りが悪い」

「人間だもの」

「顔色悪いってことだよ。夕べは遅かったの？」

「いつもよりはちょっと」

「無理しないでもう少し寝てりゃいいのに」

「うん、でも今朝は散歩の途中で尚美と待ちあわせしてるの。ほら、例のバザーのチラシ、やっと刷りあがってきたみたいだから」

胃はまだ機能を眠らせたように重くもたれているものの、いつもながら旺盛な弘司の食欲を前に熱い緑茶をすすっているうちに、次第と頭も冴えてきた。恵利子は夕べの一件を思いだして苦笑した。

「そういえば夕べ、ドンペリおやじに言われちゃった。犬に貢いでなんになる、って」

「ああ、例のドンペリおやじか。あいかわらずドンペリ開けてんの？」

「うん。飲まないのにねえ」

「まあ、そういう輩《やから》が日本経済を無駄に盛りたててるんだろうな。そういえば……」

弘司がふっと箸を休めて恵利子に向きなおる。

「親父の会社、四月いっぱいで正式にたたむことにしたってさ。昨日、電話があった」

「そう。お義父さん、ついに……」

「ま、あとのことは弁護士が処理してくれるから心配はいらないよ。親父だってもう七十近いし、会社員ならとっくに引退してる年だし……。かえってさ、のっぴきならない事態になる前にたためてよかったんだよ。お袋もほっとしてるんじゃないかな」

「ならいいけど。午後の散歩のとき、ちょっとよってみるわ、お義母さんのところ」

「ああ、きっと喜ぶよ」

あっという間に朝食を平らげ、身なりを整えた弘司が出勤すると、恵利子は髪や肌に絡みついた煙草の匂いを朝風呂で落とし、それから二匹の待ちわびる朝の散歩へとくりだした。


午前八時。

朝の大気には犬の興奮を煽《あお》るスパイスでも調合されているのだろうか。玄関の戸を開けるや否や、ビビとギャルは競うような勇み足で路上へと飛びだしていく。そのくせビビは通行人とすれちがうたびに全身を硬直させ、尾っぽを垂らして立ちすくむ。ファミリー向けの建て売り住宅と単身者向けのマンションが混在するこの町を、この時間帯に行き交う人影の八割方は会社員かOLで、二匹の犬を連れた恵利子は少しばかり浮いている。セットバック半ばにしてまだ狭隘《きょうあい》な街路には車や自転車の通りも多く、ここではリードの先から片時も目を離せない。

十分ほどより道もせずに街路を直進し、突きあたりにそびえる大型マンションの角を折れる。そこからさらに二ブロックほど進むとふいに視界が開け、水鳥の遊ぶ川沿いの道に出る。ジョギングやスケートボードを楽しむ人々の姿も目につく幅広の遊歩道。散歩の本番はここからだ。車や自転車の侵入できないこの道では二匹もリラックスできるのか、執拗に街路樹の匂いを嗅いだり、風に舞う木の葉を追ったりと、勇み足をゆるめて道草の醍醐味をむさぼりだす。

恵利子もここへ来てようやく空模様をうかがう余裕を得る。今日はまずまずの好天になりそうだ。うっすら煙った空に太陽の輪郭はまだ見えず、鈍い鈴音のような陽光がちろちろと洩れてくる程度だが、やわらかく肌をなでつける風はすでに春の息吹を含んでいる。桃の節句をすぎたあたりから徐々に朝が楽になり、玄関の戸を開けるたび氷の壁にブロックされるような衝撃も緩和した。

前後左右、あらゆる物音に反応する二匹を引きつれて待ちあわせのベンチをめざしていくと、約束の時間より十分早い到着にもかかわらず、尚美はすでにそこにいた。春っぽい水色の首輪をつけた小豆《あずき》をつれている。

「おはよう」

「おはよう。早いね」

「今朝はあんまりお散歩仲間に会わなかったから。あ、だめよ、小豆、ビビがいやがってるでしょう」

「小豆、おニューの首輪かわいいよ」

「これね、堀さんからのプレゼント。こないだ一歳になったから。で、そうそう、堀さんからチラシも届いてる」

尚美がショルダーバッグからB5サイズの紙束をとりだした。パソコンでラフにデザインされた単色のチラシで、〈行き場のない犬たちに愛の手を！〉と中央に大きく印字されている。

「じゃ、さっそく今日から配りましょうか」

「配りましょうとも。今回は会場が近場だし、私たちが宣伝して歩くしかないもんね。鶴亀食堂とサイクル上田にはもう貼ってもらったから」

「山代動物病院の先生も協力してくれるって。ちょっとビビ、今なんか口に入れなかった？」

互いを「ビビママ」「小豆ママ」などと呼びあわないことからも察せられるとおり、恵利子と尚美はたんなる犬の散歩仲間ではない。二人は大学時代からの友人であり、今は〈仮宿クラブ〉という犬の保護団体に属するボランティア仲間でもある。

団体、といっても会員数は三十人たらずの小規模なグループだ。捨て犬や放浪犬など、行き場のない犬を自宅で預かり、里親（新しい飼い主）が見つかるまで面倒を見る、というのがその主な活動で、いわば犬たちの仮宿主。恵利子はビビを預かってもう二年に、ギャルを預かってひと月になる。尚美のもとに豆柴ミックスの小豆が来たのは三ヶ月ほど前のことだろうか。

「そういえば先週、ギャルのお見合いだったんでしょ。どうだった？」

「うーん。結局ね、仕事を持ってるお母さんが小学三年生の子供に約束させてたらしいの。里親になったら犬の面倒はぜんぶその子が見るって」

「ああ、それはあとあとこじれるパターンだわ」

「もしもお子さんが面倒を見なくなったらどうするんですかって訊いたら、宗旨がえは教育上よくないから一切手は貸さない、って。そう言いながらも情が移って、結局、親のほうがメロメロになっちゃうもんなんだけどね。でも万が一、そうならなかった場合を考えると、どうもふんぎりがつかなくて」

「迷ってるならやめたほうがいいって。ギャルならまたすぐ新しい希望者が現れるよ、条件いいし。ビビのほうはどう？」

「あいかわらず問いあわせゼロ。条件悪い犬の見本みたいなものだし、地味顔だし……」

「やっぱり持病があるとねえ……こら、小豆、どこの匂い嗅いでんの?」

インターネットが普及してからというもの、仮宿クラブの保護した犬の里親捜しはもっぱらそのホームページを通じて行われている。ビビやギャル、小豆のように各会員宅に散在する保護犬たちの写真をホームページに載せ、年齢や体重、性格的な特徴などを明記する。それを見た里親希望者からの連絡があると、ホームページの担当者が所定のアンケートに対する回答を求めて身元を確認したのち、見合いと称する対面の日時を調整する。中には里親希望を装って犬を引きとったのち、動物実験用に売りとばす悪徳業者もいるため、身元の確認には慎重を期している。

当然ながら犬も人間と同様、条件のいいものにほど求愛者が集中する。一歳未満。十キロ未満。フィラリア陰性。人慣れの度合いと、ルックスの見栄え。すべての好条件をそなえたギャルはこのひと月で二度の見合いをした。ミニチュアダックスと日本犬の混血らしいこの犬は、その脚の短さも垂れ耳も黄金色の毛並みもきわだって愛くるしく、ネット上の写真にひとめぼれをしたとの声も多い。が、実際に里子として送りだす段になると、無駄吠えの悪癖と自分がつねにナンバーワンでなければ気のすまない我の強さが障壁となる。きゃんきゃんけたたましい今時のギャルみたいねえ、と尚美のこぼした一声がその名の由来となったくらいで、甘やかすと手のつけられない問題犬にもなりかねないギャルには、しっかりとしつけのできる里親が必要だと恵利子も思っている。

「じゃ、土曜日に神社でね」

「うん、また堀さんから連絡いくと思うから」

恵利子が尚美と別れると、小豆とじゃれあっていたギャルは名残惜しげに足を踏んばり、一匹だけ蚊帳《かや》の外にいたビビは率先してぐんぐん歩きだした。二匹をつれた恵利子は川沿いの道をさらに進みながら、辺りに犬づれの人影はないかと目をこらす。チラシを配布するためだ。

会員の堀さんが自腹で刷っているせっかくのチラシを、通勤途中の会社員やOLに渡したところで効果は皆無に等しい。犬の保護活動、などという耳慣れぬ用語に関心を示すのは、実際に犬を飼っている人間ばかりだ。もしくは、いかにも犬好きそうに目を細めてビビやギャルに見入っている熟年層。そうした相手を見定めてチラシを配っても、なおかつ、関心よりも困惑の眼を返されることのほうが多い。

一キロほども遊歩道を進み、橋づたいに対岸へ渡って元来た方向へと引き返していく道すがら、恵利子は二十人を超える人々にチラシを配布したものの、さほどかんばしい手応えは得られなかった。

「犬の里親？　ふうん、いろんな親がいるのねえ」

「バザーって、なに売ってんの？　今の時代はさ、なんてったって百円ショップだよ、一番安いのは」

返ってくる声は千差万別だが、最も多いのは「ああ、はい、どうも」と気のない返事だけを残してすみやかに離れていく人々だ。都会の人間はスマートに人を拒絶する。

同様に東京で生まれ育った恵利子にも彼らの気持ちは理解できた。これは人間の優劣の問題でも善悪の問題でもなく、ただたんに、興味のベクトルの問題なのだ。恵利子が相撲にまったく興味を持てないように、ゾウリムシの生態に思いをめぐらせたことがないように、自分たちが肥満したのはマクドナルドのせいだと訴訟を起こす人々の気が知れないように、見る人が見れば恵利子のしていることなど「だからなに？」程度の事でしかない。恵利子自身、二年前なら「だからなに？」の一瞥《いちべつ》でチラシをやりすごしていただろう。

張りあいがないとか、自尊心が傷つくとか、そんな個人的な感情は、だからこの際、眠らせておくことにしている。腐らずにチラシを配りつづければ、時には仮宿クラブの活動を本気で応援してくれる相手とも出会えるし、中には実際にバザーまで足を運んでくれる人もいる。それで十分だ。

「行き場をなくした捨て犬たちを保護するためのバザーです。今度の土曜日、そこの神社でやってますから、お時間があったらいらしてください」

尚も数名に呼びかけてから再び対岸へもどり、通勤の人波も絶えた街路を足早に引き返して、朝の散歩はひとまず終了を迎える。散歩命のギャルは家が近づくにつれて歩調を鈍らせ、油断をすると別の道へと恵利子を先導しようとする。イケナイ、イケナイ、とそれをたしなめる恵利子とギャルとの攻防を、ビビはいつも後ろ脚で耳の後ろをぽりぽり掻きながらしらっとながめている。

ギャルをどうにかリードし、ようやく自宅前の通りにさしかかろうとした矢先、恵利子は自動販売機の前からビビに見入っている初老の男に気がついた。犬好きなのかもしれない。

「すみません。私、捨て犬保護のボランティアをしている者ですが……」

チラシを手渡そうと歩みより、ハッと口を塞いだ。ビビへそそがれる男の眼差しが必ずしも好意的なものではないと悟ったのだ。

「なるほど」と、男はチラシにおざなりな一瞥を投げて言った。「いまどき、こんだけパッとしない雑種もめずらしいと思ったけど、そういうことか」

散歩でぬくもっていた体がすうっと冷たくなった。人間の悪意に敏感なビビが、男の視線に気《け》圧《お》されて震えだす。

守らなくては。私が守らなくては。そう思いながらも声が出ない。

「そんな……」

ようやく口を開きかけたそのとき、おびえるビビのわきからギャルが飛びだし、男に歯をむいて猛然と吠えたてた。無駄吠えは茶飯事のギャルだが、人間に対してこんなにも攻撃的になったことはない。恵利子があっけにとられていると、ギャルの剣幕にひるんだのか、男はチラシを突き返してぷいと背中を向けた。

「世界には食うに困って飢え死にしていく人間だっているってのに、犬助けとは、まったく優雅なもんだ」

恵利子は奥歯を噛みしめ、男が体を左右に揺すりながら遠のいていくのを見送った。それから膝を折り、まだがくがくと震えているビビをなでながら耳元でささやく。大丈夫。もう怖くない。怖くないから。尚も激しく吠えたてていたギャルは、恵利子が「ありがとう、もういいよ」と後ろから抱きしめたとたんに鎮まって、平時のあっけらかんとした表情にもどった。

突き返されたチラシを手提げ袋へ収めると、恵利子はすっかり腰の砕けてしまったビビの歩調に合わせて、再びゆっくりと歩きだした。


午前九時。

朝の散歩後は家中の掃除機がけ→洗濯→台所の片づけ……と、順に家事をこなしていくのが恵利子の日課だ。が、今日ばかりは掃除機の騒音でこれ以上ビビをおびえさせるのも忍びなく、少々様子を見ることにした。見知らぬ人間、とくに男性を恐れるビビはまだ全身をこわばらせて、二階の屋根に降り立つカラスの気配一つにもびくびくとしている。

弱虫。神経質。甘ったれ。そんなビビの性質は、しかし、ビビ自身には責任のない過去のトラウマに起因している。ビビは生後の約一年間、元飼い主宅の湿っぽい裏庭に一日じゅう係留され、塀の向こうに広がる世界を知らずに育ったのだ。虐待を受けていた可能性も高い。幸いにしてその近所にいた仮宿クラブの会員が、夜な夜な聞こえる悲痛な鳴き声に業を煮やして飼い主宅を訪ねたところ、飼い主の男はまったく悪びれた様子もなく、「子犬の頃はかわいかったのに、成長したら不細工になって、こっちも困ってるんだ」と、逆に泣きついてきたという。それなら新しい飼い主を探しましょう、とその場で話がまとまった。

まだ入会したばかりだった恵利子の家にやってきた当初のビビは、すべてを怖がった。恵利子を怖がり、弘司を怖がり、テレビを怖がり、散歩を怖がった。ほかの犬を怖がり、強風を怖がり、車のエンジン音を怖がり、自分の影を怖がった。世の中には「怖くないもの」も存在することを教えるのに、一体、どれだけの時間を費やしたろう。ようやくビビがそれに気づきはじめた頃――あれ、この人はもしかして怖くないのかな、という目を自分に向けたときの不思議な感情のうねりを、恵利子は今も忘れない。それまで「カテゴリー・犬」として大雑把に捉えていたビビが、初めて個として立ちあがり、恵利子の中に「ビビ」という新たなカテゴリーを築いた瞬間だった。

「ねえビビ、少しずつでいいから、怖くないものを増やそうね。もうちょっとでいいから、強くなろうね。あんた地味顔だし、このままじゃ誰も里親になってくれないよ」

リビングのソファに丸くなり、恵利子にぴったりと体を押しあてているビビの背をさすりながら諭《さと》す。こうしてビビが体を預けてくるようになったのも、この家へ迎え入れて一年以上が経ってからのことだ。

一方、初めて会った瞬間から顔中をなめまわしてきたギャルは、今も元気がありあまっているのか、二階への階段を駆けのぼったり降りたりと、一匹だけの運動会をくりひろげている。突然の海外赴任が決まった一家からのSOSを受けて仮宿クラブが引きとったこの犬は、前の家庭でも過保護なまでの自由を与えられ、気ままに家中を駆けまわっていたのだろう。人間と同様、犬にも運不運があり、おのずとそこから性格が培《つちか》われる。

敵の来襲にでもそなえるように耳を張りつめていたビビは、やがてヒィンと情けない声をあげて首を傾け、恵利子の顔をのぞいた。いつもながら所在なさげな、すまなそうな目をしている。

ごく平凡な赤茶色の短毛と、泥棒髭を思わせる黒味がかったマズル。内気で何事にも時間のかかる性分。この家に来て間もなく発覚した腎臓疾患。いっこうに里親の現れない自分の悪条件を重々承知しているかのようなその表情を見るに忍びなく、恵利子は思わず目をそむける。

観ることもなくつけているテレビからは朝のワイドショーが流れ、昨日やおととい、一年前と代わりばえのない事件がつぎつぎに映しだされていく。殺人。未成年者の犯罪。幼児虐待。集団自殺。薬物問題。政治家の汚職。他国の紛争や戦争。このところ暗い話題が多くて気が滅入りますねえ。本当に、始末に負えない事件ばかりで。滑舌《かつぜつ》の悪いコメンテイターが昨日やおととい、一年前と代わりばえのしない繰《く》り言をくりかえす。たしかに始末に負えない。さらに悪いことに、話題性に富んだこれらは相次ぐ事件のごく一部で、実社会ではニュースにものぼらない無数の悲劇が日ごと人々を苦しめている。家族の病気や死。不慮の事故。リストラ。借金苦。中小企業の倒産。自殺。たしかに、犬になどかまけていなくても、救いの手をさしのべるべき対象はごまんと存在する。

「世界には食うに困って飢え死にしていく人間だっているってのに、犬助けとは、まったく優雅なもんだ」

さっきの男の言葉を思いだすと、だからこそ恵利子の胸はうずく。自分は正しいことをしているのだと言いきることはできないし、そもそも正しいことをしたいわけでもない。

では、なんのために?

ここ二年間、つねに頭のどこかにあった問い。

一言でいえばなりゆきかな、と多少、肩の力が抜けてきた昨今の恵利子は思っている。

長く閉ざしていた瞼を開いたとき、恵利子の前に現れたのは寝たきりの老人でも虐待に苦しむ子供でも遠い国の難民でもなく、人間に捨てられ人間に捕らえられた無数の犬たちだった。その瞳が、その咆哮《ほうこう》があまりにもリアルだったから、恵利子は見ないふりをして通りすぎることができなかったのだ。


犬猫の収容センター——捨て犬や迷い犬、飼育を放棄した飼い主に持ちこまれた犬猫が拘禁されている国営施設を恵利子が訪ねたのは、ちょうど二年前の春先のことだった。

きっかけは、尚美からかかってきた一本の電話だ。

「ねえ、このまえ話したボランティアの件だけど、本当にやる気があるんなら、ちょっとつきあってほしいところがあるの」

尚美は大学時代から快活なリーダー肌で、恵利子はひそかにそんな彼女に憧れもしていたが、卒業後は片や専業主婦、片や独身の薬剤師という境遇の違いのせいか、長らく年賀状だけのやりとりが続いていた。再び交流がはじまったのは、尚美が恵利子の近所に越してきた数年前。近所のよしみで二人はときどきお茶をするようになり、恵利子は尚美が学生時代と変わらぬ精神の若さを維持していることに驚いた。ある日、尚美からボランティア活動の話をきいた恵利子は、反射的に「私もやりたい」と口走っていた。

よほどの犬好きでなければ務まらない仕事だ、とその場では諭《さと》されて終わったものの、尚美もどこかで気にかけていたのだろう。

「百聞は一見にしかず。あれこれ説明するより、とにかくその目で見てもらおうと思って」

「見るって、なにを？」

「収容センター。俗にいう保健所にいる犬たちよ」

今にして思えば、あれは一種の通過儀礼だったのだろう。尚美は恵利子をテストしたのだ。どこまで本気なのか。気ままな主婦の恵利子にこのボランティアが務まるのか。

実際、その時点での恵利子はまだなんの覚悟も持ちあわせていなかった。一体そこにはなにがあるのかと、少しばかりの興味を胸に尚美のあとについて電車を乗り継ぎ、八幡山という見慣れぬ駅に降り立っただけだ。そもそも収容センターがどのような施設であるのかもろくに知らずにいた。

八幡山の駅から徒歩十五分ほどの国道沿いにあるその施設は、一見したところはごく普通の四角い建物にすぎず、その内側に犬たちの咆哮が轟いているとは思えない。が、敷地内に一歩足を踏み入れれば、そこには殺処分された犬たちを弔う慰霊碑や、「ふれあい広場」なる犬の放し飼いスペース、犬猫の運搬用キャリーケースなど、意味ありげな物影がつぎつぎと目に留まる。職員用とおぼしき自転車置き場にはなぜだか巨大なサンドバッグが吊されていて、動物のみならずここには人間のストレスまでもが滞っているのかと恵利子が怖気づいていると、「去年はここに一万五千匹近くの犬と猫が収容されたの」と、かたわらから尚美の声がした。

「そのうちの一万二千匹が殺処分された」

「殺処分？」

「ここに収容された犬に残された時間は、七日間だけ。そのあいだに飼い主が引きとりにこなかったら、大田区の城南島にあるべつのセンターに移送されて、炭酸ガスで殺されるのよ」

しかし中にはまだ年齢が若かったり、性格が温厚だったりと、家庭犬としての再出発が見込める犬もいる。一定の基準をもとに職員がその可能性を認めた犬にかぎっては七日間をすぎてもセンターに残され、一般家庭への譲渡を前提としたしつけ訓練を受けることになる。仮宿クラブを含む都内の保護団体もこのセンターと連携し、譲渡先探しに協力をしたり、再出発をはたせるか否かの微妙なライン上にいる犬を引きとったりしている——。

尚美の話に耳を傾けているうちに、所内の事務室から案内の職員が姿を現した。

「こんにちは」

「ああ、いつもお世話さまです」

犬を捕らえる側と、解きはなつ側と——理屈上は敵同士のようでもある女性職員と尚美とは、しかし無闇な殺生はしたくないという一点で通じあっているらしく、顔みしりの親しさで言葉を交わしている。尚美はすでに幾度となくこのセンターを訪れているようだ。

それでも、実際に犬たちの収容場所へと足を踏みいれる段になると、尚美は急に子供のように頼りなげな顔をして、ほう、とその鼓動が伝わるほどに大きな深呼吸をした。緊張と、恐れと、できることなら回れ右をしたいという葛藤と——。ただならぬその気配を前にして、恵利子はどういうわけかそのとき、少々不謹慎な高ぶりを感じたのを憶えている。

このドアの向こうになにやらドラマティックな悲劇が待ちうけている。普段の日常からは及びもつかないような、これまでの人生観が葬り去られるような、自分という人間を底辺から揺さぶり変質させるような、そんな決定的な衝撃がそこにひそんでいるのではないか、と。

しかし実際、そこにあったのは恵利子たちの日常の至るところに影を落とす悲劇の一部にすぎなかった。多くの人々が目をそむけ、あるいは最初から見なかったふりをして通りすぎるたぐいの後ろ暗い現実。自分の理解を超えるほどの惨劇がそこにあったなら、逆に恵利子は一時的に仰々《ぎょうぎょう》しくうろたえて終わりにできたかもしれない。が、下手に理解の範囲内にあったからこそ、その痛ましさ、救いのなさに足下をすくわれ、気がつくと身動きがとれなくなっていた。

総じて清潔な場所ではあった。空調が整っているため、尿便の臭気が鼻をつくこともなく、温度も適切に保たれている。ひんやりとした薄ら寒さは、だから肌ではなく別の器官を通じて心に忍び入ってくるのだろう。不安げな犬の遠吠え。なけなしの虚勢をふりしぼるような威嚇《いかく》。収容施設へのドアをくぐって最初に現れたのは小型犬や老犬、傷ついた犬などが一匹ずつケージに隔離されている犬舎で、その日は八匹の犬がいた。施錠された鉄柵からのぞくどの顔もおびえ、ここから出たいと請《こ》うている。ある犬はなぜ自分がここにいるのかわからずに混乱して吠えつづけ、ある犬は自分がここにいるわけを悟った恐怖から吠えつづける。吠え疲れたのか半ば諦念の目を宙にさまよわせる犬も、恵利子たちにむかって必死で尾をふり愛想をふりまく犬もいる。

犬にも感情があるのだ。ごく当然のその事実を、よりによってこんな場所で恵利子は初めて突きつけられ、その迫りくる感情の渦を受けとめる術《すべ》もかわす術も持たないまま、ただただそこに立ちつくした。

　犬は犬だと思っていた。相撲やゾウリムシやマクドナルドに訴訟を起こす人々と同様、恵利子には無縁の存在だった。猫もインコも、縁日の金魚も同じこと。生き物を飼って世話をする、という発想を持ちあわせていなかった恵利子は、人間以外の命にうとかった。けれども今、誰かが手をさしのべないかぎり確実に七日後には葬り去られる犬たちを目の当たりにしていると、人間以外の命もまた人間同等に生々しいのだ、と認めずにはいられなかった。

　にわかに重くなった足を動かし、女性職員と尚美に続いてさらに通路を進んでいく。その先に現れたのは中型犬や大型犬用の広い犬舎で、六畳ほどに仕切られたいくつかの舎内に、数匹ずつの犬がまとめて収容されていた。ラブラドールやセッター犬などの純血種もいる。ひときわ目を引くのはシェパードクラスの大型犬だが、この不穏な環境におびえ、混乱し、必死で逃げ場を求める様子は小型犬のそれとなんら変わりはない。見るからに頑強そうな日本犬が四肢を震わせ、よだれを垂らしてきゅんきゅんと鼻を鳴らしている。恵利子たちの気配を感じるが早いか、彼らはこぞって甲高い遠吠えを響かせ、舎内をそわそわとうろつきだした。自分はここにいるのだと、こうしてたしかにいるのだと、生い先の不透明なその存在を必死でアピールしている。どの犬も全身で待っている。信じていた飼い主を。安らげる場所を。自由を。

「東京にはもうほとんど野良犬はいないから、ここにいるのはみんな捨て犬か迷い犬よ。ときどき、飼い犬をもてあました飼い主が自分で持ちこむケースもあるけど、そういう犬は七日間の猶予もなく、その日のうちに城南島へ移送されて処分されるの」

尚美はもはやこの情景に心を慣らしたのだろうか。こちら側とあちら側とを隔てる鉄柵の前に膝をつき、頼りなげに尾を揺らして歩みよってくる犬に「大丈夫、きっと飼い主が迎えにきてくれるよ」などとささやきかけている。

「保護活動とか言ってもね、私たちが救いだせるのはこの中の一割にも満たないの。ぜんぶを救うには人手も資金もとうてい足りないし、そんなことしてたらすぐに活動自体が破綻しちゃう。だから、私の中にいつもあるのは、自分はこの犬たちの一割を救ってるんだって思いじゃなくて、ここにいる九割を見捨ててるんだって思いなの」

ここにいる九割を見捨てている。そんな思いを背負いつづける覚悟があるのなら、どうか私たちの仲間になってちょうだい——。

惚《ほう》けきった面持ちでセンターをあとにした恵利子にそんな言葉を投げかけた尚美は、内心、さしたる期待を抱いてはいなかっただろう。恵利子には無理だ。務まるわけがない。瞳が正直にそう語っていたし、恵利子自身もそう思っていた。私には無理だ、できるわけがない。そもそも他人の捨てた犬がどんな最期を迎えようと自分には関係のないことじゃないか、と。

けれどもその夜、眠れないまま鉄柵越しに見た犬たちの姿を頭によみがえらせていくうちに、恵利子ははたと思ったのだ。いや、私はすでに関係してしまったのだ、と。もしかしたら生まれて初めて自ら進んで関係することを選んだのだ、と——。

テレビをつけるたび、新聞をめくるたび、そこには無数の悲惨な事件や活路の見えない難題がぞろめいている。その多くが恵利子の理解を超えている。自分になにができるのかと考えることは、自分の無力さと向かいあうことだ。だから恵利子は長いことそれを放棄していた。ただの主婦である自分になにができるでもない、と。学生時代はただの学生である自分に、と思っていた。

そうして目をそむけてさえいれば、恵利子の毎日はそこそこ平穏に、波風もなくゆるゆると通りすぎていった。独身時代は両親に守られ、結婚してからは夫に守られ、家庭という王国でふんぞり返っていられた。

それでも心のどこかに、本当にこれでいいのかと、こうして死ぬまでゆるゆると年だけを重ねていくのだろうかと、形にならない疑問がうごめいてもいた。

転機は、よくある一齣《ひとこま》のような顔をして、ごくさりげなく恵利子の日常にもぐりこんだ。

恵利子はその日、今ではビビとギャルの散歩コースとなった川沿いにある行きつけのイタリアンレストランを訪れた。そこは比較的リーズナブルな料金でランチのミニコースを供する店で、一人でも落ちつけるカウンター席があるせいか、ランチタイムはいつも恵利子のような主婦たちでにぎわっていた。恵利子の真後ろのテーブル席にいたのも、恐らく三十代の半ばと思われる主婦の二人づれだった。

「まったく、どうして私たちの税金で、無分別な日本人の尻ぬぐいをしなきゃいけないのよねえ」

二人づれは食事のあいだじゅう、当時の一大事件――米軍による攻撃下のイラクで拉致され、解放された日本人三人の話題で白熱していた。

「なんだかねえ、正義だとか、平和だとか言っちゃって、そりゃあ本人たちは立派なことをした気でいるんでしょうけど、なにも戦時下の国にわざわざ行かなくたって、ねえ」

「売名よ、売名。今の若い子たちはね、なにかをやって有名になるんじゃなくて、まずは有名になってからなにかしようって考えるんですって。誰だったかしら、ほら、有名なコメンテイターが言ってたわよ」

「日本政府はイラクへの入国は危険だって勧告してたわけじゃない。なのに勝手に入って、捕まって、身代金は私たちの税金から……なんて、いい迷惑よねえ。自己責任でなんとかさせればいいのよ」

「そうそう、自己責任よ」

それは当時の日本を支配していた論調であり、恵利子自身、その流れに便乗して解放された三人にどこかしら批判的な目を向けていた。税金を納めている自分には無分別な日本の若者を裁く権利がある、とでもいうように、内心はその志や行動力が妬《ねた》ましくもある彼らのことをふんぞり返ってながめていた。

が、しかしそのとき、なぜだか唐突に、同じようにふんぞり返っている背後の声がひどくグロテスクな冗談のように響いたのだ。この麗《うら》らかな昼下がり、グラスワインを片手にカラフルな前菜をつつきながら、自分以外の誰かのためになにかをしようとした若者たちを弾劾《だんがい》する。それは自分ではなく、自分とよく似た誰かの声であるにもかかわらず、恵利子はなんとも言いがたい羞恥の念に襲われた。——いや、それがあまりにも自分とよく似た誰かの声であったが故の羞恥かもしれない。

自分には関係ない、と目をそむければすむ誰かやなにかのために、私はこれまでなにをしたことがあるだろう?

ミニコースのデザートを待たずに席を立った帰りの道で、恵利子は初めてそんな問いを自分自身へ投げかけた。

答えは出せなかった。

尚美の口から「ボランティア」の一語を聞いたのは、その数日後——恵利子があの羞恥を、自分への失望をかろうじて意識の表層に留めていた頃だった。


ソファの上でいつしかうとうととしていた恵利子は、小一時間ほどそこで意識を失い、ふと気がついたときには胸元にビビが、足元にはギャルがぴったりと背中をよせて一緒に寝入っていた。すう、はあ、すう、はあ、と二匹が寝息をたてるたび、そのやわらかな体は微妙に上下し、たしかな命の感触を恵利子の肌に届ける。いつまでながめていても飽きることのない無防備な寝顔だ。が、実際問題、いつまでもながめてはいられない。

恵利子は二匹をそのままにして起きあがり、掃除→洗濯→台所の片づけ……と、いつもの家事をテンポよくこなしていった。ひと息ついたところでコーヒーを淹れ、ノート型パソコンをリビングのテーブルで立ちあげる。仮宿クラブのホームページから里親募集犬たちの状況をチェックし、昨日、里親の決まった犬の預かり主に祝福メールを送信。それから電子エディターの受信トレーを確認すると、この日は二通の嬉しいメールが届いていた。

犬の預かりをしていて一番嬉しいのは、これまで恵利子のもとを巣立っていった犬たちの里親から近況報告をもらうことだ。体重が増えました。耳が立ちました。トイレの失敗がなくなりました。お散歩デビューしました。初めて海へ行きました。買物から帰ってきたら家中のゴミ箱をひっくり返していました。どんな報告でも胸が熱くなる。メールに添付されていた犬の写真をプリントアウトしてアルバムに加え、一通ずつ丁寧に返事をしたためた頃には、時計の針はとうに十二時をまわっていた。

昼食は大抵、朝食の残りで手早くすませる。その後は近所の商店街で買物→弘司の夕食の下ごしらえ→洗濯物の取り込みとアイロンがけ……と午後の家事を片づけ、ようやく恵利子のフリータイムが訪れる。新聞や雑誌をめくったり、ビビとギャルの成長日記を綴ったりしているうちに、瞬く間に過ぎ去っていくつかの間の休息。そのあいだはおとなしく寝ているビビとギャルだが、午後の散歩タイムの訪れとともに二匹は充電を完了し、蓄えたエネルギーを再び放出しはじめる。

午後三時。徐々に傾きだした陽が分刻みで万物の色を移ろわせていくその時間帯が、午後の散歩タイムだ。まだ二時よ、と恵利子がうそぶいても、断じて二匹には通用しない。恵利子の足に頭をこすりつけたり、奇声を発して絨毯にひっくり返ったりのデモンストレーションに負け、恵利子は再びリードを手にして立ちあがる。

午後の散歩は対岸へ渡らず、川沿いの遊歩道を直進した先にある公園へのルートをたどっていく。野生に近い樹木がおおらかに生いしげる自然公園で、中央に開けた広場には終日、多くの犬が集っている。

その日も、馴染みの数匹を見かけた恵利子は、早速、その飼い主たちにバザーのチラシを配った。

「あ、またやるんだ」

「土曜日ね。ちょっと行ってみようかな」

日頃から親しんでいるだけに、さすがに反応が違う。恵利子の活動をよく知る彼女たちは里親探しにも協力的で、どこそこの某さんが犬をほしがっていた、などの情報ももたらしてくれる。

社交家のギャルは一人一人に愛想をふりまき、一匹一匹にもさかんにプロレスごっこをしかけている。ビビは……というと頑として誰とも目を合わせず、犬たちとも距離を置き、片隅でひっそりと土を穿《うが》っているのがもっぱらだ。

「ビビちゃん、あいかわらずマイペースねえ」

「ほんと、なんか寡黙な職人気質《かたぎ》って感じで、いい味出してるよ」

「ありがとう。まあ、見てくれもこのとおりの地味顔だし」

「でも、前に比べるとだいぶ表情がやわらかくなってきたじゃない」

仮宿クラブについて知るほどに、散歩仲間の彼女たちは恵利子の活動と同様、預かり犬の性質にも理解を示してくれるようになった。が、馴染みのない顔の中にはやはり大きな誤解を抱えた人もいる。

「ボランティアだなんて、ご立派ねえ。でも、今は雑種が逆に流行ってるって言うじゃない。同じ顔は世界に二つとないっていうんで、かえって高くついたりするんでしょ。その子たちも高く売れればいいわねえ」

この手の輩《やから》にボランティアのなんたるかを云々するのもむなしく、恵利子はすみやかにその場をあとにする。

実際に携わってみてわかったことだが、ボランティアという言葉を聞くと、善行のふりをしてじつは儲けているんじゃないの、という顔をする人が意外と多い。どんな事象もつぶさに調べればその襞《ひだ》に利害がひそんでいる、と信じて疑わない人たちが。

フード代。ワクチン代。フィラリアの予防薬代。ビビの医療費。ペットシーツをはじめとする消耗品代。実際のところ、各ボランティアのもとには一銭の報酬も入ってこないばかりか、自ら持ちだす費用ばかりが日に日にかさんでいく。本部に集まる寄付金やバザーの収益だけではとうていまかないきれず、多くのボランティアが自腹で犬の面倒を見ている。小洒落たレストランで優雅なランチを楽しんでいた時代が、今の恵利子にはまるで他人の過去のようだった。

とはいえ、今現在の家計が共働きを迫られるほど逼迫《ひっぱく》しているのかといえば、決してそんなことはない。個人輸入業を営む義父が息子夫婦のためにと建ててくれた一軒家にのうのうと住まい、住宅ローンに追われることなく生活できるだけでも十分に恵まれていた。

「あらビビちゃん、ギャルちゃんも、会いたかったわよう。恵利子さん、早く上がって、上がって」

雑木林で二匹を遊ばせ、まだしつけの入っていないギャルにゲーム感覚のトレーニングをほどこしたのち、恵利子はその公園から徒歩三分の義父母宅へ立ちよった。恵利子の自宅からも十五分とかからない一軒家だが、遠慮があるのか常日頃、義父母のほうから息子夫婦を訪ねてくることはない。恵利子がしばしば顔を出すようになったのも犬の預かりをはじめてからのことで、夫の弘司に輪をかけて犬好きの義母にはなにかと世話になっている。

犬の食事。トイレのしつけ。甘噛みや飛びつきの抑制。すべてこの義母に教わったといっても過言ではない。

「ギャルちゃんの無駄吠えはどう？」

「あいかわらずです。家では少しおとなしくなってきたけど、さっきもそこの公園で一番騒いでました。やかましい子がいるなって思うと、だいたいうちのギャルなんです」

「まあ、犬にも個性があるものねえ。ギャルちゃんに我慢させるより、ある程度、ギャルちゃんが好きに吠えられる環境にいる里親さんを探してあげたほうがいいかもしれないわね」

「となりの家まで百メートルくらいあるような北海道の一戸建てなんて理想的だねって、弘司さんとよく話してるんですけど」

和室の客間で恵利子が義母と話をしているあいだじゅう、ギャルは廊下を我が物顔で駆けまわり、ビビもビビでお客さん用の座布団を占領してぐうすかいびきをかいていた。

義母は、恵利子と弘司以外でビビが唯一、心を許している人間だ。最初は玄関で失禁するほどおびえていたビビがここまでなついたのは、とにもかくにも義母の根気強い働きかけのおかげだった。

「そういえばお義父さん、会社をたたまれるそうですね」

「そうなの。もうね、だいぶ前から考えてはいたんだけど、ようやくふんぎりがついたみたいで」

「お義父さん、仕事命の方だったから、いざ引退となるとおさびしいでしょうね」

「そうねえ。でも、あれでもだいぶ変わったのよ。二、三年前……会社が暇になりだした頃から少しずつね、休日には花見に行ったり、紅葉狩りに行ったり、気持ちにゆとりができたっていうのかしらね。私としてはもう、会社なんてさっさと潰しちゃえばいいって内心思ってたんだから」

まんざら冗談でもなさそうに言い、からからと笑う。声を合わせて笑うべきなのか、神妙にうつむいておくべきか。恵利子が思いあぐねているうちに、ひとり遊びに飽きたのかギャルが障子の隙間から飛びこんできて、せわしなく吠えたてた。ビビは迷惑そうに体を起こして移動し、義母の陰に避難する。

「あいかわらずねえ、ビビちゃんは」と、義母がビビの耳の後ろに手をまわしながら吐息した。

「恵利子さん、本当のところ、ビビちゃんの里親探しはどうなのかしら。この子の良さをわかってくれる里親さんが現れる見込みはあるのかしら」

耳の後ろはビビの急所らしく、ここを掻かれるとみるみる脱力し、だらんとお腹を丸出しにする。ビビをこんなにも無防備にしてくれる里親がはたして今後現れるのか？

「あきらめてはいません。ただ、やっぱり腎臓の病気がネックになるみたいで……。病気っていっても、毎月検査して、薬を飲ませて、病院で処方されたフードだけを与えていれば問題ないんですけど。それでもやっぱり誰だって健康な犬のほうを選びますよね、どうせ迎えいれるなら。それに性格もこのとおりですから、なかなか里親希望者が現れないのも無理はないかなって」

「二年も手元に置いたら、恵利子さんだって情が移ってるんじゃない？」

「いえ、そこはもう、私はあくまでも仮の宿主だって割りきってますから……。ビビはこういう性分だし、ほかにもいろんな預かり犬が出入りするうちみたいな家より、一頭飼いをしてくれる落ちついた環境のほうが安心して暮らせると思うんです。一匹一匹に適した家庭を見つけてあげるのが私たちの役目ですから」

「そうね。じつは私もそう思って、主人と相談したのよ」

「はい？」

「主人も引退してこれから暇になることだし、私たち夫婦がビビちゃんの里親に立候補したらどうかしら、って」

予期せぬその一言に、恵利子はぽかんと顔を持ちあげた。その意味するところをつかみきれないうちから、見えない指に涙腺を弾かれでもしたように、みるみる視界がうるんだ。

「でも……そんな、だってお義父さんは犬がお嫌いで、最初はビビのことだって……」

「ええ、でもあの人が変わったのは恵利子さん、あなたもご存じでしょう」

心なしか義母までが涙目になって言う。

そう、つい数年前まではがちがちの仕事人間であり、ワンマン亭主でもあった義父は大の動物嫌いで、恵利子がビビを預かりはじめた当初は猛反対をしていたのだ。

時期も悪かった。当時結婚六年目を迎えていた恵利子たち夫婦は、いっこうに子供を授かる兆候がなく、本人同士はそれならそれでいいと割りきっていたものの、周囲はそうはいかなかった。義父母のみならず、世田谷のはずれに住む恵利子の両親も孫の誕生を待ちわび、すでに皆がしびれを切らせていたのだ。恵利子が犬の預かりをはじめたとき、恐らく誰もが思ったのだ。ああ、ついに子供をあきらめて犬を飼いはじめたか、と。

「どうせ無償奉仕をするなら、もっと社会的に意義のある役割を担うべきじゃないのか」

肩を怒らせた義父がめずらしく自分から息子夫婦の家に出向いてきた日のことを、恵利子は今も忘れない。

「でも、もうこうして犬を預かっちゃってるわけだしさ。親父も、ちょっと毛深い孫ができたと思って、かわいがってやってよ」

弘司の返した軽口に、義父はかっと顔中をほてらせて怒鳴った。

「犬は犬だ。孫とは思えん」

以降、数ヶ月間は弘司と義父の冷戦状態が続いたのだが、恵利子にしてみれば家まで建ててもらった義理の親に対して、いつまでも心ない態度はとっていられない。幸いにして大の犬好きであった義母と連携し、徐々に義父の「犬慣らし」を進めていった。

最初のうち、恵利子が散歩の途中で立ちよっても「犬は庭につないでおけ」とにべもなかった義父が、義母の力添えもあって次第に「玄関に入れておけ」と軟化し、やがてはそれが「廊下までならいい」になり、「居間だけは許すが座布団には載せるな」になり、「犬のベッドでも置いてやれ」になり、「ビビのおもちゃを買ってきたぞ」になり、「よちよちビーたんこっちにおいで」になり――。ある日、義母との雑談中に姿を消したビビを恵利子が探していると、義父母の寝室のベッド上に丸くなっている背中が見え、ちょうどその上に義父が自分の膝掛けをかけてやっているところだった。ふりむき、恵利子と目を合わせた義父のなんともばつの悪そうな表情を思いかえすたび、恵利子は今も笑いと涙を禁じ得ない。

「私もね、恵利子さんとビビちゃんには感謝してるのよ。犬好きの家庭に育って、犬がいるのが当たり前って生活を送ってきたのに、よりによってあんな犬嫌いと結婚しちゃって……。一生、犬は飼えないだろうってあきらめていたのに、まさかあの人があんなに変わるなんてねえ。最初のうちはあの人、まだあの犬の飼い主は決まらないのかって、そりゃあカリカリしていたものだけど、最近は逆に、ビビの里親が現れたらどうすればいいんだ、なんて心配してるくらいで……。主人も私も、もう誰にもビビをつれていかれたくないのよ。ずっとそばにいてほしいの。恵利子さんだって、本当は同じ気持ちなんでしょう?」

犬のことでセンチメンタルな感情を人前には出したくない。かわいいだとか、かわいそうだとか、そんな情の部分で人心に訴えかけるよりも、自分たちの活動や犬の性質をできるかぎり正確に伝え、真の理解を示してくれる相手に大事な犬を託したい。そんな考えのもとに普段は極力、気持ちをセーブしている恵利子だが、義母のありがたい申し出の前には理性もかたなしだった。

「じゃあ……私、ビビと別れなくていいんですか。これからもいつでも会えるんですか」

「もちろんよ。ビビちゃんだって恵利子さんと別れたくないはずよ」

「本当に、本当にビビみたいな子でいいんですか。病気持ちだし、臆病だし、それに地味顔だし……」

「あら、ビビちゃんは美人よ。そう思わない？」

まじまじと義母を正視した。嘘のないその瞳に触れた瞬間、ぽろぽろと、あきれるほどに大量の涙が恵利子の頬を伝って首筋にまで滴《したた》りおちてきた。

「じつは、私も、ひそかに思ってたんです。ビビは派手な顔立ちじゃないけど、よく見ると、陰影のある、奥深い顔をしてるって……。かわいいってより、やっぱり、美人タイプなんです。ときどき、上目遣いにこう、人の顔色をうかがってくるときなんて、どことなく『風と共に去りぬ』のヴィヴィアン・リーを彷彿《ほうふつ》とさせるっていうか……」

「若い日の原節子さんとも似てますよ。それにビビちゃんは、声がとっても綺麗なのよねえ」

「そうなんです、滅多に吠えないけど、ときどき吠えたときには、それはそれは綺麗な、澄みきった声で……」

「心が澄んでいるのよ。それは、瞳を見てもわかるわ。苦労をしたせいで屈折したところもあるけど、本当のビビちゃんは天使のような子だって、主人ともよく話しているのよ」

「そうです、そうなんです。これまで私たち、いろんな犬を預かってきましたけど、ビビはやんちゃざかりの子犬も、気の強い犬も、長い放浪でやつれはてた犬も、絶対に拒んだり、いじめたりしなくって、どんな犬でも寛容に受けいれて……本当に、本当に優しい子なんです」

「内心じゃ恵利子さんのことをひとりじめしたかったでしょうにねえ。これからはうちで思う存分、甘えさせてあげるわ」

「お義母さん、でも、私だって本当はビビのこと、もっとべたべたに甘やかしたかったんですよ。でも、そしたらお互いに別れがつらくなるから、ずっと我慢して……」

「これからは我慢することないわよ。私と主人がビビちゃんの里親になった暁には、毎日だって会いにきて、たっぷり甘やかしてやってちょうだい」

「お義母さん……」

「恵利子さん……」

自制心のかけらもない二人の会話がようやく一段落した頃には、窓の外はすでにざらざらとした薄闇に巻かれ、無限のパワーを誇示するギャルでさえもビビの横に丸くなって熟睡をしていた。人間の感情に敏感なビビは最初のうち、どこが痛いのか、なにが悪いのかというふうに恵利子の涙をなめまわしていたものの、さすがに面倒を見きれなくなって再び寝入ったらしい。安らかな未来をようやく保証されたその寝顔に、恵利子はいつになく濃厚な頬ずりをくりかえした。

「里親の件、本当にありがとうございます。早速、会のみんなに報告します。弘司さんにも」

別れ際、改めて深々と一礼した恵利子に、義母はたおやかな笑顔で請け合った。

「ビビちゃんのことは私たちに任せてちょうだい。恵利子さんに子供ができたときには、ギャルちゃんだってうちで面倒を見ようって、いつも主人と話してるくらいなんだから」

義父母はまだ孫をあきらめていない。

胸に一抹の苦さを覚えながらも、恵利子は義母の心遣いに感謝し、車のヘッドライトに神経をとがらせながら二匹とともに夕暮れの道を引き返していった。

午後七時。

人知れず道端に咲いているスミレのような、どこかひなびた紫色の看板にライトを灯して、今日もまたスナック憩いの夜が幕を開ける。開店直後の店内にはまだ客の影もなく、悪酔いしないように食べておきなさい、とママに勧められるままホステスたちは煮物やポテトサラダを胃に収める。料理上手のママはこの手の素朴な総菜が得意で、これを目当てに店を訪れる常連客も少なくない。このねっとり感ってどうすれば出せるのかなあ。私も、自分で作るとポテトサラダってどうしても水っぽくなっちゃうの。ああ、それはジャガイモの種類にもよるのよ。粘りのあるポテトサラダを作るなら、メークインが最適。所帯じみた話題は一番客の訪れとともに影をひそめ、店内の空席が埋まっていくにつれ、ホステスたちの声も次第につやを帯びていく。

店の入口から浜尻が顔をのぞかせたとき、とっさにママは「いらっしゃあい」と唇のはしに必殺のえくぼを刻むのも忘れ、「あら」と素の表情のまま立ちつくした。週に一度か二度の上客としてインプットされている浜尻が、二夜連続で店に顔を出すのなど初めてのことだった。

「牛丼が、どうしても気になってな」

浜尻は一人で来店しても当然の権利のように奥のテーブル席を占拠する。そして「おい、ドンペリ」とママに直接指図をするのがもっぱらだが、この日はそれも飛ばして恵利子に昨夜の続きを迫った。

夕べのことなどすっかり忘れていた恵利子は、浜尻のとなりで濃いめのハーパーロックをこしらえながらすばやく記憶をたぐりよせた。牛丼……そう、もとは犬の話だ。なぜ犬に貢いだりするのだという浜尻の難癖がきっかけだった。

「つまらない話なんです」

恵利子が恐縮してみせると、浜尻はふんと鼻を鳴らし、

「この店で、つまる話など聞いたことがない」

ひどいわぁ、浜尻さん、と向かいの席についたカオリが口をとがらせる。

恵利子は観念して話しはじめた。

「大学の頃、同じサークルの先輩で、毎日毎日、牛丼ばかり食べてる人がいたんです。彼は本当に牛丼が大好きだったから、なにもかも、世界のすべてを牛丼に置きかえて考えるのがつねでした。当時は牛丼が一杯四百円くらいだったかな。たとえば映画の料金が千六百円って、高いのか安いのか私にはよくわからなかったけど、その先輩にとってはものすごくはっきりしていたんです。千六百円あれば牛丼を四杯食べられる、だからそれは高い、って。よっぽどおもしろい映画でなきゃ牛丼四杯分の価値はない、って。みんなで買物に行って、Tシャツ一枚買おうか迷ったときにも、彼の基準となるのはやっぱり牛丼でした。三千円のTシャツを買うお金があったら、牛丼が七杯食べられる。七杯分の牛丼を犠牲にするだけの価値がそのTシャツにあるのかどうかって、いつものすごく真剣に、牛丼を通して彼は世界を捉えていたんです」

「バカな男だな」

浜尻のからいコメントに、恵利子はふっと破顔して、

「ええ、でも私には彼がうらやましかった。だって、牛丼中心のその世界があまりにも断固として、揺らぎがなかったから。私はまったく逆でした。私には彼にとっての牛丼みたいなものがなかったから、なにを基準に生きればいいのかわからなくて、いつも誰かの物差しを借りてばかりいた。恋人とか、友達とか、両親とかの考えに頼って、ぶらさがって……」

うちに犬が来るまでは、と恵利子はここでやや強引に声のトーンを持ちあげた。

「私が最初に預かった犬……ビビっていうんですけど、うちに来てまだ間もないうちに、ビビの腎臓に疾患があることがわかったんです。命にかかわるほどではないけど、獣医さんから毎日の食事に気をつけるように言われて、専用の缶詰を処方されました。一日、八百円です。毎日毎日、八百円。正直、痛い出費でした。最初はしぶしぶ支払ってました。でも、いつのまにかそれが私の牛丼になっていて……。レストランでランチをするお金があったら、ビビの二日分の缶詰を買える。エステに払うお金をまわせば二十日分の缶詰を買える。そんなふうに考えるようになったとたん、それまでぐらぐらしていた毎日が、なんだか急に、なんていうか、信頼に足るものに思えてきたんです。世界を……っていうか、自分を、少しだけ信じられるようになったっていうか」

しかし、エステに使おうと犬に使おうと、それは結局のところ弘司が汗して稼いだ金だった。夫の収入をあてにしてボランティアにとりくむ自分に気づいたとき、恵利子はそこでまた新たな壁にぶちあたった思いがした。最初は渋っていた弘司を長期戦で説き伏せ、義父母には内緒で働

きに出ることを決めた裏には、預かり犬がどこまで増えるかわからない先々の不安だけではなく、そんな心の葛藤があった。

「しかし、なんだってまた夜の仕事を？　金に困ってるわけじゃないなら、昼間のパートかなんかでも十分だろう」

「昼間は、犬の散歩があるんです」

「犬の散歩か」

はあ、と浜尻は聞こえよがしなため息を吐きだした。

「たしかに、つまらん話だ」

結局、その夜の浜尻はドンペリを開けず、それは自分が興ざめをさせたせいにちがいないと恵利子を落ちこませた。

が、しかし店を去る前、例のごとくカオリと見送りに出た恵利子に、浜尻はいきなり三万円の現金を握らせて言ったのだ。

「これで何日分の犬の餌が買える？」

「一ヶ月と少しです」

動揺しながらも恵利子は即答した。三万円なら一ヶ月強と、反射的に計算が利くようになっていた。

「だったら買ってやれ。同じ三万だ、ドンペリに化けようと犬の餌に化けようと、俺にとっちゃどうでもいい。けどまあ、犬の餌じゃ領収書は切ってもらえんから、こんな酔狂な真似は今夜かぎりだがな。女はすぐに図に乗るから困る。また次回もなんて期待はせんことだな」

闇に抗《あらが》う紫色のライトを背に、突如、手の中に飛びこんできた三万円を恵利子が無言でながめていると、「あら、エリちゃん、うらやましい」とカオリが横から嬌声を響かせた。

「さすが浜尻さん、太っ腹！　ね、エリちゃん、今日はいい日になったわねえ」

浜尻の腕に両手を絡めてはしゃぎながらも、カオリの目は「いいから黙ってとっておけ」と恵利子に命じている。

「ありがとうございます。ビビもきっと喜びます」

恵利子が調子を合わせると、浜尻は「馬鹿野郎」と大口を開けて笑った。

「犬が喜ぶもんか。金で喜ぶのは人間だけだ」

こみあげる吐息をこらえてバッグへ収めたその紙幣を、閉店後、いつものようにタクシーに同乗したママに恵利子はそろえてさしだした。

「浜尻さんにいただきました。犬の餌代にしろって……その、ドンペリの代わりに」

「あら、そう」と、ママは営業えくぼの影をひそめた顔を窓に映したまま、気のない声を返した。

「じゃあ、餌代にすればいいじゃない」

「餌代は自分で稼ぎます。そういう話をしたつもりだったんですけど……どうも失敗したみたいです。とにかく、このお金はいただけません」

「あら、なんで。餌代にするのがいやなら、旦那と焼肉でも食べに行けばいいじゃない」

「焼肉？」

「開けても飲まないドンペリと同じ価値の三万円でしょう、好きに使っちゃいなさいよ」

つまらない意地とはわかっていても、金持ちの気まぐれからほどこされた三万円でビビの缶詰を買うのは抵抗があった。が、なるほど、焼肉とはいいアイディアかもしれない。恵利子は妙に腑に落ちた思いがし、手にした紙幣に改めて見入った。牛丼、牛丼、とさっきの話で何度も口にしたせいだろうか。焼肉という響きにいつになく心を誘われる。弘司はカルビが大好物だから、この際、焼肉屋でビビの里親決定をパッと祝ってはどうだろう。いや、久しく外食をともにしていない義父母にも声をかけ、義父の新しい門出を祝う会にすべきかもしれない。三万円あれば四人でも結構な量を食べられるし、釣銭が出たらビビとギャルに新しいおもちゃを買ってやってもいい。

「では、お言葉に甘えて、焼肉をもりもり食べてきます」

生あくびを嚙み殺しているママに一礼し、再び紙幣をバッグへ収めた恵利子は、もうじき熱烈に自分を出迎えてくれるであろう二匹を思いながら、タクシーがいつもの散歩道へさしかかるのを疲労と背中合わせの充実感の中で待ちわびた。

守護神

今度ばかりは負けられない。気圧《けお》されてはならない。一歩もあとへは引けない——。

ニシナミユキの待つ二〇八号室へと向かうあいだじゅう、裕介は花道を行く力士のように気合いをみなぎらせ、ややもすると心に忍び入る弱気と闘った。長々と続く仄暗《ほのぐら》い廊下にはすれちがう人影もなく、ひんやりと静まりかえっている。

冬休みを目前にしたキャンパスは後期の試験やレポートのチェックに訪れた学生たちの姿でにぎわっているものの、二〇八号室を有する二十号棟はそんな喧噪《けんそう》からはほど遠い敷地の北端にあった。隣接した新校舎の陰になってからはほとんど授業に用いられることもなく、もっぱら学生たちの自習や勉強会に利用されている。

自習も勉強会もついぞ縁のない裕介がこの棟へ足を向けるのは一年ぶりだった。去年の冬もやはりこの時期、この廊下を渡って二〇八号室をめざしたのだ。空調設備のない旧校舎は奥まるほどに底冷えを増して、裕介の心と足を重くしたのを憶えている。思えばあれも敗因の一つかもしれず、今年の裕介はその反省を踏まえて入念に厚着をし、二年前に別れた彼女にもらった手編みのマフラーまで巻いてきた。かたくて重くて首の凝るそれを巻く気になったのは久しぶりだった。

必ずや去年の雪辱を！

下腹を力ませ、目前に迫った二〇八号室の扉に手をかける。建てつけの悪い扉はスムーズにはすべらずにどこかでつっかかり、裕介は両手でがたがたと苦戦したのちにようやくそれを開け放ち、教室からその苦戦ぶりを涼しげにながめていたニシナミユキと目を合わせた。

恰好悪いところを見られたショックで、しばしその場に立ちすくむ。

ニシナミユキは一年前となんら変わっていなかった。トップでまとめた髪にはあいかわらず後《おく》れ毛の一つもなく、化粧っけのない素顔からはかえって年齢が読みとれない。三十代の半ばか、あるいは後半か。どちらにしても裕介よりは確実に年上で、長い休みが明けるたびに別人のような変化を遂げる現役女子大生たちとはあきらかに新陳代謝のスピードが違った。

「お久しぶり」

気後れしていたわけではない。ましてや見惚れていたのでもない。なのに最初の一声を出しあぐねていた裕介に、先手を打つようにニシナミユキが言った。あいかわらず薄く張った氷のような声だった。

「一年ぶりね。まさかまたお呼びがかかるとは思わなかったわ」

「困ってるんだよ」

裕介は端的に切りだした。

「今度こそマジでやばいんだ」

「それは大変」

「くやしいけど、あんたの助けが必要だ」

「あなたには必要ないはずよ」

「それは俺が決める」

「いいえ」

ニシナミユキは言下にはねつけた。

「決めるのは私よ」

あいかわらず強気な女だ。容赦なく人を射すくめる瞳の力も衰えていない。

が、火事場の馬鹿力という意味においては、今年こそ自分に利があるはずだ。裕介は負けじと応戦した。

「あんたがどう思おうと、俺にはあんたに助けを求める資格がある」

「私にもその根拠を質す資格があるはずよ」

「去年、あんたに断られたおかげで俺は四教科分の単位を落とした。十教科中の四教科だ。十六単位だぜ。一年のうちに四十単位は確保しときたかったのに、結局、とれたのはたったの二十四単位だ。そのぶん今年で巻きかえそうとしたけど、それも危なくなってきた。このままじゃ四年で卒業できそうにない」

「だったら五年でも六年でも通えばいいじゃない。私なんてついに八年生よ」

「俺はそんなに酔狂じゃない。四年で卒業しなきゃなんない事情もある」

「それで私にどうしろと？」

「吉田兼好の『徒然草』について、独自のテーマを定めて論じてほしい」

「……………」

「古典文学の後期レポート課題だ。三千字以上で、ワープロ可。あんたには屁でもないだろう」

ニシナミユキは表情を変えなかった。実際、屁でもないと思っているにちがいない、と裕介は首を圧迫するマフラーをはずしながら思う。その証拠に、彼女はわずか数秒間の黙考ののち、教授さながらの流暢《りゅうちょう》さで私見を述べだした。

「『徒然草』について書くなら、ポイントは、鎌倉末期の動乱ね。あの作品の根底を貫く兼好の無常観は、必ずしも宗教的な背景から生じたものではない。第四十一段、四十九段、五十九段、七十四段、百八段、それから百三十四段……これらの中で兼好は折に触れて死を見据えている。いつ死ぬかわからないことを肝に銘じよ、死を思え、死を思えって、くどいくらいにね。ただし、それはたんに観念的な死を表しているのではない。兼好は実際、南北朝時代に至るまでの動乱期に数々の死を目のあたりにしたのよ。あの無常観もそんな血生臭い現実が背景にあってのもので、そこを見落としてしまうと兼好はただの頭でっかちな説教じいさんにすぎなくなってしまう。私がレポートを書くなら、まずはその背景に注目して兼好の無常観をひもといていくわ」

ひと息で言いきったニシナミユキの瞳が、どうだ、とでも言いたげに裕介を捉える。一年前と露も変わらぬ威圧感。機械じかけのような舌の回転も鈍っていない。

言葉に詰まった裕介はふっと窓辺へ目をそらした。砂塵のこびりついた半透明の窓ガラスにはいつからか雨粒が伝っていた。一年前のあの日もたしか雨だった。ニシナミユキの居丈高な態度に鼻白むたび、窓に打ちつける滴《しずく》をながめて時をしのいだのを思いだす。

思いだしたのがいけなかった。

「無常観がどうの、動乱期がどうのって……」

突如、生々しくよみがえった屈辱感が裕介の口をすべらせた。

「そんなの俺にはどうだっていい。俺はあんたにレポートを代筆してもらえりゃ、それでいいんだ」

ああ、またやっちまった……。裕介は舌打ちでもしたい思いで相手の顔色を盗み見る。その醒めた瞳が裕介への軽蔑を色濃くするのを待つ。

「変わってないわね」

しかし、ニシナミユキはただ疑わしげにつぶやいただけだった。

「あなたは一年前となにも変わっていない。それでいて、またのこのこと私の前に現れた。この矛盾に気づいているのかしら」

「矛盾?」

「あるいは、謎。いくら考えても答えの出せなかったこの問題に決着をつけるために、私は今日、もう一度あなたと会うことを決めたのよ」

つまり、とニシナミユキは言った。

「本当のところ、あなたが私になにを求めているのかを知りたいの」

そもそも裕介がニシナミユキの名を初めて耳にしたのは、去年の秋だった。

「いざとなったらニシユキ頼みっきゃねーよな」

と、大学生活半年目のある日、近代日本文学の授業で机を並べていた相川という学生がふと口にしたのだ。

学生といっても、相川は背広姿で通学する三十代のサラリーマン学生だった。午後六時から授業のはじまる第二文学部ではめずらしくない存在だ。裕介自身、背広こそ着ていないまでもすでに三十路を迎えている。

「ニシユキ?」

いざとなったらニシユキ頼み。その意味がわからず、裕介は小首をかしげた。二人は冬休み後にひかえた後期の試験やレポートの話をしていたところだった。

「なんっすか、それ」

ぽかんと問い返した裕介に、相川はモグリの学生でも見るような一瞥を投げた。

「え、もしかして君、ニシナミユキを知らない?」

「はあ」

「知る人ぞ知る二文の守護神だぜ。とくに社会人学生のあいだでは有名な学生でさ、今年でたしか七年生だったかな」

「アホで有名ってわけっすか」

「いやその逆で、かなり優秀っていうかくそまじめな社会人学生なんだけど、忙しいのか大学に来るのは週に一、二回で、だからなかなか必須単位が満たせないって話。ま、社会人はいろいろ抱えてるからな」

そこで相川は思わせぶりなひと呼吸を置いた。

「そのニシユキがさ、代筆の達人らしいんだよ」

「代筆？」

「レポートの代筆。どうやら彼女、国文だったら時代を問わず大抵のテキストは頭に入ってるみたいでさ、よほどひねった課題でなきゃわけなく代筆できちゃうらしい。出席数さえ足りてりゃ彼女の代筆で確実に優がとれるって噂だぜ。もちろん、教授に見抜かれたこともない。ちゃんと人を見て文体を変えたりさ、語彙の選び方を調整したりもするっていうから、やっぱ達人だよな」

「マジっすか」

わずか半年にして大学生活に音をあげかけていた裕介は目の色を変えた。

「そんなうまい話があんのかな。あ、でもやっぱ金でしょ。がっぽりとられんでしょ」

「いや、それが無償だっていうから、かなりの変わり者だよな。その代わり、代筆するにも選考基準ってのがあるらしい」

「選考基準？」

「結構、厳しいらしいぜ。まず絶対条件は社会人学生であること。あとは……なんだったっけかなあ。噂じゃいろいろあるんだけど」

「社会人学生、か。俺みたいなバイトの身でも、一応、基準に当てはまるのかな」

「さあ、どうだかね。フリーターはフリーターだし」

なにげないその一言に裕介の口元がこわばった。それを察した相川がおもむろに目を伏せ、授業のテキストを見るでもなくぱらぱらとめくりだす。同じ第二文学部に通う同じ三十代。けれども相川と自分とのあいだには見えない溝があることを、裕介はこんなときに意識させられる。相川にかぎらず、裕介が同じ学部の社会人学生たちと今ひとつ踏みこんだつきあいができないのは、この溝のせいかもしれない。

大学の二部——すなわち夜間部には様々な年代の学生が在籍しているが、大別すると高校を卒業して間もない現役組と、社会に出て久しい社会人組に分けることができる。そしてまた社会人組の中にも就職組、主婦組、リタイア組、と微妙な棲みわけが存在する。皆、年を経て世慣れしているため、表面上は同じ社会人として和気藹々《わきあいあい》と交わっているものの、ふとした瞬間に各自の依って立つ基盤がちらりと顔をのぞかせる。たとえばグループ発表の準備中、「来週は大事な会議があるから……」などと会社の事情を持ちだしがちなのが就職組、学食で人にぶつかっても頓着せずにずんずん歩きつづけるのが主婦組、あらゆる文学作品を自分の人生経験と重ねて語らずにはいられないのがリタイア組だ。リタイア組にかかれば、かの『平家物語』も社内抗争に敗れて首を切られた企業戦士の落武者悲話、ということになる。

フリーター組は存在しないため、裕介はそのいずれにも属していない。無論、十も年下の現役組とのあいだにも溝どころか大河級のギャップがある。つまりどこからも浮いていて、それはそれで気楽でいいと思いつつ、なにかあったときに代返を頼める相手の一人もいないのは少々心許なくもあった。

相川から聞いたニシナミユキの名が頭から離れなかったのも、「いざとなったらニシユキ頼み」の一語にすがる思いがあったせいかもしれない。

一学年前期の試験とレポートは、それでも自力で切りぬけた。とはいえ、四つ受けた試験の結果はのきなみすれすれのきわどいライン。その上、課されたレポート六本のうちの二本を裕介は期限内に提出しそこない、一人の教授からはこの時点で脱落宣告をされた。ここで四単位をすでに落としたことになる。

卒業に必要とされるのは百二十四単位。それを五限と六限のかぎられた枠内プラス土曜日の授業だけで補うのは容易ではなく、一年生のうちに少なくとも三十単位は確保しておかなければあとになって苦しくなる。前期で早くもつまずいた裕介が焦りを覚えたのは言うまでもない。

その年末に後期の試験日程およびレポート課題が掲示されると、ますます裕介の焦りは募った。どのレポート課題も前期に比べてテーマがシンプル且つ抽象的で、つまりは学生による能動的な問題提起が求められる内容となっていた。

わずかひと月足らずで五本のレポートを書きあげ、なおかつ、四教科分の試験勉強をする。無理だ、と裕介はやらずにして確信した。と同時に、「いざとなったらニシユキ頼み」の一語が、彼の中で急速にリアリティを増した。

「あのさ、ニシナミユキって、知ってる？」

ある日、裕介は生協で顔を合わせた知りあいの若妻学生に探りをいれてみた。知ってるわよ、と彼女は答えた。第二外国語の中国語講座で一緒のサラリーマン学生にも訊いてみた。知ってるよ、と彼も答えた。廊下でゴルフ談議中のリタイア三人組にも声をかけてみた。ああ知っている、それはまあね、うむ、と彼らはそろってうなずいた。

驚いたことに社会人組の誰もがニシナミユキを知っていた。

しかし、あくまでも「知っている」だけだった。
・ニシナミユキは週に二日しか大学に来ていない。それは火曜日と金曜日らしい。
・ニシナミユキは週に二日しか大学に来ていない。それは火曜日と水曜日らしい。
・ニシナミユキは週に一日しか大学に来ていない。それは水曜日らしい。
・ニシナミユキを〈『閑居之友《かんきよのとも》』を読む〉の授業で見かけた者がいる。
・ニシナミユキを〈中世無名文学再考〉の授業で見かけた者がいる。
・ニシナミユキを〈山岳文学史——その麓から頂まで——〉の授業で見かけた者がいる。
・ニシナミユキはしばしば文学部図書館の三階に出没する。
・ニシナミユキは古典文学好きらしい。
・ニシナミユキはつねに広辞苑を小脇に抱えている。
・ニシナミユキはいまだに第二外国語の必修単位を満たしていない。

・ニシナミユキは化粧をしない。
・ニシナミユキは分厚い丸眼鏡をかけている。
・ニシナミユキはレイバンのサングラスをかけている。
・ニシナミユキは二宮金次郎の携帯ストラップをつけている。
・ニシナミユキは学食で必ずさんまの塩焼きを食べる。
・ニシナミユキは学食で必ず揚げ餃子を食べる。
・ニシナミユキが休日、男と腕を組んで歩いているのを目撃した学生がいる。
・ニシマミユキ、というややこしい名の学生がいるので要注意。
・ニシマミユキとニシナミユキは犬猿の仲らしい。

——四日間の情報収集ののちに裕介が理解したのは、どうやらニシナミユキは社会人学生たちの守護神としてよりも、むしろ共通のネタとして重宝されているらしい、という程度だった。共有できる話題の乏しい就職組、主婦組、そしてリタイア組の架け橋といったところだろうか。

証言を集めれば集めるほどに、ニシナミユキ本人はその輪郭をぼかしていく。

本当のところ、ニシナミユキなどはなから存在しないのではないか。そんな危惧さえ抱きつつ、それでも裕介は万に一つの可能性に賭け、わずか十分の休み時間に図書館の三階へ走ったり、さんまの塩焼きと揚げ餃子を目印に学食をさまよい歩いたりした。自分の授業に遅刻するのを覚悟で〈山岳文学史〉の教室へもぐりこんだこともある。通人向けの講座のせいか受講者は数える程度で、故に教授は一目で潜入者の存在に気づき、「大変残念なことに、私の受講者名簿にニシナミユキさんの名前はございません」と親切ごかしの皮肉をもってもてなした。のみならず、学生のあいだにも「この時期、多いよね」「見るからに他力本願って顔してるよね」などの冷笑が広がり、裕介は即時撤退を余儀なくされたのだった。

捜査は難航。なにひとつ手がかりをつかめないまま、レポートの提出期限だけが刻々と迫ってくる。

もはや万事休すか。

裕介の身に思わぬ幸運が舞いおりたのは、年末年始にまたがる二週間の冬休みを目前にひかえ、休み明けのレポート全五本提出を断念しかけた頃だった。

月曜日の夕方、五限の授業開始の十五分前に学食へ駆けこみ、ライスのLと豚汁と納豆で腹を満たした裕介は、ほんの一瞬、彼の瞳をよぎったある物体に釘付けになった。

六人がけのテーブルの斜向《はすむ》かいでカレーライスのSをつついている女学生。彼女がトレーに載せている携帯電話には、小洒落たパールピンクの本体とは不釣りあいな、とある人物のストラップがついていたのだ。

背中にかついだ薪。両手にしかと握りしめた書物。うんちくを語らせたら長くなりそうな面構えが物語る向学心——見紛うわけがなかった。この人物は、まさしく……。

黙々とカレーを口に運んでいた携帯電話の持ち主が、裕介の執拗な視線に気づいてスプーンを休めた。思ったよりも若い。軽くウエーブのかかった髪はいまどきっぽいブラウンで、お嬢さん風のファッションも会社帰りのOLにしてはどこか違和感がある。トレー上にはさんまの塩焼きも揚げ餃子も見当たらない。

が、しかし二宮金次郎のストラップなど愛用している女が、この世に二人といるわけがない。

「ニシナミユキさんですね」

目が合った瞬間、裕介は言った。

彼女は挑むように言い返した。

「ニシナミユキです」

「捜してたんです」

「私、ニシナミユキです」

「ちょっとでいいから話を聞いてください」

「なじゃなくってまでです」

「な……じゃ?」

「な、じゃなくって、ま!」

彼女は嫌味なほどに滑舌《かつぜつ》を利かせて「ニ・シ・マ」と発音した。

「ニシマです、ニシマ。私は、ニシマミユキなんです」

ニシマミユキ……。

ようやくたぐりよせた望みの綱が、一瞬にして裕介の手をすりぬけた。あと一歩のところで大物を逃した釣り師のように、裕介は軽く目を細めて虚脱するしかなかった。

「よく間違えられるんですよねえ。出欠とるときなんてもう、私が返事をするたびにおじさんおばさんたち……いえ、社会人の人たちは一斉にふりかえるんだから」

これまでも幾度となしに人違いを正してきたのだろう。うんざりした風を装いながらも、ニシマミユキの態度には慣れと余裕が見てとれる。

「だって、そんなストラップつけてるもんだから……」

裕介がうらみがましくつぶやくと、「ああ、これ?」と彼女は金次郎の頭を人さし指でつついた。

「これはニシナさんからもらったんです」

「道理でな。あ、でも、噂じゃ二人は犬猿の仲じゃなかったっけ」

「ほんとに迷惑してたんですよ。名前が似てるってだけで注目されちゃうし、しょっちゅう知らない人から切羽詰まった感じで話しかけられるし。それでニシナミユキむかつくって言いまくってたら、ある日、ニシナさんが現れて、迷惑かけてごめんなさいねって、このストラップをくれたんです」

「それで和解を?」

「だって金次郎、かわいいじゃないですか」

「今の俺にはすげえ、にくらしく見えんだけど」

これ見よがしに薪なんか担ぎやがって、と逆恨みを露《あら》わにする裕介に、ニシマミユキは多少の同情と好奇心の混ざった瞳を向けた。

「ニシナさんを捜してるんですか」

「もう一週間も聞きこみをしてるのに、まるで手がかりがつかめない」

「そんなまわりくどいことしてないで、携帯で直接、アポをとればいいのに」

「携帯番号知ってたら苦労しないって」

「私、知ってますけど」

裕介は金次郎からニシマミユキへ目線を瞬間移動させた。

「マジ？」

「ええ、携帯番号もメルアドも知ってますけど私、本当いうと今日はカレーにコロッケ載せてカレーコロッケにしたかったんですよ。できればコーンサラダも。でもこないだバーゲンで散財しちゃったから節約中で、その点、社会人の方たちはリッチでいいですよね、うらやましいなあ」

豚汁と納豆だけでメシを食ってる俺になにを言う。

と内心思いながらも、裕介は「はい、はい」と即座に腰を上げ、コロッケとコーンサラダを買いにカウンターへ急いだ。

かくして裕介はようやくニシナミユキへたどりついたのだった。


「まあ、座ったらどう？」

もっぱら少人数のゼミ用に使われていたのだろうか、二〇八号室は二十号棟の中でもほかの教室より小ぶりで、机の数も半数ほどしかない。二十人も学生が集まればむんとしそうな室内の、ぱらつきはじめた雨を背にした窓辺の席に泰然とかまえ、たしか一年前もニシナミユキは「座ったら？」と裕介を手招いた。その物腰はまさしく面接官のそれで、小柄なくせに貫禄があり、声質が細いわりによく響く。

裕介は去年と同様、彼女の斜向かいに腰かけ、椅子を四十五度ほど回転させて中途半端な対座の体勢をとった。血気さかんに雪辱戦へ臨んだつもりだが、こうして去年の自分をなぞっていると、まるでしくじった面接試験の追試でも受けているようで気が滅入る。

「まずは簡単な自己紹介からお願いします」

初の対面時、ニシナミユキに投げかけられた第一声が裕介の脳裏に去来した。

「自己紹介？」

「常識でしょう」

「人に訊く前に自分から、ってのが常識じゃないんすか」

「呼びだしたのはそっちでしょう」

「それは、まあ、その」

「あなたは私のことをある程度は知っている。だから電話をかけてきた。でも私はあなたのことをなにも知らない。ある日突然、携帯に電話がかかってきただけ。ねえ、どっちが自己紹介をすべきだと思う？」

思えば、この時点からすでに歯車が狂っていたのだ。最初の一歩から踏みちがえていた。

「だいたいね、レポートの代筆っていうのは相手を知らなきゃできないのよ。私はあなたのいたこになって、あなた節の文を書く。そのためには正しい情報が必要なわけ」

「正しい情報」

「もしくは正直な」

「第二文学部国文科一年、山代裕介。三十歳。趣味は合コン。特技はナンパ。こんなんでいいっすか」

「正直で結構。職業は？」

「フリーター。ホテルでバイトしてる」

「実質労働時間は？」

「平日は朝の七時から五時まで。大安の日曜や祝日は十二時間労働なんてのもざらにある。休日は月に二、三回」

「原則的に私、会社勤めの社会人学生しか対象にしてないんだけど、まあ、いいわ。それだけ働いているなら、名誉社会人ってことで」

「名誉は余計だ。フリーターだってれっきとした社会人だよ」

「と言うからにはもちろん、親のすねなんて齧《かじ》っちゃいないわよね」

「野方の六畳一間で独居中。親の仕送りは受けてない」

「週に何日大学へ？」

「五日」

「選択授業数は？」

「後期は九つ。前期に一つ落としてる」

「二文を志望した動機は？」

「は？」

「なぜ働きながら大学に通おうと思い立ったのかってことよ」

「まあ、金だよね」

「金？」

「知ってるか？　高卒の男と大卒の男とじゃ、一生のあいだに稼ぐ金が一億ちがうんだってさ。一億だぜ、一億。想像つかない額だろ。俺、それ知ったときに思ったんだ。百万だとか五百万だとか、想像できる範囲だったらまだ我慢できる。けど、たかだか学歴くらいで想像もつかないほどの差をつけられちゃかなわない、ってさ。で、計算してみると、大学の二部に四年間通いつづけるための授業料がだいたい三百万くらいだろ。三百万を先行投資して九千七百万の見返りがあるなら、そりゃあ、通う価値があるじゃない」

志望の動機などはいくらでも口をついて出た。なぜ今さら大学になど通う気になったのか、と友人たちに問われるたびに返した答えをくりかえすまでのこと。ちがったのは相手の反応だ。「なるほど、一億ときたか」「先行投資ときたか」などとおもしろがってくれた友人たちとは異なり、裕介の話に耳を傾けるニシナミユキはすこぶる不快げで、その眼差しは鋭利な氷柱《つらら》さながらに冷えきっていた。

「あなたの自己紹介、今でもよく憶えてるわよ」

一年を経た今も尚、その眼差しは雪解けを迎えていないようだ。

「第二文学部一年生……今は二年生の山代裕介くん。職業はフリーター。趣味と特技は女遊び。志望の動機はお金」

「さすが記憶力のいいことで」

「なかなか印象的だったもの。バカ正直なバカってこのことだな、って」

なに、と裕介は牙をむきかけたが、ニシナミユキの唇が歪んだのが先だった。

「あなたの思うつぼよね」

「思うつぼ？」

「今ならわかるわ。あなたはお尻の軽いバカ男を装って私を油断させただけ」

「どういう意味だよ」

「わからないのは、なぜあなたがそんなことをしなきゃならなかったのかってことよ。たんなる冷やかし？　にしては手が込みすぎてるように思えるんだけど」

「待てって、ちょっと……」

話がおかしな方向へねじれていく。的はずれのくだを巻いているとしか思えないニシナミユキに、裕介は困惑の目を向けた。

「あんた、なんか勘違いしてないか？」

それは奇しくも一年前、ニシナミユキが裕介に放った一語でもあった。

「あなたはとほうもない勘違いをしてるわ」

裕介の披露した学歴＝先行投資論は、どうやらいたく彼女の気分を害したようだった。ついぞ日に焼けたことなどなさそうな青白い肌がにわかに赤く色づいた。

「大学ってなに？　学問ってなに？　そもそもの根本からあなたは踏み誤っている。どこから正せばいいのか皆目見当もつかないほどに、ね。学歴欲しさに大学に通って、単位が危うくなれば見ず知らずの人間にレポートの代筆を依頼する？　そんなに世の中、甘いもんじゃないでしょう。少なくとも私はそんな人間の代筆なんて引き受けない。なんだって私があなたの先行投資に協力しなきゃなんないのよ」

「じゃあ、どんな人間の代筆なら引き受けるんだよ」

「会社という組織に縛られて身動きのとれない社会人学生よ」

「会社勤めがそんなにえらいのか」

「えらいなんて言ってない。ただ、多難なのよ。どんなに真剣に学ぼうとしていても、組織に属しているかぎりは学生である以前に会社員で、会社の命には逆らえない。週に四日も五日も会社帰りに授業を受けて、家に帰っても予習や宿題に追われて……それでも試験やレポート期間中に会社から出張を命じられたら、彼らは行かなきゃならないのよ。レポートがあるから勘弁してください、なんて通用しない。中には故意にその時期を狙って出張や大量の仕事を命じる上司さえいる。上の人間にしてみれば、大学のせいで残業もろくにできない部下なんて腹立たしいだけなのよね。一年間の苦労がそれでパー。そんな例を私はいくつも見てきたわ」

次第に高ぶる感情を抑えるように、ニシナミユキはここで一呼吸を置いた。

「私自身、以前はひどく陰湿な上司の下にいて、なにかにつけて通学の妨害をされたわ。わざわざ授業のある日や試験前にだけ残業を押しつけられたら、授業に出たくても出られない。子供のいじめ並みのいやがらせでストレスを発散させてる大人もいるのよ、組織には」

組織。この言葉に彼女が強い不信感を抱いているのが伝わってくる。

「で、その上司のせいで大学生活七年目ってわけか」

「いいえ、大学三年目にして社内の配置換えがあって、私は別のセクションへ異動したの。その後は嘘みたいに環境が良くなったけど、その頃にはもう私、四年で卒業しようなんて思っちゃいなかったから。せっかく大学に入りなおしたんだもの、考えてみれば、べつに急いで卒業することもないじゃない。いっそとことん腰をすえて居座ってやろう、って方向転換したのよ。おかげでレポートの代筆なんて余計なお世話を焼く余裕もできたってわけ」

腿《もも》に載せた掌を時折こすりあわせながら、ニシナミユキは淡々と語りつづける。

「レポート提出の直前に一週間の大阪出張を命じられた友達がいてね、しかも彼女は製薬会社の営業社員だったから、朝も夜も接待接待で自分の時間がまったくないって参っていた。見るに見かねて代筆を買って出たのが最初だったわ。何度かそんなことをしているうちに、気がつくと代筆の達人なんて呼ばれるようになってて、我も我もってあなたみたいなのがよってくるようになったってわけ。でもね、これはべつに慈善事業じゃないから、私が代筆を引き受けるのは本当に困っている社会人学生だけよ。他力本願の甘えんぼうのために費やす時間は持ちあわせてないわ」

容赦なく言い捨て、暗い窓を打つ雨へ目を投げる。裕介もつられて窓を見た。そこには雨をながめるニシナミユキの影が映り、輪郭がにじんでぼやけているせいか、その印象は本物よりも多少はやわらかい。

「いや、それはやっぱり、慈善事業って言うんじゃないの」

裕介は窓に映るニシナミユキのほうに向けて言った。

「無報酬でレポート書いて優をとらせてやるんだから、そりゃ、慈善でしょ。いないよ、どこ探してもそんな奴」

「いいえ、私はそんなにお人好しじゃないから、慈善じゃこんなことはやらないわ。たしかに私、大方のレポートはテキストを読まずに書けるけど、それでも参考文献や資料は必要だし、そもそも書く作業自体にそれなりの時間がかかるもの。慈善じゃできない」

「じゃあ、なんでそんなことしてるわけ？」

「たぶんね、これは私の個人としての闘いなの」

「闘い？」

「会社にさんざん泣かされてきたから、同じように泣かされている人を放っておけないのよ。私の目の黒いうちは、組織の都合や上司のいやがらせに屈して中退する社会人学生を出したくないの」

垢抜けない服を着て、曲がり角をすぎた素肌をさらし、スケジュール帳には恐らくクリスマスの予定ひとつ記されていない。俗に言う負け犬を体現したようなニシナミユキが、ふいにこのとき、服だとか肌だとか特別な日の予定だとか、裕介が日頃他人を推しはかる上で基準としているものたちから突きぬけ、未知なる光を拡散した。いかなる既成概念にもよりかからない、凜《りん》とした個の光——女としてどうの、人としてどうのという以前の、生物としてのまぶしさがそこにはあった。

裕介の口からつい本音がこぼれたのはそのせいかもしれない。

「俺の職場にはそんな上司はいないし、逆に担当マネージャーがすげえいい人で、なにかと便宜を図ってくれたりして、助かってる。けど、だからこそこれ以上、その人に迷惑かけたくないっていうか、なんとしても四年で卒業したいってのがあるわけよ」

「だったら自力でがんばって、四年で卒業すればいいじゃない」

「自力でもやるだけやってるんだって。現にレポート五本中の二本はもう書いた。あんたに頼みたいのは古典のレポートだけだよ」

「古典？」

「あんたの得意分野だろ。『伊勢物語』について自由に考察せよ、なんてお茶の子さいさいだよな」

「『伊勢物語』……平安貴族の恋物語集、ってやつね」

ニシナミユキは瞬時に反応した。

「実際には友情や親子の情愛を綴った物語も含まれているけど、在原業平《ありわらのなりひら》が作者ともモデルとも言われる恋愛話ばかりがとりざたされている。紫式部に影響を与えたことでも有名な超ロングセラー。でも実際のところ、物語自体はどうってことのない話が多いのよね、業平はたいした恋愛をしていないし。ただし、抜群に歌が上手い。レポートを書くなら歌に重きを置くべきね」

出来の悪い学生に忠言を与える教授のように言う。

裕介はとっさに言い返した。

「いや、たしかに業平は恋多き男とか言われるわりに恋愛下手だけど、でも、だからこそ、その恋愛に着目するとおもしろい傾向が見えてくるんだって」

「傾向？」

「俺が思うに、この『伊勢物語』は女運の悪い男の愚痴物語集みたいな側面を持っている。一段から百二十五段まで、全話のテーマを分析すれば一目瞭然なんだ。業平は報われない片思いばっかりくりかえしてた。恋多き色男のわりには恋愛運がなかった。いいか、全百二十五段中、男が女にほれる話は四十二話もあるのに、女が男にほれる話は十三話しかないんだぜ。しかも、男が女にほれる場合はその大半が悲恋に終わってる。ほれると見境がなくなる男だからさ、まあ、自業自得なんだけど。脈のない女をしつこく追いまわしたり、さらって逃げたり、家の周りをうろついたり、住処《すみか》を捜しまわったり、死ぬの生きるのって大騒ぎしたりさ、今でいえばストーカー以外の何者でもないのに、当時はそれが情熱的だの純愛だのってもてはやされたわけだ。それが『伊勢物語』に登場する男の基本形だ」

ひと息に言い切った裕介に、ニシナミユキが返したのは当惑の声だった。

「自分で分析したの？」

「まあな」

明後日の方向へ足を投げだしていた裕介はおもむろに襟を正し、ニシナミユキに向きなおった。

「じゃあ女はどうかっていうと、こっちにも明瞭な傾向がある。『伊勢物語』の男が恋をする女の基本形は〈つれない女〉と〈浮気な女〉なんだ。そりゃ、二十三段の女みたいに健気なタイプとか、四十五段の女みたいに無垢で可憐なタイプとかも登場しないわけじゃないけど、圧倒的に多いのは悪女系だな。逆を言うと、そんな女にばっかり恋してるから業平は恋愛運が悪いんだ。数えてみればわかるぜ。冷淡で薄情な〈つれない女〉は八回も登場してるし、〈浮気な女〉は九回も登場する。業平の好みが如実に投影されてるわけだ。ついでに、浮気な女はことごとくこの『伊勢物語』の中では最後に不幸になって終わる。二十四段の女は昔の男を追っかけて死ぬし、六十段の女は尼になっちゃうし、六十二段の女は昔の男に醜くなったと言われて姿をくらませる。こりゃ、浮気な女への当てつけみたいなもんだと思わないか？　業平、実際、痛い目に遭ってたと思うぜ」

返事はない。ニシナミユキは無言のまま当惑の表情を保っている。

「つまりさ、『伊勢物語』は通説じゃ色男の恋物語だとか言われてるけど、業平は業平でたちの悪い女にふりまわされて苦労して、自分は自分で大変なんだぜって愚痴をちょっとこぼしてみた、ってのが俺の結論なわけだ。ほら、モテない男がモテるふりをしたがるように、モテる男はなにかと恋愛で苦労してるふりをしたがるもんだしさ」

ふいに雨音が強まり、窓と外界とを遮断するシャワーが教室を一層、暗くした。裕介は一瞬そちらに気をとられ、それから改めてニシナミユキの反応をうかがった。

ニシナミユキはもはや当惑の表情を浮かべてはいなかった。かといって、裕介の意見に賛意を示しているわけでもなさそうだ。瞳を力ませ、鼻孔をふくらませて、唇は一文字にきつく結んでいる。どちらかというとこれは怒りの表情に近いな、と裕介が思った矢先、紛れもない怒りの声が飛んできた。

「自分で分析して、推察して、結論まで出しておきながら、一体私になにをしろっていうの？」

「だから、執筆だよ。レポート八枚。俺、パソコン持ってないから書くのにえらい時間がかかるんだよ。あんたが書いてくれたら、そのあいだにほかのレポートができる」

「ふざけないで」

とりつく島もなかった。目の下に神経症的な痙攣《けいれん》を走らせて席を立ったニシナミユキは、もはや裕介になど目もくれず、足早に廊下へと身を翻していた。

「さようなら。冷やかしはお断りよ」


あのときなぜニシナミユキがあれほど激昂したのか。自分のなにが彼女を怒らせたのか。

裕介は裕介でこの一年間、ひとり悶々と考えつづけてきたのである。いくつかの仮定を立ちあげ、最も信憑《しんぴょう》性の高い説を掘りさげて、自分なりの結論を導いた。だからこその雪辱戦だった。

が、しかし今、「思うつぼ」だの「手が込んでいる」だのと意味不明のことを口走るニシナミユキを前にしていると、自分の結論はまったくの見当違いだったのではないかと自信が揺らいでくる。

「俺の『伊勢物語』の解釈が甘かったんじゃないのか。だからあんたは鼻にもかけずにはねつけた。そうじゃないのか」

裕介がおずおずと口にすると、今度はニシナミユキのほうが困惑を露わにした。

「どういう意味？」

「だから、そのまんまの意味だよ。あんた、レポート代筆の選考基準が厳しいんだろ。つまり、よっぽど質の高い内容でなきゃ書く気にならないってことじゃないのか。たしかに『伊勢物語』の解釈は雑っちゃ雑だった。そもそもあの作品は業平の作って決まったわけでもないのに、先に俺の仮説を打ちたてて、それにテキストを当てはめようとしてた感もある。だから今回はもっと丹念に『徒然草』を読みこんだ上で考察したんだ。見てくれ」

裕介はジーンズのポケットから一枚の紙を引っ張りだし、ニシナミユキの前に広げた。

一見したところはなにを表すのかわからない数字とアルファベットが羅列されている。

「『徒然草』に収録された随筆は全二百四十三段。今回はそれを八つのカテゴリーに類別してみた。Aは人生哲学や訓戒、理想論、宗教観や死生観、小言の類だ。Bは恋愛や女、性にまつわる話で、Cは自然、もののあわれ、いにしえの優美なんかを描いたもの。Dはなんてことのない心の声や所感、Eは学問や芸能、Fは世間話や偉人や愚人の逸話、Gは故実や覚書、Hは奇談と滑稽談。各段をこのうちのどっかに当てはめたのがこの表で、それぞれの数をカウントしたのがこっち。Aが八十五話、Bが八話、Cが二十二話、Dが八話、E十五話、Fが三十四話、Gが五十二話、Hが十九話だ。一番多いのが人生哲学や訓戒……まあ、説教のたぐいだな。全体の三分の一が説教。けど、最初から兼好は説教を書きたくて筆をとったわけじゃない。心にうつりゆくよしなし事をそこはかとなく書き綴るって、冒頭で自分でも宣言してるよな。つまり、本来のスタート地点はDだったわけだ。なんてことのない心の声や所感、ってやつだな。なのにこのDは二百四十三段中、たったの八話しかない。しかもその八話中の五話までが、兼好のまだ若かりし日の筆とされてる第一段から三十段までに集中してるんだ」

去年の二の舞にならぬよう、裕介はニシナミユキの顔色に注意を払いつつ弁舌した。今のところさしたる表情の変化はない。

「逆に、FとGはその前半の三十段中には一つも入ってない。後半へ進むにつれて増えていくのがこのFとGだ。それ以外は結構バランス良く、うまい具合に散っている。どういうことだと思う?」

「兼好が途中から執筆のモチベーションを変えて、意識的にバランスを整えた、と?」

「ビンゴ。ここからはあくまで推論だけど、兼好が心にうつりゆくよしなし事をそこはかとなく書き綴ってたのは、頭の三十段までじゃないのか。この三十段と三十一段とのあいだには結構長いタイムラグがあるって言われてるよな。兼好はその期間にこの三十段までを誰かに読ませてみたんじゃないか。そしたら思いのほかウケがよかった。これはイケる、と兼好は思ったわけだ。それで三十一段以降は読者の目を意識して書くようになった。自分個人の心のつぶやきだけじゃなく、もっと幅広い知識や逸話をたっぷりとりこんで、ためになったって気にさせる説教話も混ぜこんで、下世話な世間話や笑い話もほどよくちりばめて、最後まで読者を飽きさせない構成にしたんだ。兼好は人間をよく知ってたから、おかたい話ばっかじゃ煙たがられることもわかってた。『徒然草』が普遍的な書として読み継がれてきたのは、ひとえにこの巧妙なバランス感覚によるもんじゃないのか。無常観がどうの、死生観がどうのってより、奴の読者サービス精神のなせる業だと俺は思うんだけど」

けど……と裕介が語尾を濁したのは、ニシナミユキの表情にかすかなこわばりが見られたからだった。

「いやもちろん、無常観が大事な要素であるのもたしかだよ。さっきはちょっと言いすぎたけど、鎌倉末期の動乱だって無視できない背景ではある。けど、それについてはすでに論議されてるし、ここはやっぱりオリジナルの分析をベースに論じたいところなんだよ、俺としては……」

裕介が最後まで言い終えるよりも早く、がたんと椅子の脚が床を蹴った。立つと小柄な印象になるニシナミユキがその身をすげなく翻す。しまった……。

待ってくれ、と裕介はとっさに引きとめようとしたものの、ニシナミユキは去年のように憤然と教室を去ったりはせず、ただ数歩だけ足を進めて窓辺へ歩みよっただけだった。

「やっぱり、わからないわ」

「なにが？」

「あなたが私になにを求めているのか、よ」

「だからそれは……」

「一年前、あなたとここで会ったときは、たんなる頭の軽い子だと思ったわ。私にコンタクトをとってくる依頼人の八割方はそうよ。自分ではなんの努力もせずに赤の他人に甘えてくる。残りの二割のうちの一割は冷やかし客。結構いるのよ、私の噂を聞いて、どんな女か会ってみたいって好奇心だけで連絡してくる輩《やから》が。去年、あなたが滔々《とうとう》と自分の考えを述べだしたときは、ああ、この子も冷やかしだったのかって思ったわ。でも、あとからあの日のことをふりかえるにつれて、どうもただの冷やかしとは違う気もしてきて、ずっと心に引っかかっていたの。あの子は私になにをしてほしかったのかしら、って」

「だから、レポートの代筆をしてほしいって、何回も……」

「あそこまで自分の論をかためておきながら？　言っとくけど、私に代筆の依頼をするのは十人が十人、なにを書けばいいのかもわからない人たちよ。だからこそ私に頼ってくる。正直、少しはやり甲斐も感じるの。逆にあなたみたいに自分の論をそのまま書き記せっていうのなら、私の力なんて必要ない。ゴーストライターでも雇えばいいじゃない」

達人としてのプライドを傷つけられたのだろうか。雨粒に覆われた窓と向かいあったまま、ニシナミユキは頑として裕介をふりむこうとしない。

「いいえ、そもそも人に頼もうってこと自体、ナンセンスね。あそこまで考えたなら、自分でさっさと書きなさいよ」

「だから、それは時間に余裕のある人間の論理だよ。俺には時間がない。レポートの課題はこれだけじゃないんだ。今年はまだあと四本もあるんだぜ。テキストを読みこんだり参考資料を調べたりするだけでやたら時間がかかるのに、一体いつ書きゃいいんだよ。だいたい、自分で書いてると、その最中にまた別のアイディアがひらめいたりするし、それでまた参考資料を探して……なんてやってると、たった一本のレポートがいつまで経っても終わらない。やるならとことんやりたいわけで、なのに提出期限はかぎられてるんだよ。で、去年の後期は結局、五本中三本しか提出できなかった。『伊勢物語』だけでもあんたが代筆してくれたら、せめて四本は出せたんだ」

「ちょっと待って。あなた、レポート一本一本にいちいちそんな手間をかけてるわけ?」

「『伊勢物語』はまだいいほうだよ。上下二巻だし、作者もはっきりしないからこの一作だけで論じられるし。たとえば漱石について論じろなんて言われたら、性格的に俺は漱石の書いたもんを一通り読破しなきゃ書けないから、それだけで準備期間が何ヶ月もいる。とにかくいつも時間が足りないんだよ」

「でも、あなたはフリーターで、会社に縛られているわけじゃない」

「時間に縛られてるんだって。毎日が時計の針との格闘なんだよ。朝、起きた瞬間からもう焦ってる感じでさ、野方のアパートからバイト先のホテルまでは一時間かかるし、朝の七時に着くには六時に家を出なきゃなんないし。俺の仕事のメインは宴会や結婚式の給仕だけど、それだけじゃ生活費と学費をまかなえないから、厨房の裏方やベッドメイキングにも使ってもらってるわけ。夜の宴会に出られないぶん、朝、働くしかないんだよ。で、七時から夕方の五時まで働いて、その合間の休憩時間も宿題にあてて、それから大学へ向かう電車の中でももちろん単語帳やレポートの資料をめくってる。授業開始まで五分でも余裕があったら学食に駆けこめるけど、食いっぱぐれることも少なくない。五限、六限と授業を受けて、終わるのは九時すぎだろ。アパートに着くのは十時すぎで、翌朝六時にまた家を出るまでたった八時間しかない。ホテルの給仕なんて肉体労働だから、せめて六時間は寝ておきたい……となると、俺の自由時間は十時から十二時までのせいぜい二時間ってとこだ。レポートの課題が発表されてから提出までの期限はせいぜい一ヶ月……どう考えても五本や六本のレポートは無理なんだよ。物理的にありえない。いや、休日は学校がないからもっと時間があるはずだってあんた今、思ったろ？　けどさ、違うんだ。休日は宴会や結婚式のかきいれどきだから、俺も五時で失礼ってわけにはいかない。いつも融通きかせてもらってるぶん、せめて休日だけでもって、結局、ラストまで居残って、家に帰るのが十二時近かったりするわけだ。悪いことに、宴会ラッシュの冬休み中はそんな毎日が延々と続く。試験勉強したりレポート書いたりするどころか、ろくにメシも食えないほど忙しい。俺は大学に入って二年で七キロ痩せたよ。実家にも一度も帰ってない。友達も減ったし、彼女にもふられた。これだけせっせと働いても、学費だのテキスト代だので金は出ていく一方で、高校出てからこつこつ貯めた貯金もどんどん減っていく。ちっとも贅沢なんかしてないぜ。俺は電子辞書さえ買いひかえてるんだ。今じゃ現役学生だって大抵持ってんのに、俺はいまだにあの分厚い英和辞典を持ち歩いてる。パソコンだってさ、あったらどんなに楽だろうと思うよ。レポート書きの時間だって半減できると思う。でも実際問題、金がないんだ。福島で農園やってる両親にも頼れない。親父もお袋も新しい重機を買えずに腰を痛めてるんだ」

ああ、俺は頭がどうかしたんだろうか。のべつまくなしにたたみかけながら、裕介は内心、混乱していた。こんな話は今まで誰にもしたことがなかった。大学はどうかと昔の友達やバイト仲間に問われるたび、楽勝楽勝と笑って答えていた。大学なんか入ってあいつは変わったとささやかれ、合コンに誘われなくなるのが怖かったし、そもそも昔の苦学生みたいな苦労話を口にすること自体、ひどく恰好悪いと思っていた。

なのに今、まだ二度しか会っていない女を相手に、なぜこんなにも俺はしゃべりまくっているのか？

その答えは意外な方向からさしだされた。長いこと裕介に背を向けていたニシナミユキが、やにわに彼をふりむいて言ったのだ。

「わかったわ」

その口元には裕介が初めて目にする朗らかな微笑がたたえられていた。一瞬、裕介は雨が上がったのかと思った。空に虹がかかり、小鳥たちがちゅんちゅんさえずりだしたのか、と。

しかし、ニシナミユキが背にした窓の向こうには尚も寒々しい雨模様が広がっている。

「あなたが私になにを求めていたのか、やっとわかった」

「しつこいようだけどさ、俺があんたに求めてるのは、レポートの代筆だよ」

「違う。あなたは自分というテキストの解釈を誤っているわ」

「は？」

「たしかにきっかけはレポートの代筆依頼だったかもしれない。でも、あなたが真のところで私に求めているのは、そんなことじゃないわ」

「じゃあ、なにを？」

「なにをと訊くなら教えてあげましょう」

文学テキストの解釈と同様、確信に満ちた口ぶりでニシナミユキは断言した。

「あなたは露悪的にふるまっているけど、本当のところはまじめで融通の利かない時代遅れの文学青年よ。その完璧主義故に、仕事と勉強の板挟みになって苦しんでいる。ずばり、その愚痴を今みたいにぐちぐちとこぼせる相手をあなたは求めていたんだわ」


物心のついた頃から本が好きだった。読んでくれ、読んでくれと絵本を持って母親を追いまわしてうとまれた。自分で文字を読めるようになってからは図書館へつれていけと母親にせがみ、借りてきた大量の本を一冊一冊読むたびに「主人公はなぜこんな行動をとったのか」「どんな思いでこう言ったのか」と父親や姉にまでつきまとってうとまれた。一度、考えだすと納得がいくまで突きつめずにはいられない。小学校に通いだした頃には作中人物はもとより作家の思考回路にまで思いをめぐらすようになり、ますます際限がなくなった。国語の授業中に教師を質問攻めにしてうとまれ、誰も知らない本の話を友達に延々と聞かせてうとまれた。

気がつくとクラスから浮いていた。まじめで融通の利かない文学少年は人気者には成り得なかった。

「裕介はネクラで理屈っぽいから、疲れる。もうムリ。電話も手紙もカンベンして」

転機は中学時代、憧れの女子からつきつけられた絶縁状だった。

最初のうちは裕介の紹介する本に関心を示してくれたから、来る日も来る日も、せっせとアピールを続けたのだ。自分の読んだ本に自己流の解釈を添えて彼女の気を引こうとした。いつか図書館でデートできたらいいなとひそかに夢見ていた。が、一見、物静かな優等生に見える彼女が選んだのは、ちゃらちゃらと遊びまわっていた茶髪の男子だった。

裕介のアイデンティティーはもろくも崩壊した。ふと周りを見回すと、まじめな男子はのきなみ女子から煙たがられ、頭の軽い不良じみた連中ばかりがモテている。中身はなくても服装や髪型が今風で、悪っぽい仲間と群れていることが女の気を引く要因らしい。くやしいことにそういった連中は女子だけでなく男子からも一目置かれている。

それ以降、裕介は書物を捨てた。いや、家ではひそかに読みつづけていたものの、学校ではそんなことはおくびにも出さず、勉強よりも友達との遊びを優先させて、ちゃらちゃらと軽薄にふるまうようになった。成績はみるみる下がったが、女子からはウケがよかったため、これでいいのだとますます過信した。気がつくと、どこまでが演技でどこまでが本物のバカなのか自分でもわからなくなっていた。

もともと国語以外はたいして好きではなかったため、高校も仲間と同じそこそこの公立へ通った。大学へ行こうという発想はなかった。いったん勉強をはじめたら最後、再び誰からもうとまれるネクラで理屈っぽい人間に逆戻りしそうで怖かった。元来、出世願望も上昇志向も持ちあわせていない。

高校卒業後、家業の農園を継いでも未来がないからと、東京で運送業を営んでいた父親の知人を頼って上京。わずか一年後にその会社が倒産してからは実入りのいいバイト先を転々としていたが、二十三の年に流れついたホテルでの仕事が存外に楽しく居心地もよかったため、それ以降は腰を落ちつけた。

いつも世話になっているマネージャーから正社員にならないかと持ちかけられたのは、バイト生活も五年目に入ったある日のことだ。悪い話ではなかった。条件もよかったし、いつかは社員に、と思いはじめていた時期でもあった。にもかかわらずその瞬間、とっさに「考えさせてください」と口走っている自分がいた。

就労時間の不規則なホテルの社員になれば自由が利かなくなる。本格的に文学を学ぶ機会が永遠に失われる。上京後、彼女を作ったり合コンで騒いだりしながらも基本的には孤独であった一人暮らしの中で、裕介はますます読書量を増やし、子供時代に知り得なかったことを今こそ学べないものかと思いはじめていたのだ。

悩んだあげく、そんな胸の内を思いきって打ちあけたところ、マネージャーは二つ返事で大学受験に賛成してくれた。そんなことなら就職は四年後だって五年後だってかまわない。がんばって勉強しろ。おまえが働きながら学ぶ姿を見せてやれば、若いバイトの連中にもいい刺激になるさ。

今さら勉強がしたいなどと言いだせば昔のようにうとまれるのではないかと懸念していた裕介は、その一言にすこぶる感動し、必ずや大学で学ぼうと決意を新たにしたのだった。

しかしその二年後、実際に大学へ通いはじめてみると、待っていたのは想像以上に苛酷な日々だった。精神的にも物理的にもぎりぎりの毎日の中、裕介は一年目の成績を待たずして、四年で卒業は至難の業であることを悟ったのだ。

それでもマネージャーは毎日のように「勉強がんばれよ」と声をかけてくれる。卒業はいつだ。あと何年か。パッとお祝いしてやるからな。その爽やかな体育会系の笑顔を見るにつけ、この人をがっかりさせることはできないと裕介は焦る。なんとしても四年で卒業しなければならない、と——。

「不可能を可能にする。そのためにはあんたの協力が必要だったんだ」

気がつくと、裕介は洗いざらいを吐露していた。

最初は抵抗した。まじめで融通の利かない時代遅れの文学青年だなんて最悪だ。冗談じゃない。憤慨し、反駁《はんばく》し、激しく論戦した。しかし、「自分の胸によく手を当ててごらんなさい。今まで封じこめてきた思いのたけ、すっかり吐きだして清々しているでしょう？」と問われてうっかり胸に手を当てたところ、どんな分析も解釈も必要としない正直な感触がたしかにそこにはあったのだ。

しかも、ニシナミユキは最後のツメにも長《た》けていた。

「私にも経験があるからわかるのよ。去年はそこまで話さなかったけど、私が底意地の悪い上司のいる部署に飛ばされたのは、自分のミスからなの。老舗の玩具メーカーに勤めて八年間、それまでは新商品の開発室でばりばり仕事をしてたのよ。それが、あるとき私が企画して、社運をかけて売りだしたキャラクターグッズがさっぱり売れなくて、責任をとらされた形で底意地の悪い上司のいる総務へまわされたってわけ。毎日五時きっかりに仕事が終わって、残業するといやがられる。そんな部署だったわ。だったらいっそのこと、って大学にもう一度通いはじめたわけだけど、その上司のいやがらせだとか、勉強と仕事の両立だとかに悩んで、毎日がストレスの連続だった。そんなとき、私の愚痴につきあって励ましてくれたのが同じ社会人学生の友達だったの。おかげで随分と救われて、だから私も恩返しみたいな気持ちで代筆をはじめたのよ。私だけが一方的にみんなの力になってきたつもりはないわ」

さっきまでとは打ってかわった物腰で、懇々と諭すように言う。

「あなたも恰好つけてばかりいないで、時には弱音の一つも吐ける友達を見つけなさい。とりわけあなたみたいなタイプにはガス抜きが必要だわ」

「ガス抜き？」

「弱さを人に見せられるのも一つの徳性だって、吉田兼好も『徒然草』で法顕三蔵《ほっけんさんぞう》の例を挙げて語っているでしょう」

「第八十四段」

裕介は苦笑した。

天竺《てんじく》に渡った法顕三蔵が故郷の扇を見ては悲しんだり、病気になって故郷の食べものを請うたりしていると聞いて、「えらそうにしてるわりに軟弱なこと」と人が噂した。すると弘融僧都《こうゆうそうず》が「三蔵は本当に情の厚い人だなあ」と言った。そのコメントが法師らしくなくて心憎く思った、という短い文章だ。

いや、でもやっぱり法顕三蔵は軟弱だ、甘ったれた坊主だと思っていた裕介だが、ニシナミユキに言われてみると、たしかに痩せ我慢よりも大事なものがあるようにも思えてくる。

「弱さをさらせる強さ、ってやつか。まあ、おいおいそれも学んでいくよ」

裕介は吐息し、「ところで」と改めて持ちかけた。

「肝心の代筆はしてくれるわけ？」

目下の裕介に必要なのは愚痴を言える友達よりも、まずはレポートの代筆者なのだ。

しかし、ニシナミユキは最後まで首を縦にふろうとしなかった。

「代筆なんてあなたには必要ないわ。時間が足りないなら睡眠時間を削るなり、食事の時間を削るなり、通勤通学の道を走って少しでも時間を削るなりして、自力で最後までやりぬきなさい」

「いや、でも現実問題……」

「できるわよ。だって今までやってきたんだもの。不器用でムダにこまめで見当外れでも、実直に、粘り強くがんばってきたじゃない。あなたならこれからもがんばれる。そうやって死にものぐるいでやりぬいた四年間は、きっとあなたにとって、将来、一億以上の価値を持つわ」

最後の最後まで確信に満ちた語り口――あんたこそ無闇に自信家で論拠に乏しいと頭では思いながらも、じわじわと胸を満たしていく生暖かい感触には抗《あらが》えない。がんばれと、誰かに言ってほしかったのかもしれない。今までよくがんばってきたと、ほめられたかったのかもしれない――。

法顕三蔵を笑えない。三十をすぎて甘ったれた自分の精神に裕介は再び苦笑した。それから膝に載せていたマフラーを首に巻きなおし、弾みをつけてすくっと立ちあがった。時間がない。

「帰るよ。帰って、レポートをやる」

「それがいいわ」

「サンキュ。あんたにはなんていうか……」

「なにも言わなくて結構よ」

ニシナミユキは裕介を制してもといた机へと足を進め、鞄からなにかをとりだした。プラスティック製の小さな、細長いケース。それを裕介にさしだしながら言う。

「いい？　ガス抜きのできる相手を見つけるのよ。それまではこれを心の友と思って」

受けとった裕介は思わず「あ」と声にした。

「金次郎……」

ニシマミユキも愛用の携帯ストラップだった。まさかこんなものが商品として流通していようとは。

「よかったら使ってちょうだい。まだまだ会社に在庫が山のようにあるから」

終始自信にあふれていたニシナミユキの顔が翳《かげ》るのを見て、裕介はハッとした。

「まさか、あんたが企画して売りだしたキャラクターグッズって……」

「勤勉、まじめ、努力……日本人の美徳であったはずのこれらを人々が見失い、バカにしつつある今こそ、バック・トゥ・ザ・キンジロー！　キャッチコピーも完璧で、大ヒット間違いなしだと思ったんだけど、時代を先読みしすぎてしまった結果かしらね。でも、待っていて。私が開発室へ返り咲き、改良型の金次郎グッズを大ヒットさせる日を楽しみにしていてちょうだい」

言われなくても、現在八年生のニシナミユキが卒業できるのか否かも含めて、裕介は彼女の今後に興味を抱かずにはいられなかった。

「おう、時代があんたに微笑む日を待ってるよ」

ショルダーバッグに金次郎を収めて肩にかけ、ニシナミユキに軽く手を上げて、しんとした廊下へと足を踏みだす。その足どりはすべらかで、資料の詰まったバッグも、乾燥うどんの束のようなマフラーさえも、やけに軽く感じられた。

この教室へ来たときと、帰る今とで境遇はなにひとつ変わらず、課されたレポートの本数も現状維持。

収穫は金次郎のストラップ一つきり。

けれどもその掌サイズの守護神が、裕介には意外なほどに頼もしく感じられたのだ。

鐘の音

本島潔が二十五年ぶりに訪ねたその町は、踏みだす足がおのずと若き日の歩幅をなぞるほどに、相も変わらぬ景観を留めていた。

東海道新幹線で京都に降りたち、四両編成のローカル線へ。六駅目で乗り換え、さらに二両編成のローカル線へ——。視界を塞ぐビルが消え、人煙が薄れ、車窓からの景色がすかすかの余白だらけになった頃、屋根も囲いもない野ざらしのホームが線路の先にちらつき、それはみるみる接近して、やがては潔の足の下となった。

ゆるくかしいだホームのざらついたコンクリートの感触を、潔の足は憶えていた。見上げる空のあっけらかんとした高さも、鼻先をかすめる風の湿り気も、すべてが記憶のままだった。琵琶湖に近いせいか、この町には海とも川ともつかない独特の水っぽい匂いがする。

その匂いにたぐられるようにして潔は改札を抜け、これもまた変わりばえのしない駅前通りの静けさの中にしばし立ちつくした。キヨスク。バス停。タクシー乗り場——駅前に付随する記号のようなそれらは今も目につかず、そこはすでに米屋や乾物屋がぽつぽつと点在する日常の領分である。普段着姿にサンダル履きの人々が急《せ》くこともなく路上を行き交い、塀の上では太った猫が午睡を愉しんでいる。

作業場へと続く道沿いには趣《おもむき》のある日本家屋が昔のままに軒をつらねていた。そのうちの何割かは改築され、粉をはたきすぎた女のように白々としているものの、それもあくまで町の調和を乱さない程度に留まっている。都心では幽霊屋敷と呼ばれかねない古家でさえ、この町ではほどよく鄙《ひな》びた風情を醸《かも》しだす。玄関先が清楚に保たれ、庭の手入れも行き届いているためだろうか。落ち葉が舞ったらほうきで掃く。埃が立ったら水を撒《ま》く。そのシンプルな流儀が今もこの町をたばねている。

見ることもなくながめているうちに、ある種の含羞《がんしゅう》が郷愁にとってかわった。あまりにも変わらない景色の中にいると、自分自身の変わり様ばかりがきわだってしまう。潔は足を速めた。作業場までは十分とかからなかった。

十年前に改築をしたというその古巣は、はたしてどこを建てなおしたのかと首をかしげるほどに、これもまた昔のままだった。が、こればかりは古き良き時代に倣《なら》ってのことではなく、たんに予算の問題だろう。一見すると車の解体工場のようにも材木置き場のようにも見えるそのプレハブ小屋で行われているのは、莫大な時間と根気を要するわりには実入りが少なく、まかりまちがっても大当たりはしない地味な力仕事だった。

それでいて、扱う対象が対象なだけに、その戸を開くのにもそれ相応の腹構えを求められる。

「ごめんください」

引き戸を開けた潔の目にいち早く飛びこんできたのは、仁王像だった。天井からチェーンで吊された全長二・五メートルほどの木像。材質は檜《ひのき》か、榧《かや》か。破損状態は激しく、全体に矧《は》ぎ目がゆるんで形状が歪み、表面の彫刻も摩耗している。左肩から腰へとぱっくり口を開けた割損も痛々しい。この巨大な像を調査し、解体し、修復を遂げるのに一体どれだけの年月を要するのだろう。

気の遠くなる思いで目を移すと、相変わらず雑然とした作業場にはほかにも阿弥陀如来立像や如意輪観音坐像、日蓮聖人坐像などの破損仏が散在していた。文字通り魂を抜かれているそれらの像は、いつの日か満身の傷を癒され、再び人々に拝まれる日を待っている。潔は心の中でその一体一体に手を合わせた。それからようやく作業場で働く生身の人間へ目をやった。

Tシャツにジーンズなどのラフな装いで修復作業にいそしむ若者が五人。うちの三人がまだあどけない娘であることに潔は瞠目した。吾郎の姿は見当たらない。

「ごめんください」

再び声をあげると、日蓮聖人坐像の補彩をしていた娘がふりむいた。

「あ、すみません。先生のお知りあいの方ですか?」

「ええ」

「いらしたら奥へお通しするようにって言われてます」

潔は娘に従って玄関をくぐり、床上の仏像や工具をよけながら奥へと歩みをめぐらせた。

作業場の一角を仕切った休憩所で報告書をしたためていた吾郎は、二人の気配が背後に迫ったのを察すると、ひとつ息を吸ってからふりむいた。

「おっ」

「よっ」

軽く首をうずめるようにして挨拶を交わす。

「よう来たなあ。へんな話かもしれへんけど、わしはいつか本島がここへ来るような気がしとったんや。そやからいきなり電話をもろたときも、それほどびっくりせえへんかったやろ」

「俺はもう二度と来ないつもりだった。でも実際にこうして来てみると、意外となんでもないもんだな。これもへんな話だ」

元同僚の屈託のない笑顔に潔が苦笑を返すと、続けてなにかを言いかけていた吾郎は半開きの口をまごつかせたまま潔の顔に見入った。

「あんた、変わらはったなあ」

「そうか？」

「そや、えろう感じが変わりはった。なんや知らへん人みたいや」

「四半世紀も挟めば誰だって知らない人間みたいになる。年をとっただけだよ」

「そうか。年をとっただけか」

吾郎は破顔し、卓上の書類を隅へまとめた。

「わしも年とって変わったやろ。体力やったら若い奴らに負けへんつもりやけど、最近は面倒臭いデスクワークばっかりや。今はなんでも写真に残して記録する時代やからな、修復の工程もなにからなにまで書類にまとめて報告せなあかん。こればっかりは若いもんに任せられへんさかいな」

「若いんだな、本当に今の面子《メンツ》は。娘さんまでいて驚いたよ」

「時代や。今じゃ男より女の弟子入り志願者のほうが多いくらいやで。意外と根性も女のほうが上かもしれへん」

「わからんもんだな、昔は荒っぽい男社会だったんだが……。俺なんか松浦さんに何度殴られたかわからない」

潔の声が沈んだ。つぎの言葉が続かない。松浦の名が出たとたん、二人のあいだに垂れていた糸がとうに失われた弾力をよみがえらせて張りつめた。

「ちょっと、外へ出よか」

気詰まりな沈黙に耐えかねた吾郎が腰を浮かし、潔もそれに倣《なら》いはしたものの、作業場をあとにした二人に会話がもどるのには尚も時間がかかった。肩を並べ、琵琶湖の方向へとあてどもなく歩を進めながら、潔も吾郎も結局のところ、「あの話」に触れるタイミングのみを見計らっていたのだ。

「松浦さんも、本島がいつかもどってくると思うとったと思うで」

先に口を開いたのは吾郎だった。

「口には出さへんかったけどな。あの人は、わしより本島にここを継がせたかったんやろうなあって、わしは今でも思うとるんや」

「口に出さなかったものを、なんでわかる」

「亡くなる半年前にあの人、言わはったんや、潔はどないしとるかな、って。わしは潔に厳しすぎたかもしれへん。あいつは気難しい芸術家肌で、わしにはようわからへんかった。わからへんから、すぐに手が出た。そないな後悔を初めて口にしてはった」

「俺は芸術家肌なんかじゃない」

間髪を入れずに潔は返した。笑い飛ばそうと持ちあげた唇が無様《ぶざま》に歪んで泣き顔に近づいた。

「俺は卑劣な俗物だ。そのことは井口、おまえが誰より知ってるはずだろう」

「……………」

「松浦さんは、なにも知らずに逝ってよかったんだ」

潔のとなりで吾郎が足を休めた。その視線を目で追うと、民家のつらなる街路の先にぽっかりと白い空間が開けている。琵琶湖だ。

「やっぱり、あれが原因か」

白昼の空に溶けいるような湖面をながめながら、吾郎が低くつぶやく。

「あの仏像か」

潔はうなった。軽くうなずいてみせるつもりが、喉の奥が力んでかすれたうなり声が出た。

「不空羂索観音像《ふくうけんじゃくかんのんぞう》……」

「あんたが消えたんは、やっぱりあの像のせいなんか」

「ほかになにがある」

「たいしたことやあらへん」

「ばかを言え」

「人生を狂わすほどのことかいなあ」

「ああ、まるごとひっくり返してもあまりある」

言葉にすると大袈裟に響く。が、そこにはなんの誇張もなかった。吾郎もそれを知っていた。

——そうだ。あの像が俺の人生をまるごとひっくり返した。

潔は心でもう一度つぶやき、そして瞼の裏に呼びおこした。あのふくよかな温容を。慈悲深い眼差しを——。

二十五年前の吾郎も、松浦も、自分自身の顔でさえも今ではおぼろげなのに、あの像だけはありありと、潔はいつでも自分の中に復元することができるのだった。

「ええ天気や。もうちょい歩かへんか」

ひとり言のように吾郎がつぶやき、琵琶湖へと再び歩きだす。そのあとを追う潔の目に、もはや湖面は映らなかった。懐かしい町並みも、厚みの増した吾郎の背中も映らなかった。

二十五年目にして初めて口にした悔恨の底知れぬ深さだけをただ見つめ、潔は一歩一歩を重く踏みしめていった。


そもそもの出会いは、京都と兵庫にまたがって広がる丹波高地の一角にたたずむ山寺だった。

松浦と潔、吾郎の三人で赴いたその玄妙寺なる寺の本堂に、不空羂索観音像は本尊として安置されていた。

今でこそ、仏像は修復工房の作業所へ運びこむのが基本だが、二十五年前の当時は修復師自らが寺へ赴く出張修復が主流だった。一体の仏像を修復するのには、三、四人のチームで挑んでも尚、生半可ではない時間を要する。仏像修復というと繊細なイメージを抱かれがちだが、そのじつ、この出張仕事は消耗する体力との闘いだった。周辺に適当な宿のない土地では寺に泊まりこんで作業を行った。厳寒の冬、本堂の片隅を幕で囲った簡易寝所で半年近くもの夜を明かしたこともある。

その点、玄妙寺は環境の面では恵まれていた。住職一家の住まう庫裏《くり》には十分な広さの客間があり、潔たちは本尊の修復中、そこで寝泊まりをすることになった。食事は住職一家とともに座敷で奥さんの手作り料理をまかなわれた。一汁一菜の粗食か精進料理かと思いきや、朝昼晩の膳には肉も魚も豪勢に供され、典型的な生臭坊主だと潔は内心その住職を見下していたものの、あとから思えば人柄は悪くない男だった。

「うちのご本尊は、日本でもそうそう見かけへんめずらしい観音様や言われてます。そやけど、どうしても、カネに勝てんのですわ」

初めて玄妙寺へ赴いたその日、潔たちを庫裏の座敷に通して茶をふるまいながら、住職はそんな話を切りだした。

「カネ？」

金、と単純に頭で置きかえた潔だが、住職はその裏でもかくように「梵鐘《ぼんしよう》ですわ」と笑った。

「境内の前庭に鐘楼《しようろう》があったんを見はりまへんでしたか。あの梵鐘は、見てくれはいまいちやけど、鳴らすとええ音がする。えらいええ音が響きます。村の連中にも人気で、あの人らはあの鐘のためなら里からえっせか山道を登ってきはるんや。そやけど、中にはご本尊の仏さんに手を合わせんと帰ってしまう者もおる。鐘だけ鳴らして満足して帰らはる。悩みのない証拠かもしれへんけど、だんだんわしにはご本尊様がお気の毒になってきましてなあ。とうとうこの前、あんたらなんでご本尊様を拝まんのや、いうて、訊いてみましたんや。そしたらあんた、あんなにひび割れておんぼろの仏さんに御利益があるとはよう思えへん、言われましてな。わしの不徳の致すところやったとえらい反省して、修復をお頼みすることにしたんですわ」

仏にとってはとんだ悲劇だが、住職の飄々《ひようひよう》とした語り口にあうと滑稽話にも聞こえる。妙な寺へ来てしまったものだと当惑する潔のかたわらから松浦が言った。

「見たところ、江戸の末期あたりに一度、修理の手が入っとりますな。後補の跡がある」

「コウホ？」

「仏さんの一部を造りかえた跡があるんですわ」

松浦は夏に一度、破損仏の下見にこの寺を訪ねていた。約束しとったのに住職は留守やった、村の相撲大会に行ってしもたそうやとぼやきながらも、工房へもどった松浦は上機嫌だった。数えるほどしか現存しないと言われる不空羂索像の修復依頼は、この道に長い松浦にしても初めてのことだったのだ。

「ああ、そんならあんた、きっと、大火事のあとやがな」

「大火事？」

「このお寺、二百年近く前に一度、火事で焼けとるんですわ」

「ほな、そんときに仏さんも？」

「ああ、焼けて、焼けて、真っ黒くろの炭になってしもた」

「そんで修復に出したいうわけか」

「いや、いったん炭になったもんは、どうしたって元へはもどらへん。そら自然の摂理や、しゃあない言うて、当時の住職がどっかのお寺からあまっとった客仏をもろてきて、うちの新しいご本尊様にしたいう話が伝わっとります。タダでくれはる仏さんやさかい、えらい傷んでおったんでっしゃろなあ。このまま安置するわけにもいかへんちゅう話になって、修理師を呼ぶのにえらい金がかかった、これなら新しい仏さんを買うたほうが安かったかもしれん、なんちゅう先祖のぼやきが記録に残うとりますわ」

なんらかの理由で本尊を失った寺が、よその寺から客仏を譲ってもらうのはめずらしい話ではない。

めずらしいのは、その仏が不空羂索であったことだ。

「まずは、その像を見せてもらえますか」

高ぶる胸を抑えきれずに潔は身を乗りだした。住職の話につきあいながらも、内心ではひどく焦《じ》れていたのだ。

急かすな、とどやされるかと思いきや、松浦は横目で潔をにらんだだけでなにも言わず、「ほな、お堂へ行きまひょか」と住職はあっさり腰をあげた。

いったん庫裏を離れ、赤土の上に小石を、そのまた上に落ち葉をかぶせた境内を通って、山門からの延長線上に鎮座する本堂へと移る。背後の山を映《は》やす夕日に染まった楓《かえで》のかたわらでは、くだんの梵鐘がその黒々とした身をたおやかに揺すっていた。小学生とおぼしき数人の子供が列を成し、順に鐘をついている。

「ええ音や。子供らのつく音も、それはそれで味がええ」

住職は目を細めたが、潔の耳にはうすらとぼけた鈍い音にしか聞こえなかった。

江戸末期の火事以降に再建され、その後も幾度かの改築を経ている本堂は本瓦葺きの寄木造りで、面積は七間四方。名もない山寺にしては立派なものだが、いかんせん土台の劣化には抗《あらが》えない。堂内には至るところから隙間風が吹きつけ、やがて枯れ葉が小石を埋めつくす頃には、ここは凍える作業場と化す。その苦難の日々を想像するほどに、逆に潔の鼓動は高鳴るのだった。

住職らのあとについて内陣へ進み、須弥壇《しゅみだん》の前に正座した。住職が仏前の蠟燭を灯すと、薄闇に埋もれていた仏像の輪郭がすっと浮きあがった。まるで仏が自ら身を乗りだしたかのようだった。

一面三眼八臂の木像。飛天光という光背を背負い、蓮華座に坐《ざ》している。仏像本体はさっき鐘をついていた子供ほどの大きさだろうか。写真で目にした何体かの不空羂索にはいかめしい印象がついてまわったが、間近で向かいあったその像からは、むしろふくよかな温かみが伝わってくる。

「これが、不空羂索か……」

「はい、なんやらたいそうめずらしい仏さんらしゅうて……。そやけど、めずらしいめずらしい言われても、わしはなあんもわからへん。なんや変わった御利益でもありますのかいな」

「国家鎮護と衆生《しゅじょう》救済の仏さんや」

仏像を凝視したまま松浦が告げた。

「不空、いうのは空だけでなく宇宙までもあまねく救う、いう意味や。羂索とは縄と網のこと。その縄で確実に悩める民衆をすくいあげる、いうことですわ。ほら、仏さんの脇手が握っとるあれがその羂索や」

「なんやら強そうな観音様ですな」

「そやけど縄ちゅうのはそないにわかりええ特徴やない。民衆は、もっとわかりええ仏さんを好みますさかいな。顔が一つぽっきりより、十一もある仏さんのほうが、なんぼか人間離れして仏力がありそうやろ。そやから十一面観音は人気がある。手が二本しかないより千本あったほうが、いっぺんに仰山の人間を救ってくれはりそうですな。そやから千手観音は日本中どこにでも祀られてはる。その点、不空羂索はなんや印象がつかみにくうて、玄人好みなんですわ」

「たしかに、これが縄ちゅうのも聞かへんかったらわからへん」

「縄で人間を救ういうのも、仏さんのわりには、なんや手段が人間的や」

「あんたはカウボーイか、言うて突っこみとうなりますな」

「おまけに……ここの仏さんは表面がだいぶ風化しとるさかい、着衣の彫刻も摩耗してようわからへんけど、不空羂索像のほとんどは鹿皮をまとうてはる。鹿いうたら奈良の春日神社、春日神社いうたら藤原一族や、いうて藤原家はこの不空羂索を大層熱心に信仰しはったらしいんや。つまりアレやな、藤原一族のマスコットボーイみたいなもんやな。そうすると逆に藤原家以外の民衆は鼻白んで離れてく。そやから不空羂索の人気は藤原家の隆盛とともにひょいと上がって、藤原家の衰頽《すいたい》とともにどんと下がったわけですわ。それ以降、この像がよう造られた形跡はあらへん」

「ほな、この仏さんは奈良時代の作でっか」

「いや、それやったらとうに国の重要文化財や。たぶんこれは藤原家の隆盛期に造られた不空羂索観音を、鎌倉期以降の物好きな仏師が模倣したもんやろ。目に水晶が入っとりますなあ。玉眼ちゅうて、これは鎌倉期以降の流行りやさかい」

松浦が得々と語る程度の知識は潔にもあった。修復師の中には仏像をたんなる欠陥品として捉え、その御利益や霊験には関心を向けない者もいるが、潔はなによりもまず個々の特性や秘めたる力に心惹かれた。自分の寺で奉る本尊への無知を恥じない住職に憤りを覚えることも少なくない。

当然のように玄妙寺の住職は御魂抜きのことも知らなかった。

「御魂の入った仏さんに鑿《のみ》を当てるような罰当たりはようしまへん。修復の前にはいったん、御魂を抜いて、本宮へおもどりいただくんや。そのための撥遣《はっけん》式ちゅう儀式を住職さんがやらはる」

「わしがやるんか」

「あんたのほかにおらへん」

松浦は玄妙寺の属する天台宗の流儀に則《のっと》った撥遣式の作法を住職に教えた。

仏の御魂を掌にくるんで合掌し、蓮華のつぼみの形を作る。親指と小指は合わせたまま、中三本を開いて花を咲かせる。その花の上に仏の御魂を載せ、誓いの言葉と呪文を唱えて本宮へお帰りいただくのである。

所要時間は僧によって異なるが、早ければ五分で終わる儀式だった。

「そやけどわしにできますかいな。どない言うたらええんか、もう忘れてしもた」

「わしも立ちあいます。明日の朝からやりまっしょい。やらんと作業もはじめられへん」

不安げな住職とともに本堂をあとにする間際、潔はもう一度だけ不空羂索観音像をふりかえり、まだ御魂の入っている姿を瞳に焼きつけようとした。

なにかが胸に引っかかったのは、そのときだ。

「松浦さん」

戸口へ向かう松浦の背中をとっさに呼びとめた。

「不空羂索の真手《まて》は合掌をしてるはずではないですか」

不空羂索の脇手はとくに一定しておらず、四本、六本、十六本、などと像によってその数も持物も異なるが、最も中心にある二本の真手は必ず合掌をしている。そんな記述がものの本にあったのを潔は記憶していた。しかし、この寺の不空羂索は両手を開いて対向した形で印相《いんぞう》を象《かたど》っているのである。

「これはなにかの説法印でしょう。不空羂索の真手じゃない」

「なるほど。そら、けったいな話やな」

重大な発見をした子供のように小鼻をふくらませる潔を、しかし、松浦は軽くかわしただけだった。

「そやけど、この世にはけったいな仏像なんぞ仰山おる。わしが奈良で拝観した不空羂索観音は、手がたったの二本で、しかもその真手は来迎印をとってはったわ」

不空羂索が来迎印——まさか、と心で放ったうめきが聞こえたのだろうか。再び歩きだした松浦の声が堂内にいかめしく冴え渡った。

「ええか、潔。頭でっかちに知識を詰めこむのもええが、仏像は知識やない。己の目で何体の本物を見たのか、や。何百体も、何千体も見て、初めてその目を信じられるようになる。どこの誰それが書いたかもわからへんうんちくをうのみにしたらあかん」

住職と松浦が堂を去り、背後にいた吾郎にさえ抜き去られても、潔はしばしそのひえびえとした板の上から動けずにいた。松浦にしては温厚な物言いだったにもかかわらず、その言葉は鑿のように潔の胸をえぐった。あのバカ住職に頭でっかちな小僧と思われただろうか。吾郎も心で笑っているのか。いたたまれない思いでもう一度、内陣をふりかえると、しかし、今にも消えそうな炎の奥に見えるふくよかな顔だけは自分を理解し、慰めてくれているようにも感じられた。

堂の外にはなおも重たい梵鐘の音が鳴りわたっていた。

松浦の指導のもとで住職が無事に撥遣式を勤めたその翌日から、朝昼は本堂に敷きつめたシートの上で修復作業にいそしみ、夜は庫裏の客間で松浦、吾郎と寝起きをともにする毎日がはじまった。

修復の工程はどんな像でも同様だ。まずは松浦を中心にもう一度、仏像の損傷状況を詳細調査。どこが傷んでいるのか、どう手を加える必要があるのか、おおまかな目安がここで立つ。続いて像の矧ぎ目に沿って部分単位に解体。そう、仏像の修復をするのには、いったん全体をバラさなければならないのだ。

なんたる罰当たりを、と目をむく住職も時にはいるが、解体することによって初めてあきらかになる損傷も多い。仏像内部の虫喰い。鼠害。寄木造りの仏像の場合、その内部は刳《く》りぬかれ空洞になっているため、悪くすると鼠の温床にされかねない。潔は解体した仏像の内刳りに蛇の死骸を見たこともある。

そもそも多くの仏像は矧ぎ目を接続する接着剤が劣化し、節々のぐらついた状態になっている。腐食した鉄釘や鉄鎹《てつかすがい》も、木質を割ったり炭化させたりの悪因となる。いずれにしても一度、接着部分をはがして掃除をし、すべての鉄釘や鉄鎹を除去する必要があるのだ。

除去すべきは錆鉄だけではない。中世以前に造られた仏像の場合、そのほとんどが今に至るあいだに一度や二度の修復を経ているものだが、その際に補われた部分をとりのぞき、造像当初の形にもどす作業がつぎにひかえている。つまり、後補を手がけた修復師の個性や感性で肉付けされた部分をもとにもどしてやるのだ。これによって像本来の原型がよみがえる。

玄妙寺の不空羂索の場合、彩色はほどこされていなかったものの、漆箔《うるしはく》と漆木屑《うるしこくそ》、そして虫喰い隠しのための後補布を除去するのに多くの時間を費やした。これらの作業によって現れた本来の姿は、松浦さえも愕然とさせるものだった。

形像が妙になまめかしいのだ。

潔が第一印象で受けたふくよかな温かみ——後補を除くことにより、その印象がいっそう強まり、体のラインが激変した。胸腹部。両根幹部。脚部。不空羂索の力強さを表していた筋肉の多くは修復師の手によるものだったのだ。それを丹念に除去した結果、そこにはむしろ女性的とも言えるしなやかな肢体が隠されていた。

普段はラフに装った女性の思いがけない曲線美を垣間見た驚き、ときめきと似ているだろうか。この像の矛盾に潔は魅せられた。縄一本をもって全宇宙の人間を救済、などという無謀な力業を身上としながら、一方で奇妙な安らぎをもたらすアンバランスに興奮した。

しかし、そんなことを口にすれば松浦の不興を買うのが目に見えている。

「潔。頭はええさかい、手を動かせ」

「現場には学者も芸術家もいらへん。腕のええ職人になるには、一にも二にも経験や」

「東京もんは理屈ばっかりこねまわす」

修復工房の長であり、出張中は現場主任でもある松浦は、破損仏をマニュアル通りに修復する技術においては文句なしの名工だが、仏像イコール修理の対象とあくまでも一線を引いていて、それ以上に踏みこむことを好まない。潔が仏像に入れこみすぎるのも鼻につくらしく、それならいっそ坊主になれとどやされたことも一度や二度ではない。それでも、これまでは同じ工房の辰巳という先輩が「まあ、ええやんか、若いもんは好奇心が旺盛やさかい」とうまくとりなし、なにかと潔を庇《かば》ってくれていたのだが。

その辰巳がこの春、腱鞘炎の悪化でとうとう引退した。すでに六十五を超えていた。工房には二十代の門下生も数人いたものの、松浦は辰巳の穴を埋める即戦力を求め、美術院から三十歳の修復師を引っ張ってきた。それが吾郎だった。

〈美術院〉とは、全国の国宝や重要文化財を一手に引きうけている日本最大の修復施設で、京都の国立博物館内にある修復工房を本拠地としている。言わば修復師のエリート集団であり、松浦も十七年前に独立する以前はその美術院に籍を置いていた。よって彼は吾郎のOBにあたる。

だからというわけではないが、今回の出張修復で初めて松浦、吾郎とチームを組んだ潔は、彼らとすごす日々の中でなんとはなしに疎外感を募らせていった。

潔が松浦の押しかけ弟子となったのは十三年前、まだ二十歳の頃だった。彫仏の勉強はしていたものの、修復についてはまったくの門外漢であった潔は二ヶ月ものあいだ、来る日も来る日も松浦の工房へ足を運んで、ようやく弟子入りを許された。その後も最初の三年間は作業場の掃除と雑用、それに松浦の子供たちの子守くらいしかさせてもらえなかった。

一方、潔よりもいくらか年若の吾郎は、松浦の工房へ移籍してふた月としないうちに仏像に触れ、鑿を入れ、ついには出張修復へ同行するに至っている。美術院での経歴を買われてのこととはいえ、自分が這ってきた道を一足飛びにジャンプした新顔は、潔にとって決して愉快な存在ではなかった。

その上、吾郎は潔よりも遥かに人好きのする男だった。仕事中は黙々と作業に徹しているものの、就業時間が終わるとたちまち舌がなめらかになって、相手を問わず声をかけては楽しげに話しこんでいる。京都市内にある寺の三男坊として生まれ育った吾郎は、大家族の中で育《はぐく》まれた独特の鷹揚さと人なつっこさを持ちあわせていた。

住職。その妻。二人の息子たち。夕食の席で吾郎が彼らと軽口を交わすようになるのに時間はかからなかった。松浦も松浦で酒が入ると饒舌になる。ただでさえにぎやかな座敷に村人たちが野菜や果物、川魚などを手土産に闖入し、派手な宴会がはじまることもめずらしくなかった。

「ここの住職はえらい酒飲みで、法事の念仏もいまひとつあてにならへん。そやけど、この寺の鐘はほんまにええ音や」

「かーんと天まで届くええ音や」

「じーんと胸に響くええ音や」

「日本の梵鐘千指にも選ばれてるさかいなあ」

口をそろえて梵鐘をほめそやす村人たちを、潔は心でさげすんでいた。文化レベルが低すぎる。彼らも彼らで、仏像修復を生業《なりわい》とする潔ら三人を、なんとも不可解な存在と考えていたようだ。

「わしらの若い頃は農家なら農家、商家なら商家を継ぐのが当たり前やった。そやけど今はそないな時代やない。高度成長期や。金になる仕事かってなんぼでもあるやろに、なにが嬉しゅうて古びた仏像なんかを相手にしよう思うたんや」

ある夜、例のごとく突発的にはじまった宴会の席上で、村人の一人が潔と吾郎に問いかけた。

「わしは住職の息子やさかい、子供の頃から自然と仏像や仏画に触れあってきました。今ではすっかり馴染んどるちゅうか、愛着があるちゅうか……。そういう古いもんを直してよみがえらせる仕事があるゆうことを知ったとき、単純に、そら出家して仏様を拝むよりもおもろそうや思うたんです。もともと頭を使うより、体や手先を使うほうがなんぼも性《しょう》におうてましたさかい」

吾郎がそつのない答えを返すと、おのずと皆の目線が潔に集まった。

「僕は……」

やむをえず潔は口を開いた。が、続く言葉が出てこない。

「潔はもともと仏師をめざしとったんや」

松浦が潔に代わって言った。

「仏師？」

「仏さんを彫る仕事や。大学にまで通って勉強しとったのに、突然、やめてわしんとこに弟子入りに来た」

そんな言い方をすればなおさら好奇心を煽りかねない。

案の定、村人の一人が身を乗りだした。

「あんた、なんで仏さん彫るのをやめたんや。修復よりも自分で彫ったほうがなんぼも楽しいのとちがうの」

潔は村人をにらんだ。なんと平坦な顔だろう。奥行きも陰影もあったものじゃない。鑿《のみ》で荒削りしたまま風化したような目と、鼻と、口と。生まれ変わって彫りなおしてこい、と怒鳴りつけたくなる。

いらだちを喉元で留めたまま潔は席を立ち、無言で座敷を立ち去った。

「潔」

結局、そのまま座敷にはもどらず、客間に帰ってすぐ万年床にもぐりこんだ潔を、その夜中、酒臭い息をした松浦が揺さぶり起こした。

「潔、おまえ、さっきの態度はなんや」

ハッと目覚めて身を起こしかけた潔を、松浦のごつい手が布団へ押しもどした。瞳の捉えた一瞬の光が紅色に弾けた。潔の口に血の生臭みが広がった。

「おまえ、口もようきけへんのやったら、酒盛りなんかつきあわんでええわ。はよ部屋に帰っておとなしゅう寝とれや。場が暗うなるんや。おらへんほうがなんぼかましや」

みるみる腫れあがっていく頬の痛みで一睡もできなかったその夜以来、潔は食事をすませるとそそくさと席を立ち、住職一家や村人たちとの酒宴に交わるのをやめた。

潔が出張先で人々と衝突するのは初めてではなかった。無口で社交性に乏しく、ろくに聞こえない小声で挨拶をする以上の働きかけをしない潔は、どこへ行っても煙たがられこそすれ、好かれることはなかった。愛想なし。無表情。陰気。潔への評価はどこでも似たりよったりだ。顔のぼつぼつが気持ち悪い、と漆《うるし》かぶれの肌をあげつらわれたこともある。この仕事をしてもう十三年にもなるのに、潔はいまだに接着剤として用いる漆にかぶれ、しばしば肌をただれさせてしまうのだ。そんなときにはますます人と接するのが物憂くなる。

「いいや、この子は、まじめなええ子やで。手先は器用やが、頭のほうは不器用や。そんでええんや。きっとええ職人になる」

ただ一人、潔の味方であった辰巳でさえも、二人きりのときには声をひそめて忠言した。

「仏さんを貴ぶのは大事なことや。そやけどな、潔、たまには生身の人間も貴ばんなあかん。生身で生きとるいうのはたいそうなこっちゃ。そうそうバカにはできへんで」

その辰巳が退《しりぞ》いた今、職場における潔の孤独は完全に固定され、不動のものとなった。まして や職場兼宿舎が人里から徒歩二十分の山寺となると、気分転換に町へ出るのも億劫でままならない。よしんば人里へ足を向けても、そこには数軒の飲み屋と怪しい博打場があるばかりだ。

ときおり松浦から気まぐれに半日休を言い渡されるたび、潔は時間をもてあました。漆かぶれなど無縁の吾郎は村の相撲大会の行司を買ってでたり、住職のギターを奏でたり、住職の次男にプラモデルを作ってやったりと片時もじっとしていなかったが、潔には本堂にこもって不空羂索と向きあうくらいしかやることがなかった。

孤独が潔をいよいよ仏へ引きよせた。御魂は抜いてあるから、仏に功力《くりき》はない。しかし解体され、手足とばらばらに横たえられた不空羂索の面《おもて》を見ていると、そこにはたしかに、ついこのあいだまで宿っていたなにかのぬくみを感じるのだ。人間の魂によく似たなにか。けれども遥かに強力で、永遠に損なわれることはない。世塵にまみれて薄汚れることも、愛欲のために燃えはてることもない、超越的な魂の余韻をそこに感じるのだ。

どんな仏像にでもそれがあるというわけではない。むしろそんな例はごく稀だ。ましてやこの不空羂索ほどの強烈な吸引力を前にしたのは初めてのことだった。

彫仏の巧拙。像容の美醜。木質の優劣。そんなものは問題ではなかった。芸術品としての価値からすれば、玄妙寺の不空羂索には見るべきものがない。写実的な顔立ちと玉眼、そして木質の風化具合からして鎌倉時代のものであるのは間違いなさそうだが、当時活躍していた慶派だの円派だのの流れに類するものでもない。恐らくは名もない一仏師が、ちょっとめずらしい仏を彫ってやろうと一念発起し、見よう見まねで不空羂索に挑んでみせたのだろう。計算不足のせいか全体のバランスが悪く、台座や光背にもあきらかに手抜きが見てとれる。納衣《のうえ》の彫りかた一つをとっても青臭く、刀さばきの至るところに生硬さがうかがえる。

にもかかわらず、この像にはそれがあった。

仏として人間に仰がれるに足るなにか。

仏として人間を慰むるに足るなにか。

——慈悲。

この仏にふさわしい形容を何日も思いあぐねた末、潔はこの二字に帰着した。格別に美しいわけではない。技巧に秀でているでもない。けれどもこの仏は温かい。とこしえの慈しみをその目に、唇にたたえている。どうすればこんな面が彫れるのか？

恐らくは偶然だ。どんな仏師も一生に一度くらいは己を超えた面を彫る。けれどもそこで刀を置くことができずにさらなる手を加え、なにもかもだいなしにしてしまう。しかし、この仏師は踏みとどまった。自らの手が成したとはとうてい思えないなにかを宿らせた仏と向かいあう怖気に耐えぬいた。その忍耐に、その胆力に潔は感謝した。何百年も前に奇跡を起こした彼のおかげで、自分は今、この仏にこれほどまでに慰められている。

感謝しながらも、しかし潔は一方で猛然と嫉妬した。たいした腕もなく、儀軌《ぎき》にもうとく、真手の印相を誤るようなへまをやらかすインチキ仏師への羨望に苛《さい な》まれた。恐らくは生涯パッとせず、歴史になんの名も残さずに消えた貧乏仏師。しかしなにはともあれ、彼はこのような仏像を、少なくとも一体はこの世に遺したのだ。

「俺にはそれができなかった」

いつの日からか、暗く湿った堂内でひとり、胴から上を横たえた不空羂索像に語りかけるのが潔の日課と化していた。

「俺には、魂を宿すに値する仏が、どうしても彫れなかった」

美大の彫刻科で彫仏を学んでいた当時をふりかえるたび、潔はそれこそ魂を抜かれた器のようになる。

大学での潔は優秀だった。彼が彫りあげた木像はいずれも高い評価を得た。巧みでなめらかな刀さばきは他学生の追随を許さず、教師陣からも特別視されていた。どいつもこいつも騙されやがって……と、しかし、潔はほめられるたびに憤っていたのだ。

「俺はたしかに巧い。器用だ。見目のいい、つるつるの像を彫る。だが、それだけだ。俺だけは俺に騙されなかった」

新たな像に着手するたびに潔は懊悩《おうのう》し、完成させるたびに落胆した。その絶望の深さを知るのもまた自分だけだった。大学二年の秋、潔は突然、大学に退学届を提出した。仏像修復師として働く松浦の姿をとある雑誌の記事で目にしたのは、失意の冬の只中のことだ。

潔はただちに京都へ駆けつけた。両親に無断で大学をやめた彼はいずれにしても勘当同然の身の上だった。

「これだ、と思った。俺は仏師にはなれない。なにかがどうしても足りない。しかし、修復師として仏像に携わることならできる」

子供の頃から乗り物よりも怪獣よりも仏像に心惹かれ、小中高時代を通してのあだ名が「ブッゾー」だった彼に残された、それが最後の砦だった。

「この手で仏像を彫れないのなら、どこかの誰かが彫った仏像をこの手で救いたい。劣化した木材。風化した彫刻。低質な後補。みじめな仏をこの手で原型の——いや、原型以上に美しい姿にしてやりたい」

仏師への道に挫折した自らのみじめさを、潔は知らずしらず眼前の仏に重ねている。

儀軌も知らないバカ住職の寺に祀られ、梵鐘びいきの無知な村人どもからこけにされている不空羂索——。

「俺が直してやる。どこのどいつよりも美しい像にしてやる。誰もが地面にひれ伏して拝まずにいられない最高の仏に……」

心からの哀れみをこめてつぶやくときだけ、潔はこの超越的存在を超越したかのような、罰当たりな錯覚に酔いしれるのだ。

「直してやる。俺が。完璧に。必ずこの手で……」

その錯覚は彼に言いしれぬ感動を与えた。時として彼は唇を震わせ、時として瞳に涙した。

憎悪すべきは鐘の音だった。

どこかの誰かがいたずらに鐘を鳴らすたび、潔の感動は断ち切られる。ふいに漆にかぶれた肌のむず痒さを思いだし、血まみれになるまで掻きむしりたくなるのだ。


不空羂索に対する潔のただならぬ思い入れは、しかし、松浦との関係をこじらす障壁ともなった。

ただでさえ、修復が後半の複雑な工程にさしかかるにつれ、作業の現場は緊張と弛緩とをくりかえし、ぴりぴりとした空気を帯びていく。

後補を除去した像の殺虫処理をして全体をクリーニングし、合成樹脂溶液を含浸させて木質を強化、それから漆木屑と合成樹脂でこまかな虫喰い穴や釘穴をひとつひとつ充塡。作業をする手に木目が刻まれそうなほどの根気を要するこの穴埋めを終えた頃には、早くも玄妙寺に来て二ヶ月がすぎ、早朝の前庭に霜が降りるようになっていた。それでも、ここまではまだ松浦と潔との対立が表面化することはなかった。

問題は、そうして一連の木質処理をほどこしたのちの、修復の大詰めともいえる新補の工程にあった。

新補とは、風化もしくは損傷によって仏像の造形が失われた箇所を新たにつぎたすことをいう。螺髪《らはつ》の欠けた像には螺髪を、足の先が失われている像には足の先を、新たな檜材から彫出して補っていくのである。遠い昔日の原型を知るよしがない以上、修復師は「恐らくはこうだったであろう姿」を想定し、イマジネーションで補わざるを得ない。刀を握った修復師によって像の印象が左右されるのはそのためだ。

「潔。なんぼ言うたらわかるんや。この像にそないな手はよう合わへん。ほかの七本と比べてみい」

不空羂索の脇手のうち、手首から先が欠損している左手の新補を任されていた潔は、何度彫っても松浦から頭ごなしのダメ出しをくらった。

「女の指やあらへんさかい、へんに細かく彫る必要はあらへん。もとの姿に忠実に彫れ、ちゅうとるねん。わしらは仏具屋の修復師とちゃう。派手なお飾りはいらへんのや」

松浦の言うことは潔にもわからないではなかった。仏を華美に引きたてる仏具屋の手法とは異なり、文化財としての仏像修復を担う潔たちに課せられているのは、あくまでも現状維持を前提とした修復作業だ。造像当初の原型を保護するという目的から逸脱してはならない。頭ではわかっていた。

しかし、今回ばかりはどうしてもそれができない。いざ新補を彫りおこそうとすると、刀を握る手がおのずと原型以上に美しい造形を求めてしまうのだ。彫っても、彫っても、誰の目にも原型からはほど遠いすべらかな手が彫りだされてしまうのである。

「潔、おまえ、仏師みたいに己の名前を仏に刻みたいんちゃうんか。そないな我欲《がよく》を引きずっておったらええ修復師にはなれへん。修復師は黒子や。目立ったらあかん。己を消して無に徹する。そこが肝心のかなめや」

ある日、例によって松浦からどやされた潔はとっさに口走った。

「それはわかってます。原型に忠実にやろうと僕も思ってます。でも、原型が必ずしも完璧とは言えないじゃないですか」

日に日に底冷えを増していく本堂が、その一言で一気に凍りついた。やや離れて台座の新補をしていた吾郎がこくんと喉を鳴らした。

「潔。もう一度、言うてみい」

松浦にすごまれ萎縮しながらも、潔の口は止まらなかった。師匠への口答えなど言語道断の愚行であるのは百も承知だが、もはや引っこみがつかなくなっていた。

なぜなら、そこには仏がいた。三つの眼孔から今も潔を見据えている不空羂索。たとえ魂を抜かれていようとも、この像の前で松浦に迎合するわけにはいかない。

「たとえばこの不空羂索だって、原型はかなり突飛です。真手は合掌してないし、体の線も妙にやわらかい。ほかで見る不空羂索像の勇ましさはありません。だったら、脇手だってもっと細やかに彫りこんでもいいはずなのに、仏師はあきらかに手を抜いてます」

「えろうなったもんやな、潔。とうとう仏師の批判まではじめたか。おまえはどこぞの何様や」

「僕はこの像をより完璧な姿にしてやりたいだけです」

「誰がそないなことおまえに頼んだんや。不空羂索か。その像がおまえに頭下げて頼んだんか」

松浦は笑った。しかし潔は笑わずに返した。

「頭なんて下げてもらういわれはありません。向かいあうだけで僕にはわかるんです、この像のこ……」

孤独が、と言いかけて、ためらった。

「心が。伝わってくるんです」

松浦の顔から笑みが消えた。その眉間には深々としわが刻まれ、瞳は険しく潔を捉えている。修復困難な破損仏でも見定めるような顔だった。

潔が目をそらしたのと、松浦が最初の一歩を踏みだしたのと、ほぼ同時だった。つかつかと大股で迫ってきた松浦に、潔はてっきり殴られるものと身構えた。

しかし、松浦は潔の手から檜材をとりあげて吾郎をふりむいた。

「吾郎」

「はい」

「明日からこの脇手はおまえが彫れ」

こわばっていた潔の体が弛緩した。どうやら殴られずにすみそうだ。が、しかし——。

「待ってください。それは僕の受けもちです」

「潔は吾郎に代わって台座をやれ。それが終わったら光背や。仏さんの本体には触れたらあかん。頭を冷やすこっちゃ」

「待ってください」

「ほな、ひと息つこか。三十分の休憩や」

「松浦さん、待って……聞いてください！」

追いすがる潔を無視して松浦は本堂を出ていった。前庭へ続く引き戸が開かれると、堂内には凍てつく山風がなだれこみ、先ほどから鈍く漂っていた鐘の音が鮮明になった。

冗談じゃない。不空羂索に触れられないなど、冗談じゃない。約束したのだ。この俺が直してやると。完璧によみがえらせてみせると——。

潔は尚も小走りで松浦を追った。松浦を捕まえ、胸ぐらを揺さぶり、ふざけるなと大声で怒鳴りつけたかった。俺にやらせろ。仏を返せ。怒りに任せてわめきちらしたかった。

しかし、風にがたつく引き戸の前に立ったとき、どういうわけか潔は相手を見誤った。前庭を横切っていく松浦ではなく、寒空の下で飽きもせず鐘を打つ子供たちに向かって怒鳴りつけていたのだ。

「うるさい。いい加減にしろ。耳障りだ。仕事の邪魔だ。どっかに行きやがれ」

その剣幕に子供たちが静まり返ると、彼らの鳴らした最後の一打がかえってその音をきわだたせた。松浦がすさまじい形相で駆けもどってきたのは、その音がまだ消えいらぬうちだった。

激しい衝撃が潔を襲った。左の頬に強烈な一打をくらったのはかろうじてわかった。しかしその痛みを潔が正確に感知したのは、数十分後に松浦から冷水をぶっかけられ、気絶から目覚めてからだった。

その夜、潔はグロテスクに腫れあがった頬の痛みで眠れなかった。厚手の布団を体に巻きつけていても尚、わずかな隙間に分け入ってくる冷気のせいか、となりで背中を向けている吾郎もめずらしく寝付かれない様子だった。いつもなら消灯直後にはじまるいびきが聞こえてこない。

「なあ」

やがて吾郎の口から不安げなつぶやきが洩れた。

「松浦さん、いやに遅うないか?」

夕方、村人に誘われて町の酒屋へくりだした松浦がまだ帰っていない。

潔は荒れた唇に冷笑を載せた。

「また悪い癖がはじまったんだろう」

「悪い癖?」

「女さ」

大方、今頃は酒場で知りあった女の床にでももぐりこんでいるはずだ。松浦の女癖の悪さは今にはじまったことではない。出張先を訪れて一、二ヶ月が経ち、現地に顔なじみが増えだしたあたりから、にわかに朝帰りが頻繁になる。

「地域住民との交流を大事にしろ、なんてよく言ったもんだ。たいした実践派だよ」

なるほど、と吾郎は低く笑い、それからおもむろに寝返りを打って潔に顔を向けた。

「そやけど、地域住民との交流はたしかに大切や。関係がこじれると居心地が悪うなる。こんな山奥のなんもないとこで揉め事なんて堪忍や」

潔は暗に昼間の癇癪《かんしゃく》をとがめられている気がした。吾郎が自分の腫れた頰に言及しないのも、良家のお坊ちゃんらしい育ちのよさを見せつけられているようで、かえって癪《しゃく》に障った。

「あの鐘、そないに気に入らへんか？」

しかし、吾郎はあくまでも屈託のない声で語りかけてくる。

「そりゃあ、ああも毎日がんがん鳴らされたら、誰だってうんざりするだろう」

「そやけど、あれはここの人たちにとったら、一種の願掛けみたいなもんやで」

「願掛け？」

「ここの人たちがあないに鐘を好いとるんは、ただ音がええちゅうだけのことやない。伝承があるんや。このまえ酒屋のおばちゃんから教えてもろた」

昔々、この村里の娘が身分違いの武家の息子に恋をした。互いにほれあった若い二人は、しかし、激昂した武家の母親に仲を引き裂かれる。絶望した娘は一縷《いちる》の望みをかけて玄妙寺へ日参し、毎夜毎夜、いとしい男にその音が届くようにと鐘をついた。日に日に瘦せおとろえていく娘。それでも彼女は這うようにして山門への石段を上りつづける。そしてついに百日目の夜、奇跡が起こった。最後の力をふりしぼって鳴らした鐘の音が村里へ響くなり、あれほど頑なに二人の仲を反対していた母親が――。

「ころっと心を入れかえたんだろう。よくある話だ」

「ちゃう。百日目の鐘の音が響くなり、その母親が心臓発作でぽっくり死んでしもたんや」

「なに？」

「おかげで娘は男と結ばれた。めでたしめでたしや」

——呪いの鐘じゃないか。

あきれて絶句する潔の横で、吾郎が「ええ話やなあ」としみじみつぶやく。

「そやからこの村の人たちは仏像よりもあの鐘を信じとる。あの鐘を鳴らせば願いが叶う思うとる。仏像好きのあんたにゃそれが許せへんかもしれへんけど、人それぞれ、なにをあてにして生きるかは好きに決めればええんとちゃうか」

知ったふうなことをぬかしやがって。クソくだらない言い伝えの一つや二つで俺がなびくとでも思ってるのか。

憤りが潔の語気を荒くした。

「誤解するな。俺は村の連中のことなんかなにも考えちゃいない。ただ、鐘の音がうるさいだけだよ」

「そないに大きな音やないやんか」

「仕事中は集中してるんだ。鐘の音どころか、虫が鳴いたって俺には気になるんだ」

「そうか。わしは、集中してるときには、聞こえへんな」

「なに？」

「仕事中は鐘の音も虫の鳴き声も聞こえへん」

何物かに床から突きあげられるように、潔は猛然と身を起こした。布団を離れた背中に冷気がべったりと張りついた。

「おまえ……」

俺と張りあう気か、と言いかけて、やめた。

「不空羂索の手を彫る気か」

「まあ、しゃあないやんか。仕事やさかい」

「あれは俺の……」

俺の仏だ、と言いかけて、またやめた。

「俺の仕事だ。おまえには任せられない」

「あんたが決めることやあらへん。松浦さんの命令や」

「彫れるのか、おまえに。自信はあるのか」

「そりゃ、やってみなわからへん」

「おまえには彫れない」

「それもあんたが決めることやあらへん」

埒《らち》があかない。

「いずれわかる」

くやしまぎれの捨てぜりふを残し、潔は再び体に布団を巻きつけた。わざと乱暴に音を立てて寝返りを打つと、松浦に殴られた頰が枕の上となり、耐えがたいうずきがいっそう深まった。

その夜、松浦は帰ってこなかった。


結局、その後の修復作業で潔は台座や光背ばかりを割りあてられ、不空羂索の本体には指一本触れさせてもらえなかった。松浦はやると言ったらやる男だ。が、しかし半日休みや自由時間に潔が本堂に入りびたることまでは禁じようとしなかった。

この手で完璧に直す。その誓いを全うできなかったことを、潔は来る日も来る日も不空羂索に詫びた。暇さえあれば本堂に足を運んで懺悔《ざんげ》した。ふがいなさが極まって嗚咽することも一度や二度ではなかった。

悪いことは重なるものだ。

落葉樹が痩せて山が薄色になる十一月も半ばにさしかかり、修復完成まであと十日たらずとなった頃、玄妙寺に潔の女から電話がかかってきた。電話番号など教えていなかったにもかかわらず、成美というその女は寺の名を頼りに自力で調べたらしい。

「やめろよ。仕事先に電話なんて」

行きつけの定食屋で働く成美と睦《むつ》んで三年になるが、こんなことは初めてだった。住職に呼ばれて電話口に出た潔はいらだちを露《あら》わにしたものの、返ってきた声の湿っぽさに勢いをそがれた。

「堪忍な。うち、どうしたらええかわからへんで、いろいろ考えて、悩んどったんやけど、やっぱり、あんたにも早いとこ知らせたほうがええように思うて……」

「なんだよ。どうしたんだよ」

「子ができた」

「子……？」

「あんたがそっちへ行かはってからわかった。帰ってくるまで黙っとこうかとも思うたんやけど、どんどん不安になって……。今、三ヶ月や。うちのお腹におる」

潔は肌を粟立てた。

ごく稀に、解体した仏像の胎内から納入品が発見されることがある。墨書の入った五輪塔。石製の舎利。水晶珠。修理の記録を記した木札。めずらしいところでは、短刀や笛。それらはすべて先人が故意に託したものであり、あらかじめなにかしらの意味を宿してそこにある。発見者はそれを読みとり、語りつぐだけでいい。だからこそ気楽に胸をときめかせられるし、つかの間のロマンにひたることもできる。

しかし、胎児はちがう。解読可能な符丁《ふちょう》としてこの世に送りだされたわけではない。なにもかもゼロから刷りこまれていく真っ白な存在。それが不気味だった。そんな真っ白い命の片棒をかつぐのが怖かった。

「あんたが子供をほしゅうないのは知っとる。そやからいらんならいらんで、うちもあきらめるから、ええ。そやけど一度、一度だけ、あんたの気持ちをたしかめたかったんや」

子供などいらない。小遣い程度の給料で妻子を養えるわけもない。あきらめてくれ。

喉まで出かかった言葉を、さすがに潔は呑みこんだ。

「あと十日で帰る。それまで待ってくれ。会って話そう」

その日は一日中、なにをしていても成美の腹が頭から離れなかった。

成美のことは嫌いではない。無口で、わずらわしい主張も要求もせず、いつも黙ってそばにいる。笑うときも下品に歯をむいたりはせず、伏し目がちに唇だけで心の動きを表す。半眼微笑――そのひかえめな感情表現がなまめかしく、ながめているとあのアンニュイな如意輪観音を彷彿とさせた。そこに潔はほれたのだ。思えば、潔の初恋の相手は法隆寺の九面観音像に、初めてベッドをともにした相手は善通寺の吉祥天立像にあきらかに似ていた。

けれども成美は生身の女で、故に潔の子を身ごもった。頭では理解しながらも、潔にはどうしてもリアリティがわかないのだった。成美が子供を産む。自分が父親になる。まるで紙芝居みたいにぺらぺらした未来像だ。

結婚。子供。温かい家庭。潔はそんなものに価値を見出したことはなかった。たとえ薄給でも仏に携わる道を選んだ以上、そんな一個人の幸福には潔《いさぎよ》く背を向けるのが自分なりのけじめであり、覚悟の証明であると思っていた。吾郎のように趣味に興じたり、松浦のように女に入れこんだりする修復師を潔は信用しない。あんな俗物には仏像に触れる資格などない。俺は違う。不変の価値をもって俺の人生を照らしてくれる仏たちのために、この頭のてっぺんから足の先まで、なにもかもすべてをさしだすのだ。初めて仏像に惹かれた過去の一点から、いつか息絶える未来の一点まで、すべての線を一寸の間断もなしに仏へ捧げつくすのだ――。

その夜中、潔は松浦と吾郎が寝静まるのを待って庫裏を抜けだし、本堂へ忍び入った。月明かりひとつない漆黒の闇の中、しずしずと内陣へ歩みより、七百年前の姿をよみがえらせつつある不空羂索を懐中電灯で照らしだした。白い息を吐き、がくがくと震えながらも長いことそうしていた。ひたすらに仏と向かいあった。

頭髪に霜が降りるのではないかと思われるほどの時間が経った頃、朝からざわめき続けていた潔の胸はすっかり沈静していた。

成美には悪いが、やはり子供はあきらめてもらおう。彼女が結婚を望んでいるのなら、早いうちに別れよう。

俺は、仏とともに生きる。

その夜、冷えきった体を再び布団にもぐりこませた潔は、ある夢を見た。

夢であるにもかかわらず、そこにはやはり夜の匂いがたちこめていた。右も左もおぼつかない闇。自分自身の存在すらも塗りつぶす漆黒。潔はその中でうずくまっている。やがて朝の匂いがその場を一転させる。光だ。忽然と現れた黄金色の口が夜を吸い、嚙みくだき、呑みほしながらその領域を広げていく。光のスピードこそが宇宙の息遣いであり、そのまばゆい息のかかったところに新しい空間が誕生する。目が慣れて、潔は初めてそれが仏の光背であることを悟った。光の中からおぼろに輪郭を浮かびあがらせたその姿態は、たしかに潔がこの二ヶ月半、欠かさず向きあってきたあの不空羂索だった。神々しい光を背負い、あの慈悲深い表情をたたえてそこにいる。助けてください、となぜだか潔は口走る。仏に助けなど求めたことはないのに。むしろ自分が仏の力となることを願ってやまないのに。助けてください。助けてください。助けてください。潔の困惑もよそに夢の中の潔は訴えつづける。なにを？　不空羂索の額の真ん中にある三つめの瞳――真実の眼が潔に質《ただ》す。人間界の生温かい幸福になど縛られず、仏の道を極めたいのです。一歩でも二歩でもあなたに近づきたいのです。潔は勇んでそう言わんとする。なのに夢の中の潔はまるでかけはなれたことを言う。痒いんです。漆でかぶれた肌がただれて、痒いんです。掻けば掻くほど赤くなり、これでは人前にも出られない。痒いんです。痒いんです。痒いんです。夢の中の潔はなにを言うのだと潔は動転する。けれども不空羂索はいつもの温容を微塵も崩さずに潔へ手をさしのべる。その指先で漆にかぶれた頰をそっとなでる。夢の中の潔が安堵に弛緩する。すると仏はもう一本の手で反対の頰をなでる。潔が歓びの涙にむせぶ。するともう一本の手がその滴をぬぐうように潔の首筋をなでる。潔が思わず吐息する。するともう一本の手がその吐息を封じるように唇をなでる。甘いあえぎが潔の口を湿らせる。するともう一本の手がそのうるおいを全身へと渡らせるように潔の体をまさぐる。潔は思わずのけぞり、仰向《あおむ》けに崩れおちそうになる。するともう一本の手が優しく背中を支え、ゆっくりと潔を横たえる。仏を前に潔は赤子のように無防備な肉体を広げる。するともう一本の手がその体に狂おしいばかりの高ぶりをもたらさんと蠢《うごめ》く。潔は荒く息して身悶える。するともう一本の手が潔の最も高ぶるものをその掌に包みこむ。八本の手が入れかわり立ちかわり、自由自在に潔を弄《もてあそ》ぶ。かぎりない慈悲深さ、そしてはてしないいやらしさの交錯した愛撫。これほどの愉悦を――、と夢の中の潔はあられもないよがり声をあげながら思う。

これほどの愉悦を——
これほどの愉悦を——
これほどの愉悦を——
この世で味わえるはずのないものを。

目覚めたとき、夢の中で果てた潔にはどんな羞恥も罪悪感もありはしなかった。

俺が仏を犯したわけじゃない。仏が俺を犯したのだ。

そして今、俺と不空羂索はたしかに一つに結ばれた——。

もはや潔は仏であり、仏は潔であった。それは薄暗い人間界からの脱却を意味していた。

なんという誇らしさ！

なんという爽快さ！

恥や罪を覚えるわけがない。

よってこの日以降、作業中に不空羂索の本体に触れないことも、修復の完了による仏との別離が迫っていることも、潔にはさしたる問題ではなくなった。触れずとも俺は不空羂索と結ばれている。たとえ寺を去っても尚、とこしえの絆で結ばれつづける。その実感が、矜持が、人間界の些事に対して潔をひどく寛大にさせた。俺はクソくだらない俗物どもになど目もくれず、これからも永久に仏とともに生きるのだ。

もしも別れの前日にあのような事件さえ起こらなかったら、その盲信は永遠に揺らぐことがなかったかもしれない。

別れの前日——修復作業の全工程を終了し、明日には寺を去ろうとしていたその一日は、いつにも増して鐘の音がかまびすしく鳴りわたっていた。無事に須弥壇へもどった仏像に再び魂を招きいれる儀式を午後にひかえて、朝から村人たちが大挙して寺を訪れ、修復作業で汚れた本堂の大掃除をしていたのだ。子供たちには前庭の掃き掃除が割りあてられていた。ほうきを携えた彼らの一人が鐘楼の前を通りかかるたびに、鐘の音がひとつ鳴り響く。

前日のうちに工具をすべて荷造りし、配送の手続きをすませていた潔は、およそ三ヶ月近くをすごした庫裏の客間に寝転がってその音色を聞いていた。松浦がいたら掃除を手伝えとどやされるところだが、幸い、昨夜から姿が見えない。

吾郎は廊下で住職の次男坊と遊んでいた。すっかり吾郎になついたその次男坊は、朝食の席で「帰ったらあかん」と急に泣きだし、大人たちを手こずらせた。結果、吾郎は鬼ごっこにつきあったり、新しいプラモデルを組みたててやったりと、あの手この手でなだめすかすはめになった。おかげで潔は鐘の音以外の何物にも邪魔されることなく、帰宅後、成美との別れ話をいかにして進めるか、じっくり思いをめぐらすことができたのだが。

仏頂面の松浦がふらりと帰ってきたのは、昼食の時間が近づき、寺を磨きあげた村人たちがいったん引きあげたあとだった。昨夜からの不在を一言も説明せず、松浦は無言で昼食の席についた。食膳には村人たちが差し入れた野菜や川魚の天ぷらが豪勢に供されていた。いつになく皆が無言で箸を運ぶ中、やがてその静けさにあてられた次男坊が再び「帰ったらあかん」と泣きだした。

松浦がようやく口を開いたのはそのときだった。

「泣いたらあかん!」

迫力ある一喝に食卓はますますしんとした。次男坊は瞳に涙を溜めたまま硬直し、ふんがふんがとおかしな鼻息を吐きだした。ただ一人、箸を止めずにナスの天ぷらをほおばったまま住職が言った。

「そや、坊《ぼん》。泣いたらあかん。泣かれると、男はつらいんや」

松浦の不機嫌は、しかし、そう長くは続かなかった。その午後、不空羂索に再び魂を招きいれる儀式を住職に伝授し、すべての任務をはたした彼はまだ明るいうちから酒を飲みはじめて、辺りが暗くなった頃にはすっかりできあがっていた。別れを惜しんで集まった人々との宴は再び空が明らむまで続くようにも思われたが、さすがに夜が更けると一人、また一人と脱落し、やがてはうすぼんやりと消えいる鐘の音のように終幕した。

日頃から深酒はせず、人づきあいの一環としてたしなむ程度の吾郎が退座し、部屋へもどってきたのは午後十時すぎ。潔の知らない演歌を口ずさみながら松浦が帰ってきたのは十一時すぎだった。足下のおぼつかない松浦はあっちへこっちへとよろめいてぶつかり、ついには畳の上に横臥した。こうなると、もはやその巨体を布団に引っ張りあげるのは千手観音ですら不可能だ。松浦は朝までてこでも動かないだろう。実際、畳に伏して五秒とせずに豪快ないびきをかきだした。

潔はこのときを待っていた。

吾郎が健やかな寝息を立てているのを確認し、こっそり部屋を抜けだした。行く先はもはや言うまでもない。真夜中の本堂は氷殿さながらに冷えこみ、懐中電灯を持つ手が震えて行方を照らす光がおぼつかないほどだったが、その冷気が堂内の荘厳さを引き立てているようにも感じられた。むきだしの頬がじんじん痛むのも、コートを引っかけた肩がこわばるのも、仏に対する献身の証と潔には思われた。炎の熱さも、氷の冷たさも、何物も俺と仏のあいだに立ちはだかることはできない、と。

修復を終え、再び魂を宿した不空羂索は、もとの須弥壇に何事もなかったかのように鎮座していた。虫喰いの穴は塞がれ、破損部分は補われ、色合いの調整を経て組みたてられたその姿は、実際、遠目には修復前とさほど変わりがなかった。現状維持を大原則とする松浦にとって、いかにも新しく生まれ変わったかのような「すぎたる修復」は、改善よりもむしろ改悪を意味する。今後も仏像がより長くその原型をこの世に留めていくための、見えない尽力こそが彼の身上なのだ。

俺ならもっと可憐な手を彫った。足の先にまで神経を通わせ、何倍も美しい像にした。細部を見れば不満は尽きないものの、潔はこう思うことで自分を納得させた。松浦や吾郎がどんな手をほどこそうと、真の手でこの仏に触れたのは俺だけなのだ、と。

潔はあの愉悦の夜を思いだす。今ならばわかる。あれは儀式だ。俺の中に不空羂索の魂を封じこめる儀式だったのだ。故に俺はこの寺を去っても永遠にこの仏とともにありつづける——。

潔は心から不空羂索に感謝した。

俗塵にまみれた下界から自分を引っ張りあげてくれた仏の御心に。

仏の道を極める畢生《ひっせい》の覚悟をもたらしてくれた八本の御手に。

そして最後にもう一度、その御体に触れたいという誘惑に勝てず、須弥壇へとさらなる歩みを進めた。

何度も触れた像なのに、たったの数歩がやけに遠く、もどかしく感じられる。

あと一歩。

あと少しだけ手をさしのべれば仏に届く。魂を宿したその御体と交われる。

最後の一歩を勇んで踏みだした潔は、その刹那、体がふわりと宙に浮きあがるのを意識した。村人たちが磨きあげた床板に足をすべらせ、後方へと勢いよくのけぞっていたのだ。バランスを求めて反射的に両手をふりあげると、その右手にあった懐中電灯がなにかに当たり、かつんと不吉な音がした。続いてなにかがことんと床に落ちる物音が——。

尻から床にひっくりかえった潔は、無様《ぶざま》に天井を仰いだまま、長いこと微動だにしなかった。できることならいつまでもそうして天井とのみ向かいあっていたかった。その下の世界で今しがた、なにが起こったのかを確認するのが恐ろしかったのだ。

なにが起こったのか？

気力を奮い、おそるおそる床へ目を這わせる。ぴかぴかの板を不穏な一点の影が濁していた。小指の長さほどの木片——拾いあげて見ると、実際、それは小指だった。

ぎくっと不空羂索をふりあおぐ。左右に伸びる計六本の脇手のうち、最も右下の手にあるべき小指が欠けていた。

戦慄が潔の全身を貫いた。つい昨日、長い修復を終えてよみがえったばかりの像が再び破損した。しかも、傷つけたのは修復師である自分自身――。許されない。許されるわけがない。罪の意識におびえ、仏の小指を握る掌がじっとりと汗ばんでいく中で、しかし一方、ひどく現実的にこの窮地を捉えている自分もそこにいた。

はたしてどうすべきか？

修復用の工具は昨日のうちに配送をすませてしまった。あれを再びとりよせ、折れた指を漆で接合し、改めて色調整をするのに一体、何日を費やすのだろう。いや、それ以前にこのことが松浦に知れたら、間違いなしに半殺しだ。自分の足で下山できないほどにしばかれる。あのバカ住職や村の連中にだってなにを言われるかわからない。吾郎はさぞかし溜飲を下げることだろう。

俺には耐えられない――。

いや、しかし……と、もはや不空羂索の面を直視できないまま、潔はひとり葛藤した。仮にも俺は修復師だ。この指をこのままにしておくわけにもいかない。どうせ朝には誰かに発見される。正直に打ち明け、責任を持って修復に努めるのがとるべき道であるのは自明の理だ。

しかし、そんなことをすれば松浦から半殺しに――。

しかし。しかし。しかし……。

到達点のない堂々めぐりから潔を解放したのは、突如、堂内に反響したある物音だった。須弥壇を前に頭を抱えこむ潔の後方から、ぎぎっと、鈍い音が聞こえたのだ。

突かれたようにふりむいた潔の顔を懐中電灯の明かりが照らしだした。おぼろな人影が引き戸の向こうから歩みよってくる。

「本島か？」

吾郎の声だった。

「来るんじゃない！」

潔は叫んだ。が、吾郎は足を止めることなく、のんきな声とともに迫ってくる。

「松浦さんがゲロ吐いた」

「なに？」

「どっかにバケツとぞうきんあらへんかったか」

「来るな」

「来るな、言うても、あのまんまにはできへんやろ。臭いし、眠れへんで」

よたよたと内陣までやってきた吾郎は、懐中電灯の光が届く距離に来て、ようやく潔のただならぬ様子に気づいたようだ。

「なんや。なんかあったんか」

いぶかしげに問われ、潔は観念した。もはやこれまでだ。虚脱した潔の手から不空羂索の小指がころりと転がり落ちる。

吾郎は一目でそれがなんであるのかを見抜いた。こくんと息を呑む気配がした。吾郎の懐中電灯が潔の顔を離れ、仏像の脇手を浮きあがらせる。その光はぐらぐらと揺らぎながら脇手と床上の指を交互に照らしだした。

わかっただろう。いいから俺を笑え。罵れ。さっさと松浦に告げに行け。

しかし、吾郎は床の小指を拾いあげ、しばしまじまじと見入ってから言った。

「プラモデル用のボンドやったら持っとるで」


琵琶湖は穏やかに凪《な》ぎわたり、天頂に上りつめた陽の白々とした照りかえしをたたえていた。春先の湖面はほのかにかすんで、どこか幻めいた情緒を帯びている。しっとりと湿った風に半白の髪をなびかせながら、潔は幻に翻弄されつづけた若き日々を回顧した。

実体のない万能感とプライドだけで毎日をやりくりしていたあの頃。

根のない確信。

理のないいらだち。

実のない契《ちぎ》り。

「俺は自分についてとほうもない思いちがいをしてたんだ。鼻持ちならない買いかぶりを、な」

歩道と湖岸とを隔てるフェンスに背をもたれ、立てつづけに三本の煙草を灰にした。潔がようやく「あの話」を口にしたのは、四本目に火をつけてからだった。

「今ならわかる。そもそも俺は仏に人生を捧げようなんて、これっぽっちも思っちゃいなかったんだ。俺は俺以外の何者かになるために仏に近づいただけだった。あの一件で自分の正体がわかったよ。それでも松浦さんのもとに居続けるほど、俺は図太くはなかったさ」

潔の近況は電話でざっと聞かされていたためか、吾郎の顔にさほど当惑の色はない。

「いや、あんたはほんまの仏像バカやった。あないな入れこみかたはわしにはいまだにようできへん。そやからあんたが急にいんようになったときは心配したんやで。松浦さんは意地っ張りやさかい口には出さへんかったけどな、あれ以来、弟子に手を上げへんようになった」

そやからあんたに感謝しとる後輩が仰山おる、と吾郎は冗談めかして笑った。

「それにしても、まさか家具屋に転職してたとは思わへんかったな」

「東京に逃げて帰ったはいいものの、サラリーマンも客商売も長続きしなくてな。結局、彫刻の腕を頼りにするしかなかったんだ。タンスにテーブル、書棚に食器棚……なんだって彫ってきたさ」

「あんたがよう仏像から離れられたもんや」

「いや……」と、潔は一瞬、言いよどんだ。「じつはここ数年、また寺めぐりをはじめたんだ。長いこと仏とは合わす顔もなかったが、このままじゃおちおちお陀仏もできない気がしてな。暇があると家族をつれて、方々の仏に懺悔してまわってる」

「家族？」

「あの頃つきあってた女と、その腹にいた子だよ。もう二十五になる」

「結婚したんか」

「東京へ帰ると言ったら、あいつがついてきた。無論、腹も一緒だ」

「たしかに人生、狂うたな」

「ああ。しかし……」

口ごもる潔の顔を吾郎が「なんや？」とのぞきこむ。

「しかし、俺は正直、狂ってよかったと心のどこかで思ってるんだ。いや、女房や娘の顔を見るたびに、心の全部で思ってるんだ。あのままあいつと別れ、娘の命を葬らずにすんでよかった、と」

空を裂く刃《やいば》のような飛行機雲を見上げる潔の瞳がにわかに涙ぐむ。思えば、俺は昔からよく泣く男だった。過去の自分と現在を重ねて、潔は笑いながら涙ぐむ。

「手前勝手な考えだが、俺はあの不空羂索に救われた気がしてしょうがないんだ。あの仏像が自らの小指を犠牲にして娘の命を救ってくれた気がしてならないんだよ」

そのとき、潔の横で吾郎が妙な表情を浮かべた。

「あの仏像が、あんたの娘の命を？」

「虫のいい言いぐさだろう」

「いや、ほんまにそうかもしれんで」

その言いきりの強さに、今度は潔が妙な顔をした。

「なぜだ」

「あんたに会う日が来たら話そう思うとった」

「なに？」

「五年前、わしはあの玄妙寺に行ったんや。行ったついでに例のあの指、しっかり漆で接合しなおしてきたわ」

だからもうそのことで自分を責める必要はあらへん、と言い置いて、吾郎は続けた。

「そやけど、わしがあんたに話したかったのは、それだけやない」

吾郎が再び玄妙寺を訪れたのは、五年前、住職一家の次男坊である純喜に招かれてのことだった。あの出張修復以降も純喜は吾郎を慕いつづけて、事あるごとに手紙を書き送り、吾郎もまたこまめに返事をしたためてきた。二人の文通は二十年にもわたり、そのあいだに純喜は幾度か京都市内を訪れたものの、吾郎のほうから玄妙寺へ足を向けることはなかった。

それが五年前、老舗の味噌田楽屋に入り婿した長男に代わって僧職を継いだ純喜から、仏像のことで相談がある、との電話がかかってきたのだ。できれば一度、寺に来てもらえないか、と。

ああ、ついに小指の件が露見したか……と腹をくくって臨んだ吾郎だが、純喜の話はまったく予期せぬものだった。

「こないだ国定文化財の調査員ちゅうおっちゃんがうちの寺に来なはったんや。ここいらの土地のお堂やら仏像やらを調査して、ええもんは重要文化財にする、いうて、あれこれ見ていきはった。文化財やなんて、うちにはそないに大層なもんはあらへんけど、あの梵鐘はいい線いけるんとちゃうかって、うちのお父ちゃん、えらい期待しはってなあ。調査員のおっちゃんが鐘楼の前を素通りしはったときには、しばらく縁側で膝を抱えとったわ。ま、そないなことはどうでもええけど、そんとき、その調査員のおっちゃんが気になることを言わはったんや」

「気になること?」

「うちの寺のご本尊、あれは不空羂索観音やない、言わはるんや」

あの像が不空羂索観音ではない——。

「なんや、純喜。どういうこっちゃ」

「そやから、その、ジ、ジ……なんやったかなあ。名前は忘れてしもたけど、もとは別のなんとかちゅう観音様だった、言うんや。うちらのご先祖がよその寺からあの像をもろてきたとき、いったん、修復の手が入ったちゅう話やったやろ。そんとき、ついでに観音様の一部をいじって不空羂索に仕立てあげたんやないか、って」

吾郎は瞬時にめまぐるしく考えをめぐらせた。二十年前、その手で修復した不空羂索の姿が脳裏によみがえる。純喜が調査員から吹きこまれた話をはなから否定しなかったのは、吾郎にも思いあたる節があったからだ。

「純喜」

吾郎はさっと膝を立てた。

「不空羂索を見せてもらえへんやろか」

「もちろん、そのために来てもろたんや」

二人は本堂へ急いだ。早々に隠居した先代が掃き清めている前庭では、村の子供たちの打つ鐘が二十年前と露もたがわぬ音色を響かせていた。二十年ぶりに再会をはたした不空羂索も、修復を終えたあの日からなにひとつ変わっていない。何百年単位で移ろう鐘や木像に比べると、人間の一生はなんてせわしないのだろうと改めて思う。

例の小指も潔と吾郎がプラモデル用のボンドで接合したまま、とくに違和感もなく固定されていた。千年の耐久性を誇る漆に比べれば市販のボンドなどは頼りないものだが、とりあえず今のところは持ちこたえているらしい。

罪悪感と安堵感との狭間で揺れながら、吾郎はもう一度、その仏像の全体をじっくりとながめまわした。

この像が不空羂索ではない？

たしかに、ありえる話ではあった。この像が不空羂索と識別される最大の理由は、その脇手のひとつが手にした羂索にある。が、調査員からの指摘を受けるまでもなく、この像にはその羂索をもってしても不空羂索とは断定しきれない秘密があった。

「じつはな、純喜。おまえのお父ちゃんには言わへんかったけど、この像の握っとる羂索は、後補なんや」

「後補？」

「あとから修復師がつけたしたもんで、鎌倉時代の原型にはあらへんかったかもしれへんのや」

純喜はいまひとつピンとこない様子だ。

「ふうん。そやけど、その修復師はなしてあらへんもんをつけたしたりしはったんや？」

「可能性は二つや。一つは、造像当初の脇手が握っとった羂索が破損しとった。そやから修復師は新しい羂索を造る必要があったんや」

「うん。それは道理やな」

「もう一つは……、造像当初の像は羂索を握ってへんかった。そやけど修復師が羂索を新しい持物として握らせたんや」

「そら道理が通らへん。なんでそないな真似をした」

「それは……やっぱり、この像を不空羂索に見せかけるためやろなあ」

「なんや、ややこしい話になってきはったなあ。うちのお父ちゃん、つれてこうか」

「いや、これはわしとおまえだけの話にしといたらええやろう」

急に落ちつきを失った純喜に、吾郎はゆっくりと噛みくだいて話をした。純喜のこのそそっかしげな人となりは先代にそっくりで、それ故に彼も村人から愛される住職になるだろうと内心思いながら。

「この像を修復しとったとき、じつを言うとわしも疑問に思うたんや。この観音様、体型も顔つきも、不空羂索とは似とらへん。本島の指摘しとったとおり、真手も合掌をしとらへん。もとは別の仏様やった可能性もあるなあ、ちゅうて松浦さんと話しあったこともあったんや。そやけど……」

そんなことが潔の耳に入ろうものなら、どんな騒ぎになるか目に見えている。潔のことだから躍起になってこの像の謎を解き、正体を暴こうとするだろう。が、しかしそれは住職を困らせる結果にしかつながらない。

像の一部を改造し、別の仏に造りかえるのは、実際のところさほどめずらしいことではない。住職の交代などによる事情から宗派の変わった寺では、新たな宗派に合わせて本尊をすげかえる必要に迫られる場合がある。一昔前にはその際、一から仏像を造りなおす手間や出費を惜しんで、仏の種類を左右する真手や持物を改造するだけですませることもあったのである。たとえば大日如来として造られた仏像でも、その真手が結ぶ印相を変えることによって、簡単に釈迦如来に成りかわる。

玄妙寺の場合、惜しむべくは、その改造を請け負った修復師が「不空羂索は脇手に羂索を握っている」という程度の知識しか持ちあわせていなかったことだろう。今のようには研究が進んでいなかった江戸時代のこととはいえ、その修復師は真手の改造を怠るという痛いミスを犯した。それが疑惑の種となった。

ともあれ、もしもその疑惑が当たっているとするならば、意図的に本尊を改造しようとした裏には、必ずそれ相応のやむにやまれぬ事情がひそんでいるはずなのである。そんなことは斟酌《しんしゃく》せず騒ぎたてるにちがいない潔に、だから松浦はこのことを黙っておけ、と命じたのだ。

「後補は除去するのが原則やから、本当やったらこの羂索もいったんとりのぞいてから、造像当初の原型に準じてまた新しく彫り直すことになる。そやけど、もともとこれが不空羂索じゃないなら、原型に羂索はあらへん。あらへんもんは彫りなおせんし、下手にいじれば本島に怪しまれる。そやから松浦さんはこの羂索をこのままにしはったんや」

純喜に説明をしているうちに、松浦は二十年前の段階ですでにこの像が不空羂索ではないことを確信していたのではないか、との思いが吾郎の中で強まっていった。確信しながら、それを胸に秘めとおした。住職にさえも黙っていろと吾郎に厳しく釘を刺した。なぜだ？　この像の正体が知れたら厄介なことになるためだ。

速まる鼓動を抑えつつ、吾郎は襟を正して眼前の像に向きなおった。

一面三眼八臂の木像。不空羂索ならば合掌しているはずの真手は印相をとっている。なんや艶っぽい仏さんやなあ。松浦のひとり言。そう、後補を除いたこの像のラインはまさしく女体のそれだった——。

「あ……」

答えはおのずと降りてきた。すべての謎がしかるべきところへ帰着した。

「准胝観音《じゅんていかんのん》や」

吾郎は威勢よく純喜をふりむいた。

「純喜、思いだせ。調査員のおっちゃん、この像をもとは准胝観音やった、言うてたんやないか」

「ジュン……ああ、そや。そないな名前やったかもなあ」

その刹那、小指の一件とともにそれまで吾郎の胸にもやつきつづけていた謎が、まるで分厚い幕を裂くように冴えわたっていった。

「純喜」と、吾郎は純喜の肩をつかみ、その耳元で声を忍ばせた。「この像の秘密、わしは一生、この胸に秘めとくわ。ほんまの正体が知れたら、この像はここの寺に祀られへんようになる。そやから一生、黙っとこ。その代わり、これからわしが話すもう一つの秘密も、一生、おまえの胸に秘めてくれへんか。もとはといえばおまえのプラモデルが引きおこした悲劇ちゅう見方もできるんや」

「准胝観音……」

吾郎の口からよもやの事実を知らされた瞬間、潔は立ちくらみでも起こしたように、その頭をぐらりとよろめかせた。

「あの不空羂索が、じつは准胝だったと……？」

思いもよらない話に感情は乱れ、たぐろうとすればするほどに記憶は頼りなくその実体を濁していく。

俺は二十五年間、とんでもない思いちがいをしてきたというのか。誰よりもあの像と通じあっていたはずの俺が、誰よりもあの像を知らずにいたというのか？

嘘だ、と抗う心の深奥で、しかし、その事実を静かに受けいれている自分もいる。

「三眼……八臂……たしかに准胝観音でもおかしくはない。いや、あの女性的な面はむしろ……」

准胝観音は不空羂索と同様、額の真ん中に三つめの目を持っている。その真手は印相をとり、脇手の数もとくに一定していない。准胝を別の像に造りかえるとするならば、たしかに誰もが不空羂索を選ぶだろう。もともとこの二観音は基本的な造形が似通っているため、比較して論じられることも少なくないのだ。

しかし、この二観音には決定的な違いがあった。不空羂索が縄をもって人間を救済する勇ましい観音であるのに対し、准胝は「仏母」とも呼ばれる菩薩の母なのである。

「仏母……菩薩の母……」

潔はあることに気がついた。

「しかし、そうなるとあの像は、真言宗以外では……」

「そや。その性質があまりにもほかの観音と違うもんやから、准胝は真言宗以外の宗派では六観音のうちに入ってへん。玄妙寺の天台宗もまたしかり、や。そやから本来、准胝は玄妙寺のご本尊にはなれへんのや」

「そうだ。少なくとも准胝のままでは祀れない」

「そやから不空羂索に造りかえた。どや、ビンゴやろ？」

否定のできない潔に、吾郎はますます勢いづいて言った。

「玄妙寺のご先祖は火事で焼けたご本尊の代わりに、よりによって准胝をもろてきたんや。なんも知らへんで持ち帰ったんはええものの、あとからあれが仏母とわかって頭を抱えたはずや。自分とこの宗派で観音様として認められてへん仏を本尊にするわけにはいかへん。そやけど今さら突っかえすわけにもいかへん。悩んだあげく、苦しまぎれに不空羂索に造りかえたってとこやろな」

潔は脱力した。もはや抗う気力は残っていなかった。

「気がつかなかった。あれだけ毎日向きあってたのに、そんなこと、俺は一度たりとも考えやしなかった」

「先入観や。あんたはあれをものめずらしい不空羂索や、思いこんどった。真手も普通と違うておれば、面も肢体もえらいこと変わってはる。そのものめずらしさにほれたんや。ま、恋は盲目ちゅうさかい」

「なにが恋だよ」

「いや、あれは一種の恋や。わしはあんたがあの仏さんをいつさらって逃げるか、思うてハラハラしとったで。あんたがさらっていったのが人間のおなごとわかって、ほっとした」

潔の渋面を横目に、吾郎が軽口を叩いて笑う。それからふっとまじめな目をして言った。

「そういえば、准胝もえらいマイナーな仏さんやけど、今でも真言宗のいくつかの寺では熱烈に信仰されとるちゅう話やな。安産や子育ての仏さんとして祀っとるとこもあるそうや」

「安産?」

「まあ、菩薩の母ちゃんやさかいな」

その仏に、安産と子育ての仏に娘の命は守られたのか——。

眼前に広がる湖を飽くこともなくながめつつ、潔がそのめぐりあわせの妙を心に染みわたらせるのには、再び数本の煙草を灰にする時間を要した。自分の過去を解体し、誤った情報を除去して、正しい新補を埋めこんでいく。ようやくそれを全身で受けいれたその刹那、潔は思わず煙草を地に落とし、空いた右の手で自分の左腕を、左の手で右腕を、軋《きし》むほどに強く抱きしめていた。

「鳥肌が立った、か」

吾郎がちらりと目を向けて問う。なぜわかるんだと問い返すと、「わしもや」と両腕をこすりながら言った。

「わしもさっき、あんたから娘さんの話をきいたときには、鳥肌が立ったわ。けったいなことがあるもんや、思うてな」

「ああ……そうだな。たしかにけったいな話だ。人の運命ってのは奇妙なもんだとつくづく思うよ。己の力ではどうにもならない不運があり、幸運がある」

「あんたがこの町からいんへんようになったのは、わしにとって不運やったんかな、幸運やったんかな」

「なに？」

弾かれたようにふりむいた。吾郎の目にはいつにない憂いが見てとれた。

「絶対にかなわへん思うとった。あないな若さで確乎たる世界を持たはって、頑固に守っとったあんたがわしにはうらやましかった。松浦さんにまで楯つくあんたの不器用さも、器用貧乏なんぞと言われつづけたわしにはまぶしかったんや。そのあんたが今、仏像の世界から足を洗うて温かい家庭を持たはって、子供好きのわしがとうとう子宝に恵まれへんで松浦さんの工房を継いどる。どっちが不運で、どっちが幸運なんか、ようわからへん」

吾郎はつぶやき、それから潔に笑いかけた。

「そやけど、わからへんのがええんやろな」

かつて自分がうとんじ、敵視し、内心で恐れていた元同僚の告白に、潔は困惑しながらも「そうだな」とうなずいてみせた。

「たしかに、わからんくらいがいい」

二人は目と目で微笑みあった。同じ職場で寝食をともにしていた時代にはついぞ交わることのなかった心と心とが、四半世紀を経て初めてほんのつかの間、重なった。その感触がまだ消えやらぬうちに、潔はおもむろに背筋を伸ばして吾郎に告げた。

「そろそろ行くとするよ」

「なんや。昼飯くらい食うてくやろ」

「いや、悪いがこれから用があるんだ」

「そないに大事な用なんか」

「ああ。大事な用だが、あまり気乗りはしない」

潔は思わせぶりに吐息し、小さく言い添えた。

「鐘の音には昔から、妙に心をひっかきまわされるほうでな」

「鐘?」

「娘のウェディングベルってやつを聞きに行かなきゃならないんだよ」

吾郎の顔に昔日を偲ばせる無邪気な笑みが弾けるのを目の隅に捉えつつ、潔は鐘の鳴るほうへと一歩、足を踏みだした。

ジェネレーションX

「つまらないねえ。こういうさ、ケアレスミスっていうのが一番つまらないよ」。あと二年。「なんかこう、どかんとね、私をぎゃふんと言わせるくらいの企画立ててさ、それで失敗しましたすみませんって言うなら、そりゃそれでいいよ。なんかおもしろいじゃない。志っていうかさ、まあ野心でもいいよ、そういうの感じさせてほしいわけだよ」。あと二年。「もう野田くんだって四十近いんだろ。こんなつまらんミスで残り少ない私の髪を引っこぬくような真似は勘弁してくれんかなあ」。あと二年。「だいたいこんな商品、なんで特集ページに載せちゃったの？　どっかおもしろい？　売れた？　売れっこないよ、こんなでかくて場所とるもん。今は田舎のじいさんがたぬきの置きもの買って喜ぶ時代とは違うんだからさ、時代を読めなきゃ君、うちみたいな会社はお先真っ暗だよ」。あと二年、あと二年、あと二年——。

「君、聞いてんの？」

「あ、はい。本当にすみませんでした。以降、十分に気をつけます」

「いや、十二分で頼むよ」

「はい、十五分でも十六分でも……」

「つまらんなあ。せめて君、口だけでももうちょっと達者だったらねえ」

あと二年で定年退職の編集長からようやく解放された健一は、団塊の世代というのはなぜああも話がくどいのだろうといぶかりながらデスクへもどり、哀れみの目をした同僚に肩をすくめてみせた。

「第一ラウンド終了」

「続いて第二ラウンドか」

「のはずなんだけど、まだパートナーが現れない」

腕時計を見ると、九時四十分。編集長の小言を三十分近く聞かされたことになる。が、それもまだこの禍々《まがまが》しき一日の序章にすぎなかった。

「失礼します。遅れてすみません。ええっと、野田さん、野田さんはいらっしゃいますか?」

約束の時間を十五分すぎて待ち人が現れたとき、健一の頭をよぎったのは「新人類」という懐かしいフレーズだった。

「初めまして、アニマル玩具の石津直己です。石川さゆりの石に、津軽海峡の津、そんでいきなり植村直己の直己です。ま、名刺見りゃわかるんっすけど、ちょっと言ってみたくって、はは。今日は三村の代打として来ました。よろしくお願いします」

恐らく今では死語だろう。自分たちの理解を超えた年代を、「新人類」の一語で体よく一括《ひとくく》りにするのが中高年のあいだで一時期、流行った。こいつら、自分たちがまっとうな人類代表のつもりかよ。当時、まさしく新人類世代だった健一はそれを聞くたびに鼻白んだものだが、四十の大台を数年後にひかえた今、その安直な一語を知らずしらず若い世代に当てはめようとしている自分がいる。

「いやマジ、今回は申しわけないっす。こっちのミスでラクラクさんにまでご迷惑かけちゃって……。三村もすっかり恐縮してますし、社長にもしっかり頭下げてこいってどやされました。ほんと、すみません」

直立不動で詫び、きっかり四十五度に低頭しながらも、石津の態度からはどこかしら余裕が見受けられるのだ。仕事で頭を下げるくらいは本当のところ、屁とも思っていないような図太さが透けている。

とはいえ、実際問題、今回の一件は石津自身に非があるわけでもなく、健一も強い態度に出るのはためらわれた。

「いや、まあ、たまにあることだし、気にすることもないよ。君もいやな代役を任されちゃったな。三村くん、夏休みだって？」

「はい、家族旅行でサイパンです。もどり次第、速攻でお詫びにうかがうはずです」

「いや、いいって、うちのチェックが甘かったのも事実だし。今回は先方の言うとおり共同責任ってことで、ちょっと厄介な仕事ではあるけど、まあ、お互い覚悟してかかりましょう」

ちょっと厄介な仕事——婉曲に口にしたそばから、ちょっとどころじゃないよと胸の内でぼやいている自分がいる。

　健一の勤める弱小出版社が発行する通販情報誌『ラクラク☆ライフ』にクレームがついた。特集ページでとりあげた商品に誇大広告があったと突つかれたのだ。即刻商品をチェックしたところ、たしかに商品名及びキャッチコピーとその実物との落差が認められた。中国製のそれに日本版の商品名やコピーをつけたのは販売元のアニマル玩具だが、チェックを怠って掲載した出版社側の責任も否めない。信用第一を編集方針とする社内のクレーム係は丁重に謝罪をし、返金等の対応も約束したのだが、客の怒りは収まらず、結局、特集ページを担当した健一とアニマル玩具の社員が直接謝罪に赴くことになった。

　聞けば、いざとなったら裁判も厭《いと》わないと意気込んでいるその女性は宇都宮在住だという。

「じゃ、ぼちぼち行きますか」

　よっこらしょ、と声に出すのをかろうじて抑え、気だるい腰をあげた。営業部に借りた車のキーを片手に一階の駐車場へ向かう。

「あ、僕が運転しますよ」

　古ぼけた白のライトバンを前にするなり、すかさず運転席へまわりこもうとした石津を、健一は制した。

「いや、いいよ。うちの車だし」

「けど、宇都宮まで結構ありますし」

「道がすいてれば二時間ちょいでしょう。うちは実家が盛岡にあるから、東北道には慣れてるんだ」

そうは言っても寝不足の昨今、本音じゃ助手席で居眠りでもしていたいのは山々だった。しかし、トラブルの大本はアニマル玩具にあるとはいえ、彼らは『ラクラク☆ライフ』の大切な広告主でもある。特集ページに載せてほしいと商品を売りこむばかりの販売元も多い中、アニマル玩具は定期的に広告を打ってくれる上客であり、おのずと石津と健一との力関係も微妙なものとなる。

健一が運転席に乗りこむと、石津はしばしためらってから助手席のドアを開けた。

「ほんとにいいんっすか？　野田さんに運転させたなんて知れたら、社長にまたどやされないかな」

「いや僕もこれ以上、編集長に嫌味言われる種を蒔きたくないからさ」

「は？」

「まだ二年もあんのかあ」

車のキーをさしこみ、エンジンをかける。助手席でぽかんとしている石津に「シートベルト」とうながし、アクセルを踏みこむ。頭上の曇天と同色のアスファルトを汚れたタイヤが踏み敷いてすべりだす。

営業用のライトバンはディーゼル車のため、エンジン音と震動が絶えず耳を刺激した。風量をマックスにしてもなおかつ効かない冷房は、終日、老い先を憂える老婆のようなうなりをあげている。

ただでさえやかましい車内に携帯電話の着信音がかぶさったのは、下道を軽快にすりぬけた車が首都高に乗って間もなくだった。

「もしもし、はい、石津で……おお、カンタか、しばらくだなあ」

よそゆきの声が一瞬にして弛緩する。あきらかに私用電話だ。

「そうそう、明日、九時からだぞ、忘れんなよ、光が丘の……そのへんはジュンとイワサキが用意してくれるって……ハル？　ああ、あいつは大丈夫、心配なのはフジリュウで……だよなあ、あ、ごめん今、仕事中だから、またあとでな」

最初は早々に切りあげ、「すみません」と運転席をうかがってみせた石津だが、気にすることはないと健一が返すなり、それを真に受けて厚かましさをむきだした。

「じゃ、もう一件だけ、いいっすか」

一件どころではなかった。

「おう、俺、俺だよ、しばらくだな……うん、なにおまえまだ大阪？　そっか……絶対、乗りそびれんなよ、おまえ昔から遅刻魔だっ……そうそう、マジ、ハルも来るって……フジケン？　モチ観たよ、観た、二月の東京国際マラソ……え？　なんだよそれ、そんなことねえだろ、そりゃねえだろ……うん、いやたぶん大丈夫つーことで、おう、明日な」

「あ、もしもしイワサキ？　俺、いまカンタとサトウの確認とったから……ああ、けどサトウが変な心配してさ、フジケンが来るならフジリュウは来ないんじゃねえかって……なあ、俺もそう思うけど……あ、そういやサトウも観たって、フジケンの東京国際マラソン、あいつ思わずＤＶ

Dに録画したって……はは、やっぱフジケンすげえよなあ……え、なにヒラタが？　なんだよ……わかった、俺からすぐ連絡すっから、じゃ」

「あ、もしもしヒラタか、今イワサキに聞いたけど、なんだよ……腹痛？　下腹部がきりきり？　いやダメだって、腹痛ごときでドタキャンはねえって……つうか、約束だろ、参加することに意義があんだろ」

君、仕事中だよ。

私的な電話は昼休みにでもしたら？

何度か口に出しかけた注意を、しかし、健一はそのたびに呑みこんだ。たしかに今は就業時間であり、宇都宮までのドライブも立派な仕事の一部と考えるのが一般常識だが、何故にこれが立派な仕事なのだろうかと一歩突きつめてみると論拠に乏しく、ドライブはあくまでもドライブで、たんなる道中にすぎない。その過程は互いの好きに利用したほうが合理的だという石津のスタンス（ってほどのものでもなかろうが）のほうが理にかなっている気がしないでもない。そもそも健一は本気で注意をうながしたいわけではなく、「この場合、年長者として注意をすべきではないか」との強迫観念にかられていただけだった。

ま、いいか。どうせ今日一日の辛抱だし、得意会社の若造を相手にいちいち目くじらを立てることもない。

そう頭を切りかえたとたん、生後三ヶ月になる次男の夜泣きをしのいで朝を待つのと同様、ただひたすらに本日の任務完了を待てばいいのだと腹がすわった。

「だからマジ来いって……バカ、なんだよおまえ、ハルなんて明日のためにわざわざマレー……そう、マレーシアから一時帰国すんだぜ、ほんとだよ、サトウだって新幹線で大阪から……ああ、今夜だよ、おまえ腹痛くらいでバックレたら超顰蹙《ひんしゅく》だぜ、わかってる？」

それにしてもよくしゃべる男だなあ。

後退の兆した額に細かな汗がにじむのを感じ、健一は片手でネクタイをゆるめた。肌にべとつく湿気を一掃したいのは山々だが、窓を開ければ逆に熱風がなだれこみ、老いぼれ冷房の微々たる働きが水泡に帰すのは目に見えている。フロントガラス越しに見上げる空は建ち並ぶビルと同様のダークグレイで、垂れこめる雲のどこに太陽がひそんでいるのかもわからないのに、粘ついた空気だけはどんな隙間にも如才なくもぐりこみ、隈なく大地を覆っている。

最初のうちは順調に進んでいた首都高も、隅田川と分かれて荒川と併走をはじめたあたりから急激に混みはじめ、渋滞ポイントの扇橋を前にして早くも流れを停止した。電光掲示板には事故渋滞八キロの表示が灯っている。盆休み中の企業が多いこの時期、都内はがらがらだろうと読んでいたのだが、どうやら当てがはずれたようだ。

約束の時間には十分に余裕を持たせているし、ここはまあ、のんびり行くとするか。

「あの、すみません」

運転席のシートを倒して伸びをした健一を、ようやく携帯電話を手放した石津がふりむいた。

「ラジオ、つけてもいいっすか」

電話のおつぎはラジオと来たか。

「はい、はい。どうぞ」

半ば投げやりに返すと、石津は早速ラジオのスイッチを入れてせわしなくチャンネルを切り替え、天気予報の声が聞こえてきたところで手を休めた。本日の東京は曇り。予想最高気温三十一度。降水確率は五〇パーセント。関東地方の予報が終わっても、石津はラジオのチューナーから注意をそらそうとしない。やがて予報が日本全国を一周して明日の天気に移ると、ますます熱心に前傾姿勢になってその声に集中した。明日の東京は、快晴――。

よしっ、と左手の拳を右掌に打ちつけて石津がうなった。その大声に弾かれ顔をふりむけた健一に目もくれず、もう用は済んだとばかりにラジオをオフにすると、またも携帯電話を胸ポケットから引っ張りだす。

「あ、イワサキ？　俺、やったぜ、明日、快晴……そうそう、ばっちり、これで中止の線はナシだな……あ、そういやさっきヒラタに……した、した、いやモチ仮病だろ、あいつ昔からみんなでなんかやろうとすっと決まって頭が痛いの歯が痛いのって……賭けてもいいけど来るって、あいつ、所詮はさびしがりだから……それよりフジリュウはまだ連絡つかねえのかよ……なんだよ、居留守じゃねえの？　それかまた檻の中にいるとか……はは、洒落んなんねえか」

青空同窓会でも企てているのだろうか。

明日の天気がよほど気にかかっていたらしく、携帯電話を胸ポケットにもどした石津はほうっと安堵の息を吐き、そしてようやく――恐らく車に乗りこんでから初めて沈黙した。

やれやれ、やっとおとなしくなってくれたか。健一はその静寂をありがたく享受したものの、車がようやく魔の渋滞を突破して首都高を抜け、快適に飛ばせる東北道をひた走り、左右を覆う防音壁よりも高い建物が目につかなくなってからも、助手席からは依然としてなんの気配も伝わってこない。怪訝《けげん》に思って石津の顔をのぞくと、前を向いて垂直に背中を伸ばしたまま、瞼だけを閉ざして寝息も立てず器用に居眠りをしていた。

轟音をあげて発車する大型車の吐きだす排気ガスが、今にも崩れそうな空からあたかも霧雨が舞いだしたような錯覚を生じさせる。

午前十一時半、東京を発って一時間半ほどが経過したあたりで、健一はパーキングエリアに車を停めた。その少し手前で石津がはたと目を覚まし、同時にうぎゅるるるる、とすさまじい勢いで腹を鳴らしたのだ。昼食は宇都宮で餃子が妥当なところだろうと考えていたものの、渋滞で思ったよりも時間をとられてしまった。

夏休みの只中だけあって、パーキングエリアは帰省や行楽の家族づれでごったがえしていた。中でもとりわけ子供づれの多いファストフードコーナーへ健一が習慣的に足を向けると、飽きもせず携帯電話を握りしめたまま石津もあとをついてきた。

「お、もしかしてハル？　ハルか！　しばらくだな、どうよ、久しぶりの母国は……え、二年ぶり？　いやマジよく帰ってきたよなあ……俺？　モチ仕事中、これから昼飯食うとこだよ、はは……おう、明日な、フジリュウ以外は今んとこ大丈夫そうだけど……いや、まだ連絡つかないけど家にいるのはたしかだよ、あいつ今、執行猶予中だし……はは、そう、薬事法違反……フジリユウらしいっちゃらしいよなあ、けど明日はあいつがいなけりゃはじま……フジケン？　ああ、東京国際マラソンだろ、なにハル、おまえも観たの？　はあ、衛星放送……あいつもビッグになったもんだよなあ」

まさかハルは同窓会のためにマレーシアからはるばる帰国したのか。ありえない。いや、それが若さというものか。それにしても、フジケンは一体、東京国際マラソンで何位だったのだろう？

別段知りたくもない石津の交友関係に否が応でも詳しくなっていく自分に辟易しながら、健一は販売機でカツカレーの食券を買った。そしてすぐにしまった、今日は子供づれじゃないからカツを半分わけてやる必要はないんだ、だったら普通のカレーにすればよかったと後悔した。

たかだか一五〇円の違いに本気で落ちこむ自分の小ささにますます落ちこみながら、かき揚げそばと牛丼をトレーに載せた石津と隅のテーブルに向かい合う。

「あの……」

かき揚げそばをほんの一瞬で平らげた石津は、牛丼にかかる前にいったん箸を休めて健一に言った。

「今日はその、ほんとに、すみませんです」

「いや、べつにいいよ、電話くらい」

「いえ、そうじゃなくって、その、うちの商品のせいで迷惑かけちゃったこと……いや、そうじゃなくもないっすね。電話のことも、すみません」

にきび痕の目立つ頬にゆるんだ笑みが浮かぶと憎めない顔になる。

肉よりも衣のほうがかたいトンカツを根気強く咀嚼《そしやく》しながら、健一はテーブル上の携帯電話を目で示した。

「友達、多いね」

「普段はそうでもないんっすけど、じつは明日、高校時代の友達と大事な約束があって、僕、その実行委員長なんっすよ。それで、世話係つうか、連絡係つうか……」

「幹事は楽じゃないよな」

「いえ、幹事とは微妙に違うんっすけど。けどまあ、とにかくすみません」

「いいって。学生時代の友達とちょくちょくつるんでられるのなんて若いうちだけだし」

「いえ、ちょくちょくつるんでるわけじゃ……」

「三十すぎるとさ、そうもいかなくなるよ。職場でも家庭でも責任重くなって、親は親で老いてくるし、学生時代の友達どころじゃなくなる。三村くんだって好きでサイパン行ってるわけじゃないと思うよ、ほんとは家で昼寝でもしてたいけど、家族が喜ぶならってさ」

「三村さん、ビーチで若い子の半ケツ見て精気養ってくるって、浮かれまくってましたよ」

「え」

「野田さんの言う意味もわかるけど、でも結局、年よりもやっぱ個人差じゃないっすか。二十代だって結婚してる奴はしてるし、子供いる奴もいるし、四十代になっても独身で遊びまわって親もぴんぴんしてる人もいる。全員が全員、子育てや奥さんの機嫌とりで疲れきってるわけでもないし」

予想外の切りかえしを受けて健一はたじろいだ。と同時にテーブル上の携帯電話が牛丼のどんぶりを揺らした。

「はい、石津……おっ、フジリュウか？」

電話をとった石津が声色を変える。つられて健一までもが耳をそばだてた。フジリュウ——ついに問題児のお出ましらしい。

「おい、おまえ、なんだよ……何度も電話したんだぜ、ああ、昨日からずっと……イワサキだって心配してっぞ、ああ……なんだよ、なに言ってんだよ、誰もそんなこと思ってねえって、フジケン？　大丈夫だよ、これはこれ、それはそれ……俺がそんなことさせねえって、ハルなんてわざわざマレーシ……そう、サトウも大阪から今夜もどってくるんだよ、ヒラタも腹痛を押して……まあ、たしかにヒラタは怪しいけどな、けどおまえがいなきゃはじまらねえんだよ、おい、聞いてる？　フジリュウ？　なんだよ、おい……」

幾度かむなしい呼びかけを続けた石津は、やがてほうっと息をついて健一に向きなおった。

知らずしらず健一もほうっと息をついていた。

「本当に全員集まるのか不安になってきました」

「全員って？」

「九人」

「五人以上の会には必ず欠席者が現れる。幹事の心得だよ」

「いや、だから幹事とは微妙に……」

「ああ、やると思った」

「え？」

「そろそろ行こうか」

となりのテーブルで男児がソフトクリームをひっくり返した。子供のべそを聞くと反射的にあやし声が飛びだしそうで、どうにも腰が落ちつかない。皿に二切れのカツを残して健一が席を立つと、まだなにか言いたげな石津ものろのろあとを追ってきた。


パーキングエリアを出てから再び東北道を三十分ほど北上し、鹿沼インターで高速を降りた。宇都宮市街まではさらに走ること三十分。助手席の石津はその間も精力的に電波を飛ばしつづけた。

「あ、イワサキ？　俺、さっきフジリュウから電話が……ああ、けどなんかあいつ妙に卑屈になっててさ、俺なんかいないほうがいいとか、合わせる顔がないとか、フジケンと気まずいとか、すっかり弱気になっちゃってて……うん、うん、だから俺もそう言ったんだけど、イワサキからも言ってやってくんない？　あいつだって本心じゃ……だろ、あ、そういやさっきハルからも電話あったぜ、あいつもマレーシアで東京国際、観たってさ、はは、フジケンもすっかり国際的スターだな……ってことは、連絡まだついてないのはジュンとフジケンか、あいつら公務員は五時すぎに……ああ、頼むよ、うん」

「もしもし、ヒラタ？　なんだよ、まだ腹痛？　胃痛？　いやおまえは来るよ絶対、腹痛だろうと胃痛だろうと、さびしがりだから」

「イワサキ？　ああ、どうだった？　は？　なんだよ、それ……ダメだってそんなの、なんだよ、なにおまえ言ってんだよ、いやだから……そういう言い方したらフジリュウはへそ曲げるんだって、あいつ意固地になると面倒くさいんだか……いやたしかに正論だけどさ、もっとこう、臨機応……いや、そんな意味じゃないけどさ、わかった、わかったって、俺からまたフジリュウに電話しとくから、おまえもちょっと冷静になれよ、そんなにカッカしてっから奥さんに……あ、いや、なんでも……おーい、イワサキ？」

「おう、フジリュウか、俺……イワサキに聞いたよ、まあ落ちつけって……だから、イワサキもそんなつもりじゃ……行く末はホームレス？　さあ、どんなつもりか俺もわかんねえけど……まあ、イワサキだってああ見えていろいろ苦労してるんだし、そう言うなって……マジ、あいつ去年離婚してるし、よく知らねえけどさ、奥さん、子供つれて出てって……そうそう、年賀状のぁのガキ、だから今年の年賀状、いきなり富士山だっただろ？　みんないろいろあるんだって……フジケン？　いやあいつだって実家の工場が潰れて、借金とか……そうだよ、おまえなんて実家でぬくぬくしてられるだけ恵まれて……え、いやそんなつもりじゃ……おーい、フジリュウ？」

石津の声は次第に重く、歯切れが悪くなっていく。

自分とは縁もゆかりもない話だとわきまえつつ、フジリュウとの電話のあとで力尽きたように押し黙り、それでも携帯電話を離そうとしない石津をながめているうちに、健一はつい余計な一語を口走っていた。

「フジリュウは、放っときゃいいんじゃないのか」

「はい？」

「いるよ、どこにでもそういう奴。いつまでも大人になれないで、ガキみたいなことやってて、へんにすねてる奴。心配すると調子に乗るから放っておいたほうがいい」

ですよねえ、と石津は案外、あっさりとうなずいた。

「僕たちも普段は放ってるんです。けど、明日だけはあいつが来ないとはじまらないんで」

「そういうこと言ってるからつけあがるんだ。自分が必要だって思わせたくてすねてんのかもしれないし」

「あ、それあるかも。あいつ、そういうとこあるかもなあ。まあ、悪い奴じゃないんっすけど」

「そりゃそうだろ。悪い奴なら今頃、出世して金儲けてるよ」

「ああ……青年実業家とか？　悪そうっすよねえ」

宇都宮市内に近づくにつれ、車道沿いにはホテルや病院の看板がちらつき、平坦な大地に凹凸をもたらす建物の影も増していく。小木のように高々と茂ったひまわりの群生をながめながら、誰にともなく健一はつぶやいた。

「結局、バトンがうまく渡せないんだろうな」

「バトン？」

「人間、いつまでも人から注目されて、自分中心に生きてられるわけじゃないだろう。いつかはその座を退いて、もっと若い人間に注目してやる側にまわるべきときが来る」

「はあ」

突然なにを言いだすんだろうこの人は、という目をしながらも、石津は話についてきた。

「いや、そんなこと考えたこともなかったけど、言われてみると、まあ……」

「たとえば野球選手だって、いつまでも現役でいられるわけじゃない。いずれは引退してコーチになったりスポーツキャスターになったり、次世代を支える側にまわるわけだよな。でもたまにいるだろう、まだ自分が主役のつもりでいるキャスターが。現役選手のレポートよりも自分のアピールばっかかに力入れてる奴」

「ああ、いる。いますねえ」

「あれは、鬱陶しい」

つぶやくなり、ふっと両頬に赤みがさすのを健一は意識した。若い奴を相手にこんなふうに持論を語る中年にはなりたくなかったのに、語ってみると不本意ながらも気持ちがいい。世に説教親父の絶えないわけである。

今さらながら健一は「なんてな」と笑ってごまかそうとしたものの、その「なんてな」自体がひどく親父臭いのではないかとの疑念にも駆られ、ひとりで動揺しているうちに横から石津の声がした。

「でも、誰だっていつまでも現役選手ではいられないけど、十年に一度、昔の仲間と草野球をするくらいはいいっすよね」

「草野球？」

「そのくらいの楽しみは、ないより、あったほうがいいっすよね」

石津は柄になくはにかんだ笑みを唇に載せた。

「草野球するんですよ。明日、高校時代の野球部のメンバーと」


十年後にまたみんなで野球をしよう。その頃、自分たちがどんなに変わっていても、どこでなにをしていても、必ず集まって草野球をしよう。

高校を卒業するとき、極寒の冬にも猛暑の夏にも負けずに三年間、ともに汗にまみれて白球を追いかけた同期の野球部メンバーとそんな約束を交わした。決して強いナインではなく、甲子園などは夢のまた夢だったが、野球を楽しむことにかけてはどんな強豪にも引けをとらず、チームの団結にも自信があった。だからこその約束だった。

「で、今年がその十年目なんです。正直、十年もすればみんな忘れちゃうのかなって思ってたけど、それが意外と憶えてるもんで、年賀状には必ずそのこと書いてたし、メンバーの誰かと会うと決まってその話になって……。で、イワサキ……元部長っすけど、そのイワサキと去年あたりから具体的な計画練りはじめて、ついに明日、光が丘のグラウンド借りて決行することになったんです」

二時の約束までの時間潰しに立ちよった宇都宮市内の喫茶店で、石津はホットミルクをすすりながらざっと経緯を説明した。

「なるほど」

たんなる同窓会ではなかったわけか。石津が全員参加にこだわる理由も、明日の天気に気を揉むわけも、健一はここにきてようやく腑に落ちた。

「野田さん、青臭いと思ってるんでしょう」

「いやべつに。なんで？」

「野田さんって、理想的な家庭人間なんでしょ。うちの三村が言ってましたよ、若くして結婚して、愛妻家で、子煩悩な二児の父親で……なんか、大人じゃないっすか。そういう人から見たら高校時代の約束だとか、草野球だとかって、すげえ幼稚で笑えるんだろうなって」

「笑わないって」と、健一は微笑した。「いいと思うよ、そういうの」

「野田さん、笑ってますって」

「いや、ほんと。ただの同窓会にしちゃ妙だと思ったけど、それなら必死になるのもわかるよ。たしかに九人、必要なわけだよな」

まんざらうわべだけでもなさそうなシンパシーをにじませたその声に、どこかすねていた石津の表情が和らいだ。

「そうなんっすよ。今回はあくまで同期だけってことで、先輩にも後輩にも声かけてないから、補欠メンバーがいなくって。だからフジリュウ一人でも抜けたらアウトなわけで、しかもあいつ、ピッチャーなんっすよ」

「ピッチャーか……」

「いいピッチャーだったんっすよ、実際、うちのチームにはもったいないような。むらっけはあったけど、調子のいいときにはほれぼれするような投球かましてくれて、女からもモテモテで、でもそうやって騒がれるほどにあいつ、どんどんお調子者になってって……。実業団からのスカウトもあったけど、結局、プロの厳しい世界でやってく自信がなかったんっすよね」

学生時代に早すぎる最盛期を迎えた人間が、年を経るごとに冴えなくなっていくのはよくある話だ。

「で、野球をやめたら落ちぶれて、結局、薬にまで手を出して捕まったってわけか」

「野田さん、結構、聞き耳立ててたんっすね」

「いやでも聞こえてくるんだよ」

「薬っていっても、遊びで手を出したとかじゃなくて、眠気覚ましとして使ってたらしいんですよ。あいつ今、長距離トラックの運転手やってて、自分のトラック持つのが夢だって、それはそれで結構がんばってるんっすよ。けど深夜の運転はやっぱきついみたいで、運転手仲間のあいだで流行ったらしいんっすよね、その手の薬が。で、ついついフジリュウも……。とことん堕ちてくほどの器でもないから、今はすっかりへこんで反省してるみたいっすけど、やっぱそういうことがあるとみんなと顔を合わすのが気まずいみたいで」

「まあ、いいときの自分を知ってるだけに、昔の仲間ってのはたしかに、なあ」

年ではなく個人差だと石津は言ったが、事実、彼の仲間一人をとってみても、二十代だから気楽とは一概に言えないと健一は認めた。そして実際、自分の通りすぎた年月を本気でふりかえれば、やはり十代には十代の、二十代には二十代の荷や苦や恥がつねにつきまとっていたのだ。

「そういや、キャッチャーは誰なんだ？」

遠い日を偲《しの》ぶ健一の口がふと動いた。

「キャッチャー？」

「ああ。フジリュウがピッチャーなら、女房役のキャッチャーは誰だ？　なにかあったときには互いに歩みよって助け合う。それがバッテリーってもんだろう」

「なるほど。バッテリーっすか」

つかの間、石津はそれだとばかりに瞳を光らせたが、すぐにまた「ダメだ……」とかげらせた。

「キャッチャーは、フジケンです。けどそのフジケンってのが、今、警官やってるんっすよ。警官っていうか、正確には白バイやってんだけど、言わば前科一犯のフジリュウとは追う側と追われる側の関係なわけで……いや、もちろんフジリュウも今は悪さしてないけど、それでもやっぱサツってだけでトラウマがうずくみたいで」

「追う側と追われる側、か」

因果なめぐりあわせに吐息した健一は、はたとあることに気がついた。

「あれ。フジケンは東京国際マラソンに出場したんじゃなかったのか？」

「はい、先導バイクに乗って全力で選手たちをサポートしたんです。堂々とした晴れ姿でしたよ、俺、すげえ感動しましたもん」

「………」

「けどフジリュウにしてみれば、ますますフジケンと差をつけられたみたいで、さびしかったのかもしんないな。同じ藤井で、なにかと比べられがちな二人だったし、人望だって断然、フジケンのほうが上だったし」

先導バイクだったのか——。

フジケンのイメージを一転させた健一の目前で、そのとき、テーブル上の携帯電話がまたも震動した。

「フジリュウか？」

「……イワサキです」

着信番号を確認した石津が瞳の力を落とす。つられて健一までもが肩を落としたものの、しかし電話を受けた石津の声は会話が進むにつれ、次第に軽快なテンポを帯びてきた。

「それが……ああ、俺も説得したんだけど、すっかりあいつへそ曲げてて……いや、おまえだけのせいじゃないって……え、マジ？　マジかよ、いやもちろんそりゃ助かるけど……おう、そりゃそれが一番だって……おいおい、なんだよ、はは、期待してるって、マジ応援してっから……じゃあな」

電話を切るなり、嬉々として健一に向きなおる。

「イワサキが今、フジリュウの家に向かってるそうです」

「フジリュウの家に？」

「直接交渉っすよ。仕事の得意先に行くついでとか言ってってっけど、あれは絶対、嘘っすね。やっぱ部長気質っていうか、昔からあいつ、なんだかんだ言ってフジリュウのこと放っておけねえんだよなあ。ま、こうなりゃあとはイワサキに任せときゃ大丈夫っすよ」

さっきまでの焦燥はどこへやら、すっかり調子をとりもどした石津の姿に、健一も「そうか」と胸を軽くした。

「これで全員、そろうな」

「はい」

「結果的には波風が立ってよかったのかもしんないな。部長のイワサキがそこまでやったとなると、おのずとチームの志気だってあがるだろうし、フジリュウも機嫌よくマウンドに立てるしな」

「はあ」

「明日は試合前にフジケンからも一言、フジリュウに声をかけさせたほうがいいぞ。部長が引っ張り、女房役が支える。ピッチャーはこれでもう怖いものなしだ。ノーヒットノーラン狙える、狙える」

「あの……」

「ん？」

「野田さん、野球、やってたんっすか」

突然、探るような目で見られ、健一の表情が硬直した。

「どうして？」

「どうしてって……」

石津が眉をよせたのと、健一が腕時計に目線をすべらせたのと、ほぼ同時だった。

「まずい、時間だ。フジリュウのことはイワサキに任せて、我々も直接交渉に臨むとしよう」

「あ……はい」

「携帯電話は……」

しばらく留守録にしといたほうがいいぞ、と言いかけて、やめた。この男はまだ若いが子供ではない。

石津は自分が持つと言い張ったが、健一は二人分の勘定をさっさと支払い、店を出た。さっきまで薄曇りだった空からは小雨がぱらつきはじめていた。

「大丈夫、明日には晴れるよ」

憂い顔の石津に声をかけ、健一は怒れる女性客の家へと車を走らせた。

餃子の看板も影をひそめた町外れの一角で車を降りる直前、石津は自ら携帯電話を留守録設定に切り替えた。


通販で購入した商品に感情的なクレームをつけてくるタイプというのは、良くも悪しくも他人への期待と依存心が強く、少しでもそれを裏切られると激昂する一方、優遇されているかぎりは過剰なまでの好意をよせてくる傾向がある。ある意味、御しやすいタイプでもあり、新興宗教にはまるのはこの手の輩だと健一はひそかに勘ぐっている。

意外にも石津はこの手の扱いに長《た》けていた。ひたすら平身低頭して苦情に耳を傾け、なにを言われても言い返さずに相手の気がすむのを待ち、話がどんなに脱線しても辛抱強くつきあい、詫びて詫びて詫びて、怒り疲れた相手が自らなごみを求めはじめたあたりで、おもむろに弁解を開始する。それも慇懃《いんぎん》無礼なほどに丁重な口ぶりではなく、まだ二十代後半の未熟さや朴訥さをほどよくちらつかせて。

「今回のことは、本当に、すみませんでした。原寸大パンダのルウルウ、というキャッチコピーで売りだしていながら、たしかにあのぬいぐるみは一般的なパンダの原寸よりもかなり小さめで、誇大広告と言われても弁解はできません。責任はすべて私どもアニマル玩具にありますので、心から反省し、お詫びを申しあげます。もちろん商品のお代はお返ししますし、今後このようなことがないよう十分に気をつけます」

五十前後と思われる女性客に対する石津は、当然といえば当然ながら、携帯電話を片手にくっちゃべっていた彼とはまるで違った。ヒステリックな客の負のパワーを一身に受けとめ、消化し、どうにかプラスに転化させようとする気概に満ちている。しかも、彼の謝罪は健一の目から見ても決して表向きだけのものではなく、女性客の怒りを鎮めようと本気で力を尽くしているのがわかる。

「しかし、言いわけをするようですけど、じつはこのルウルウ、中国に実在したパンダなんです。生まれつきの奇形で一般的なパンダよりもひとまわり小さく、永遠のベイビーなどと称されて爆発的な人気を博したと聞いています。その人気に目をつけた中国の玩具会社が原寸大のぬいぐるみを大量生産したわけですが、やはり小さいだけあって体が弱かったのか、発売後間もなくルウルウは帰らぬパンダとなってしまいまして……。結果、玩具会社には大量のルウルウ在庫が残り、めぐりめぐってうちの会社でとりあつかうことになったわけです」

冷房攻めさながらのリビングに通されながらも、気がつくと石津は額に汗していた。女性客もその頃になるとだいぶほだされ、形ばかり置いていた緑茶を下げて冷たいリンゴジュースを運んできた。石津がそれを一気にこくこくと飲みほしたとき、その場に滞っていた彼女の感情のよどみが一掃されたのを健一は見てとった。

「つまり、原寸大パンダのルウルウ、の原寸大というのはパンダではなくルウルウにかかっているわけですけど、そんなことはもちろん、日本のお客様には関係ありませんよね。本当に浅慮な仕事をしてしまったと反省しています。ご迷惑おかけしました。しかし、弊社の商品に目をとめてくださったお客様を騙そうとしたわけではないと、それだけはどうか信じてください」

最後に、石津は胸ポケットから小柄なパンダの写真をとりだし、「これがそのルウルウです」と女性客に手渡した。まあ、本当に小さいのねえ。若くして死んでしまったなんて、かわいそう。怒るだけ怒り、詫びるだけ詫びさせて気のすんだ女性客は瞳をうるませてルウルウの死を悼み、それから十七年飼っていたという犬の遺影を石津に見せて、また泣いた。先月、帰らぬ犬となったばかりだという。奇しくもそれは石津も以前に飼っていたビーグル犬であったため、二人はたちどころに意気投合して犬の話題に花を咲かせ、訪問から一時間が経過した頃にはすっかり愛犬家同士の雑談と化していた。それでいて最後まで正座を貫いた石津に女性客は言った。

「パンダのルウルウは、やっぱり返品するのやめたわ。短い命を精一杯に生きたルウルウの記念に、我が家で大事にします」

念のために用意していた手打ち金の出る幕はなかった。健一と石津はルウルウを胸に抱いた女性客に見送られて家をあとにした。

「見事なお手並みだったな」

再び運転席に腰かけるなり、健一は助手席の石津をねぎらった。

「正直、もっとねちねちやられる覚悟をしてたんだけど、いや、たいしたもんだよ。驚いた」

「慣れてるんっすよ」

さすがに疲れたのだろう。助手席のシートに深く背を埋め、石津は営業用のスタッカートをはずした低い声を返した。

「うちの社長はおっちょこちょいだから、こういうことってよくあるんです。お得意さんはそれもご愛嬌だって言ってくれるけど、中には本気で怒りだす人もいる」

「社員は大変だ」

「はい、とくに僕なんて下っぱだから、今日みたいに代理で頭下げに行くこともしょっちゅうで。けど、誠意を尽くせば最終的にはお客さんも許してくれるし、話を聞くだけで喜んでくれたりもしますから。今日のお客さんだって、きっと愛犬に死なれてさびしくて、話し相手が欲しかったっていうのもあると思うんっすよね。俺、そういうの結構、嫌いじゃないんです。ぎすぎすしてたお客さんが笑顔になっていくのとか。野球でいうと九回裏の逆転劇みたいな感じっすかね。昔から俺、追いつめられてからの一発には強かったんで」

「ツーアウトツーストライクで逆転ホームラン、か」

「今はせいぜいバントでつないでるくらいっすけどね、たいした仕事もしてないし。けど粘って粘ってつないでいけば、そのうち四番打者にもなれるかな、って」

ぱらついていた雨は上がったものの、フロントガラスの向こうに広がる空はあいかわらず仄暗く、車道と空との境界を曖昧にしていた。鹿沼インターへと来た道をたどりながら、ハンドルを握る健一はなぜだかこのとき、グラウンドの日だまりで草野球をする石津の姿を頭に描いていた。

稚拙さやルーズさはたしかにある。けれどこの男は思ったよりも骨太で、自分の仕事にそれなりのプライドと熱意を持っている。変わり者の社長の尻ぬぐいに頭を下げてまわりながら、秘めた希望をバントで明日へつないでいる。

十年に一度、昔の仲間と草野球に興じる程度の楽しみは、たしかにあってしかるべきかもしれない。

「携帯」

しばしフジリュウ問題を頭から追いやっていた石津に健一はうながした。

「留守録のままだろ。なんか入ってるかもしれないぞ」

「あ」

もたれていた背をはたと起こして、石津が携帯電話を操作する。メッセージに耳を傾けるその横顔に不吉な影がさした。

「どうした？」

「二件、入ってました。朗報と悲報が」

努めて感情を殺したような声だった。

「朗報はイワサキからです。フジリュウんちに到着したそうで」

「お、説得うまくいったか？」

「いえ、フジリュウはまだふてくされてだんまり決めこんでるみたいだけど、そのわりにあいつ、去年の暮れに会ったときよりも断然、上半身の肉付きがよくなってるらしくて」

「肉付き？」

「明日の草野球のために鍛えあげたんじゃないかって、イワサキが……」

「……」

もしも事実ならやる気満々じゃないかとあきれつつ、健一はもう一方のメッセージを尋ねた。

「で、悲報のほうは？」

「うちの社長からでした。うちで扱ってる親指姫って指人形にクレームがついたそうです。小さすぎて親指に入らないって……今までも何件かあったんです。けど今回の男性客はちょっと常軌を逸してて、明日までに謝罪に来なければ弁護士を立てるって脅されたそうで……」

石津の声が途切れた。

話の結末を予感しながらも、健一は先をうながした。

「それで？」

「やっぱ謝罪に行くしかないんっすけど、その親指姫の担当者が……」

「三村くんか」

「月曜日までサイパンからもどりません」

案の定、石津は最悪の結末を口にした。

「つまり、僕にまた代打の指名がかかったわけです。明日も三村さんの代わりにバントでつないでこい、って」


雨上がりの夕空にようやく顔をのぞかせた太陽が、分厚い雲の合間からお情けみたいな薄日をさしのべ、グレイ一色だった空にうっすらと赤や紫をにじませている。

イワサキはまだフジリュウの説得に奮闘しているのだろうか？

仮に説得できたとして、石津はその気になった彼らを裏切ることができるのか？

十年越しの約束を仕事のために破れるのか——。

快調に東北道を飛ばし都内へ引きかえしていくあいだじゅう、往路とは打ってかわって無言の石津を健一は横目でちらちらと気にしつづけた。明日、ほかに動ける人間はいないのかと社長に交渉の電話をし、おまえしかいないとだめ押しをされてからというもの、石津は頑として口を開こうとしない。携帯電話の着信音も一切無視している。

で、どうするんだ？

健一の喉元では問うに問えないその一言がくすぶりつづけている。

自分だったらどうするだろう？　無論、仕事のほうをとる。妻や子供のためにもそんな私事で仕事に味噌をつけるわけにはいかない。石津だって会社員である以上、社長直々の命令には抗えないはずだ。

しかし、車が首都高に乗って間もなく、石津は長い沈黙を破ってつぶやいた。

「会社、辞めちゃおうかな」

「なに？」

「なんて言ったら、野田さん、やっぱ青臭いガキだと思うんでしょ」

ぎょっとふりむいた健一から顔をそむけ、石津は覇気《はき》のない瞳を窓の外へ向ける。

「おい、脅かすなよ」

「半分、本気ですけど」

「やめろって」

「だって十年来の計画ですよ。九人全員の予定を合わせるのだって一苦労だったし、グラウンド探したり道具を都合したりって、ここまでこぎつけるの、結構大変だったんです。中でも今回、一番苦労したのってなんだと思います？　対戦チーム探しですよ。うちのチームだけ九人そろえれば試合ができるってわけじゃないっすからね。結局、イワサキの知りあいがいる会社の野球チームが相手してくれることになったんっすけど、ここで俺が抜けてうちには八人しかいないなんてことになったら、せっかく奔走してくれたイワサキの顔に泥を塗ることになるじゃないっすか」

「いや、だからって君が会社を辞めることも……」

「マレーシアで観光ガイドをやってるハルって奴は、去年、父親を亡くしてるんです。そのときはあいつ、仕事の都合で帰国しなかったのに、今回は帰ってくるんです、草野球のために」

「いいのか、それで」

「サトウは大阪のユニバーサルスタジオに勤めてるんっすけど、じつは明日、来日中のマイケル・ジャクソンが午前中のユニバーサルスタジオを借りきって遊ぶらしいんです、猿のバブルスくんとかもつれて。で、なるべく仰々しく迎えようってことでスタッフ増員の緊急動員がかかったらしいんっすけど、サトウのやつ、上司ににらまれるのを承知で、休日出勤を蹴ったんですよ、草野球のために。昔からあいつ、カラオケでムーンウォークばっかりしてたマイケルファンのくせに」

「ムーンウォーク……懐かしいな。しかし、それにしても……」

「みんな、バカでしょう」

「……」

「でも俺たち、いつまでもそういうバカでいたいなって、十年前に話してたんっすよ。そりゃ十年も経てば誰だって仕事してるだろうし、結婚もしてるかもしれないし、もしかしたら子供だっているかもしれない。今よりも大事なもんが増えて、責任も、足かせも、いろんなもんが増えてるだろうけど、でも十年のうちでたった一日、みんなと草野球ができないような人生はごめんだよな、って。十年のうちで一日くらい、野球のためになにもかも投げだすようなバカさ加減だけはキープしたいよな、って……みんなで俺たち、話してたんっすよ」

当時を懐しむように目を細めた石津は、「でも」と最後にひどく大人びた顔をのぞかせた。

「でも、いざとなるとできないもんっすよね、土壇場で会社を裏切るようなこと。なんだかんだ言っても僕は明日、木更津のお客さんちでぺこぺこ頭を下げてるんだろうな」

追い越し車線を大型トラックが無茶な速度で走りぬけ、健一の視界をざらついた黄色の排気ガスが覆った。いつの間にか車窓の景色からは田畑が消え、樹木が消え、のどかな民家が消えている。薄膜をかぶせたフロントガラスから見えるのは建ち並ぶビルと、その合間で身を縮こまらせている空と――。

「俺は、バカな真似などしない大人に憧れてた。平凡でも地味でもいい、ごくまっとうな、良識のある大人になりたい、と」

健一はつぶやいた。

「実際、そこそこまっとうな大人になったつもりだけど、残ってるもんだな、若い自分のかけらみたいなもんが。ときどき、恐ろしくバカなことをやりたくなる」

「恐ろしくバカなこと?」

ぼんやりくりかえした石津は、つぎの瞬間、がくんと後ろにそっくりかえった。健一が車線を変更すると同時にアクセルを踏みこんだのだ。

「野田さん、どうしたんっすか」

「木更津だよな」

「え」

「指人形にクレームつけてきたその変態男、木更津に住んでるって言ったよな」

「あ……はい」

「明日までに謝罪に来いって言ってんだろ？　だったら今日でもいいはずだ。これから君を木更津までつれていく」

「野田さん……」

すっかり消沈していた石津の顔に、二十代の若さと軽さがよみがえっていく。

「マジすか？」

「アクアラインを使えば一時間とかからない。五時半には到着するとして、さっきの調子でさっさとそいつをまるめこんでこいよ。それで明日、堂々と草野球へ行けばいい」

「でも野田さん、迷惑じゃないっすか？」

営業から五時までに車を返せと言われていたのを記憶から葬り、健一はつぶやいた。

「いい気分だ」

「え」

こんなにも強くアクセルを踏みこんだのは何年ぶりだろう。駆けぬけていく風景のスピード。震動を増すエンジンの高鳴り。風を切り裂く感触。すべてが妙に小気味いい――。

残念ながら人間、そうそうひと思いに大人にはならないものだと、健一は久方ぶりのセックスみたいな興奮にかられながら思った。昔日の青臭かった自分との決別を図りつつ、望むと望まざるとにかかわらず失われていくその青臭さにどこかで焦がれている。リアルタイムで若き日を生きている世代といると居心地が悪いのはそのせいかもしれない。

心底にくすぶるそんな思いを認めたとたん、健一の心は逆に軽くなった。

今なら言える。

「恩に着せたいわけじゃないけど、じつは一つ、頼みがある」

アクセルの勢いにまかせ、思いきって口にした。

「その、もしも……あくまでもしもの話だけど、万が一、イワサキがフジリュウの説得に失敗したら、明日の試合、俺に投げさせてもらえないかな」

「えっ」

「いや、どのみち代わりが必要になるんだろ。だったら俺でもって話なんだけど」

「野田さん、やっぱ野球やってたんっすか」

「高校のときの野球部、夏の甲子園で準優勝してるんだよ」

「ええっ」

「まあ、今となっちゃ昔の話だけどな。過去の栄光を引きずって生きるほどみっともないことはないからさ、普段はふりかえらないようにしてるんだけど。でも、君の話を聞いてたら、なんだか久しぶりに野球をやりたくなってきた」

「野田さん、すごいっす」

石津はあきらかに健一を見る目を変えた。

「甲子園で準優勝なんて、モロかっこいいじゃないっすか。ぶっちゃけ、野田さんみたいなシラケ世代って俺、なに考えてんのかわかんなくて苦手だったんっすけど、超見直しましたよ」

「いや、そんなふうに過去にさかのぼって見直されたりするのが不本意だから、普段は口に出さないんだよ」

「出すべきっすよ、思いきり。甲子園の決勝戦で投げたなんて、かっこよすぎっす」

「いや、俺はピッチャーじゃなくて、レフトだったんだけど」

「え。でもさっき、フジリュウの代わりに投げるって……」

「レフトを守りながらもピッチャーに憧れて、ひそかに投球練習を積んでたんだ。結局、出番は来なかったけどな」

二人のあいだに一瞬の間ができた。

その隙にすべりこむように石津の携帯電話が久々の着信音を奏でた。

石津が着信番号を確認し、その視線を健一にもどす。

「イワサキです」

アクセルを踏む足から勢いがそげ、車がいくらか減速した。フロントガラスから目を離さずに健一がうなずくと、石津もうなずき、携帯電話を耳に当てた。

「もしもし……ああ、うん、そっか、わかった、お疲れさ……ん？　そんなこと……いやないって、モチ……は？　なにそれ？　なんだよ、おい、マジかよ……ありえねえ……いや、ちょっと待て、待ってて、すぐにまたかけなおすか……あ、フジリュウによろしくな、じゃ」

会話の片鱗から事の次第を察した健一は、石津が話を終える前に気持ちを立てなおした。久々に野球をしたくなったからといって、すぐにそのお膳立てが整うほど世の中は甘くない。まずはこの週末、小学三年生になる長男とキャッチボールでもしてみるか。

「朗報と悲報があります」

しかし、携帯電話をたたんだ石津は複雑な表情で健一に告げた。

「悲報のほうは、その……イワサキがフジリュウの説得に成功しました。フジリュウのやつ、やっぱだいぶ前からジムに通って鍛えてたそうで」

「そりゃ朗報だろ。よかったじゃないか」

「いえ、朗報は……代わりにひとつ、ポジションに空きができたんです」

「なに？」

「朝から腹が痛いって騒いでたヒラタが、急性盲腸炎で緊急入院しました。野田さん、もしよかったら明日、ヒラタの代わりに出てもらえませんか」

人生はわからない。野球と同様、つぎにどんなボールが飛んでくるか予測がつかない。

健一は再び勢いこんでアクセルを踏みこんだ。

「もちろん行かせてもらうよ。で、ヒラタくんのポジションは？」

「レフトです」

夕暮れの首都高を駆ける煤《すす》けたライトバンが、半ばやけくそめいたスピードを帯びた。

風に舞いあがるビニールシート

ビニールシートが風に舞う。獰猛《どうもう》な一陣に翻り、揉まれ、煽られ、もみくしゃになって宙を舞う。天を塞ぐ暗雲のように無数にひしめきあっている。雲行きは絶望的に怪しく、風は暴力的に激しい。吹けば飛ぶようなビニールシートはどこまでも飛んでいく。とりかえしのつかない彼方へと追いやられる前に、虚空にその身を引き裂かれないうちに、誰かが手をさしのべて引き留めなければならない——。

それがエドの口癖だった。なぜ国連難民高等弁務官事務所《UNHCR》に入ったのかと人に問われるたびに、エドは決まってそんな答えかたをした。最初はなにかを「はぐらかしている」と感じていた里佳も、じきにそれが紛《まご》うかたなき彼の実感なのだと静かに納得した。

エドは実際、どの地上でもどの天下でも、その手で風に舞いあがるビニールシートを懸命に追っていたのだろう。東京のやわらかいベッドで眠れる夜でさえ、彼はしばしばうなされた。七年間の結婚生活を通して二人がともに越えた夜など百日にも満たなかったのに、そんなわずかの隙にさえ、あのおぞましい風は巧妙にもぐりこんでエドを内側から攪乱《かくらん》した。

深夜や夜明け、悶絶する死霊のような叫びが里佳を眠りから引きずりだした回数は数知れない。エド、起きて。ここは東京よ。私たちの部屋よ。じっとりと汗ばんだ肌をさする里佳の呼びかけにも応えず、目覚めたエドは頑然と、まるで悪夢からの帰還を拒むかのように、大きく見開いた瞳をいつまでも天井に向けていた。そんな姿を見るたびに、里佳はエドの冷たい汗が自分の肌にも浸潤していくのを感じながら小さく震えたものだった。いつかはこの人も飛ばされる。しかと握りしめたビニールシートもろとも、手の届かない彼方へと飛ばされていく——。

そして風は恐らく永遠に吹きやむことはない。


「今日は三時に外務省だから、それまでに緊急支援を要する現場の資料をお願い。あと、同じく三時からアフガン難民の件で通信社の取材が入っているけど、これは里佳、あなたに任せていいのよね。大丈夫ね？　夕方からは大事な夕食会があるから、これもあなたに同席してもらうわ。先週から言ってあったわよね。ええっと、それから……」

里佳が上司のリンダから久々にプライベートな誘いを受けたのは、エドが死んで約三ヶ月が経ったある朝のことだった。

「それから、今日は一緒にランチでもどうかしら。ビジネスランチではなく、個人的にあなたと話がしたいんだけど」

ついに来た。今日こそクビを宣告されるのだと、里佳は瞬時に覚悟した。いくら寛容で忍耐強い上司にだってやはり限度はあるのだ。

無理もなかった。この三ヶ月というもの、里佳は自分がオフィスのお荷物でしかなかったことを重々自覚していた。なにをするにも上の空で身が入らず、イージーミスを頻発する。大事な約束も頭を素通りしがちで、今夜の夕食会のこともすっかり記憶から抜けおちていた。通勤路の桜並木がすでに花開いていたことでさえ、今朝、雨の気配に見上げた空を覆う満開の花びらを目のあたりにして、初めて気づいたのだ。まさか春が訪れていたなんて。

「わかりました。では、ランチをご一緒に……。お時間は？」

「十二時半でどう？　私はその前にひとつ打ち合わせが入ってるから、直接、お店で落ちあいましょう。〈鉄門〉なんてどうかしら」

「昼間からステーキですか？」

「里佳にスタミナをつけさせようって魂胆よ。あなたの顔色がこれ以上青白くなったら、白人社員の立つ瀬がないわ」

アフリカ系アメリカ人のリンダはこの手のジョークをよく口にする。

「わかりました。では十二時半に〈鉄門〉で」

職員失格の最後通牒まで残すところ約三時間。秘書室へもどった里佳は習慣的にパソコンを立ちあげたものの、そのわずか三時間でさえなにかしら前向きに努めようという気は起こらなかった。

すべき仕事はいくらでもある。外務省に提出する緊急支援要請用の資料を点検しなければならない。通信社の取材に備えて最新情報を加味したアフガン情勢の確認もしておかなければ。三週間後に来日するUNHCRアフリカ局長のスケジュールもまだ調整がついていない。

それらのすべてを棚上げし、里佳は惰性でアウトルックをクリックする。今日もまたUNHCRジュネーブ本部経由で何通かのメールが届いている。

アンゴラ難民の帰還に伴う諸問題の陳情。

シエラレオネからのさらなる支援金要請。

内戦は終結したものの、依然として治安の改善されないスリランカからの現状報告。

痛みを伴わずには受けとめられないはずのそれらを、心をどこかへ放りだすことで難なく処理できることを里佳は最近知った。心をどこかへ放りだした時点で、しかし、UNHCR職員としては失格なのだ。

例外的にこの日は一通だけ里佳を揺さぶるメールがあった。ミャンマーからの避難民を保護しているタイ西部からの支援金配分報告。まわりくどいと悪評高い「国連的」な英文をさらさら追っていた里佳の目が、突然、小石にでも躓《けつまず》いたようにぴたりと静止した。冗長な文章の末尾につぎのような追記が現れたのだ。

〈エドワード・ウェインのことを心より残念に思う。フィールドに生きフィールドに散った彼を、そのピュアな精神を、彼らしい最期を、私は永遠に誇りに思いつづけるだろう。遺族に心からのお悔やみを〉

恐らくこの職員はエドの知りあいだったのだろう。とすると、文末の弔慰は暗に里佳へ宛てられたものとも考えられる。もしも里佳がエドの「別れた妻」という曖昧な存在でなかったら、彼はもっとストレートに無念を伝えてくれたのだろうか。

別れた妻――その中途半端な立場は里佳自身をもひどくとまどわせていた。もしもエドと離婚をしていなかったら、里佳は三ヶ月前に訃報を受けた直後にアフガニスタンへ飛んでいき、彼の遺体にすがって泣きわめき、その死を多くの知人たちと悼みあっただろう。気がすむまで嘆き悲しみ公然と喪に服しただろう。けれど二年前に法的結びつきを断ったが故に、里佳はそれほど派手やかな悲嘆を自分に許してはならない気分になっている。

愛しぬくこともできなかったのにと、ともすれば涙に溺れそうになる自分を自分の心がとがめるのだ。

愛されぬくこともできなかったのにと、エドの顔を声を肌を今も求める自分を自分が嗤《わら》うのだ。なのに、愛しぬくことも愛されぬくこともできなかった日々ばかりを、気がつくと今日も思っている。

エドとの出会いは十年前、恋愛感情など入りこむ隙もない、極めてビジネスライクな席でのことだった。

当時、外資の投資銀行に勤めていた里佳は、ジャパンタイムズの求人欄に載っていたUNHCRの空きポストに目をつけ、応募した。書類審査の通過後、筆記試験に先駆けて行われた面接の席で、面接官の一人として対面したのがエドだった。

落ちつきのない男、というのが率直な第一印象だ。当時UNHCRの東京事務所にいたエドにとって、新職員の採用選定はとりたてて刺激的な仕事ではなかったのだろう。面接のあいだじゅう、どことなくそわそわとしていた彼は、型にはまった一問一答に横槍でも入れるように、ときおり英語で挑発的な質問をさしはさんだ。

「収入面を見れば、どうひかえめに言っても君のこの転職は正気の沙汰じゃない。今の会社からUNHCRに移れば、君は確実に毎月の貯金額を減らすことになるだろう。ひょっとしたら金なんかもう見たくないってほど稼いじゃったとか?」

父親の仕事の関係で高校までをシカゴですごし、大学時代もロンドンに短期留学をしていた里佳にとって、英語は第二の母国語も同然だ。英語での受け答えにはなんら不自由を覚えなかったものの、エドにつられて過激な表現を口にしがちな自分を抑えるのには少々骨を折った。

「おっしゃるとおり、私は今の会社でこの年齢にしては鼻持ちならないほどの年俸を保証されていますし、為替や証券の決済、それに米国流のビジネスを学べたことも自分にとって大きな財産になったと思っています。ですが毎日、体を壊すほど働いて、ディーラーに怒鳴られて、上司には極めて日本的なくだらないつきあいまでも強いられて、それでいてこの仕事に誇りを持てずにいる自分に気づいたとき、なにもかもがむなしく思えてきたんです」

「誇りを持てない?」

「投資銀行が不良債権の売買で巨利を得たり、途上国政府の弱みにつけこんで資金の貸しつけを行っていることはご存じですよね」

「負債を形《かた》にして貧しい国を支配する。国連の世界銀行やＩＭＦだってやってることは同じだよ」

「でも、少なくともＵＮＨＣＲは違うはずです。難民保護のために設けられたＵＮＨＣＲは、国連システムの中でも筋金入りの現場主義で、あくまでも弱い立場の人々によりそった支援活動を行っていると聞きました。それに……」

「それに？」

「国連のオフィスは概して欧米的で、上下関係だとかしがらみだとか、つまらない人間関係に煩《わずら》わされずにすむとも聞きましたし」

虹彩の淡いエドの瞳に「ハハア」と言いたげな薄い笑みがよぎった。

「なるほどね。ちなみに、難民問題には以前から関心が？」

来たな、と里佳は鳩尾《みずおち》のあたりに力をこめなおした。

「難民問題そのものを専門的に学んだことはありません。けれど大学時代には開発経済学を、ロンドンでの留学中は国際コミュニケーション論を専攻していましたから、途上国の抱える諸問題には精通しています。また、ロンドン大学のエマニエル・ハワード教授が『民族学大全』を編纂された際にもサポートスタッフとして調査に携わりましたので、民族紛争や内戦についての知識も十分に持ちあわせています。無論、ＵＮＨＣＲに採用された暁には難民問題についても一から勉強しなおすつもりですし、私を選んだことを決して後悔させません」

使えない社員は容赦なく解雇され、使われすぎた社員の多くが過労で退社すると有名な投資銀行で、とにもかくにも五年間を生きぬいたキャリアが里佳の自信を裏付けていた。なるほど、うまいこと切りぬけたな。エドはそんな目をして肩をすくめ、会話は再びほかのスタッフとの問答にもどったが、「結果は後日に」と面接の終了を告げられた里佳が退座をしかけた矢先に、エドがふと思いだしたように話を蒸しかえした。

「最後に一つ、これは個人的な質問だけど、さっき君が言っていた、極めて日本的なくだらないつきあいってなにかな」

「はい？」

「上司からくだらないつきあいを強いられるって言ったよね」

想定外の質問に当惑しつつ、里佳はあたりさわりのない一例を口にした。

「まあ、たとえば、仕事帰りにちょっと一杯、ですとか」

「ちょっと一杯？」

「誘われると断るわけにいかないんです。外資といっても直属の上司はこてこての日本人で、そういう職場環境なんです。気が乗らずに断った翌日には、デスクに普段の二倍は高い仕事の山ができている、というわけです」

「ハハア」

エドはふむふむとうなずきながら椅子の背にもたれ、それから弾みをつけるようにしてひょいと身を乗りだした。

「ところで今日、これからちょっと一杯、どうだろう」

「は？」

臆《おく》さず、迷わず、堂々と。作戦通りにきていた里佳が、ここへ来て初めてぐらついた。

「これから？」

「ああ」

「ちょっと一杯？」

「うん」

「それは……その、今日はちょっと、このあとで大事な約束が……」

不覚にも瞳を泳がせて口ごもったとたん、エドはおもむろに口元の笑みを消し、定まらない里佳の視線を一本の槍で射抜くように言った。

「誘われて困るなら、はっきりノーと言えばいい。職場環境は相互の意思と努力で築いていくものだ。少なくとも僕は明日、まだ存在しない君のデスクに仕事の山を作ったりはしないさ」


そんなわけで里佳が無事に空きポストを射止め、企業戦士から国際公務員への転身をはたしてからも、二人が「ちょっと一杯」の間柄になるまでにはしばし時間がかかった。

そもそも里佳が当初配属されたのは支援金の集計やデータ管理を担う部署で、同じ東京事務所とはいえ、広報部のエドとは挨拶を交わす程度の接点しかなかった。

青山通りに面するＵＮハウスの六階にあるオフィスは欧米風の構造をしていて、窓沿いにいくつものブースがつらなっている。職員数は十三名、うち管理職にあたる専門職員が四名で、一般職員が九名。エドを含む専門職員たちにはそれぞれ個室が与えられ、彼らを補佐する一般職員とは少なからぬ待遇の違いがある。それでいてあまり隔たりを感じさせず、むしろ風通しのいい親密さが両者のうちにあるのは、国連きっての体育会系と言われるＵＮＨＣＲの気風に加えて、全ブースのドアを終日開放しておくという慣習によるところも大きい。

ある夜、残業中の里佳がエドの個室を通りかかると、その開け放たれたドアの向こうから「ガオー」と狂おしい雄叫びが響いた。この奇声がオフィスにエコーするのはめずらしいことではない。触らぬ神に……と足音を忍ばせた里佳は、しかし、すれちがいざまにちらりと投げた目線の先にあった瞳に捕まってしまった。

パソコンデスクの前で肩を怒らせ、今にも床をのたうちかねないエドの喜劇的なほどに悲痛な表情から目をそむけ、何事もなかったように歩み去るのは難しい業だった。

「今度は一体なにが？」

と、里佳はやむなく声をかけた。

「どこかで新しい紛争が？　キャンプ内での暴力事件が？　援助物資を積んだトラックへの襲撃が？　まさかスタッフに犠牲者が出たわけじゃありませんよね」

数年前までスーダン、リベリア、ジブチなどの現場《フィールド》を転々としていたエドのもとには、今も各事務所からの現状報告や私信が刻々と送られてくる。現地の難民やスタッフたちと直接言葉を交わし、心を通わせあった彼が凶報に接した際の衝撃は、東京に腰を落ちつけている里佳たち一般職員の比ではないのだろう。

エドは泥水を浴びた鳥が乾きを求めるように二、三度ぶるぶると首をふり、それから大きく息を吐きだした。

「ニカラグアのキャンプにいる新入りスタッフが、なにを血迷ったのか大量の黒豆を発注したんだ。明日からしばらく難民たちはため息まじりに食事をすることになるだろうよ」

「黒豆になにか問題が？」

「ニカラグア人が主食とするガジョピントの原料は、赤豆と決まってるんだ。それはもう彼らのひいひいひいひい祖父さん祖母さんの時代からの決まりなんだよ。君たち日本人にだって譲れない一線はあるだろう。たとえば君は白豆で赤飯を炊けるか？　ひよこ豆で納豆を作れるか？　日本人はビールに枝豆って組み合わせが好きみたいだが、その枝豆で豆腐を作れと言われても無理な話だろう」

「枝豆豆腐って、うちの近所の豆腐屋で売ってますけど」

「来る日も来る日も枝豆豆腐を食べつづけろと言われたら？」

里佳は掌を上向きにして広げた。国籍不定の職場にいると、この手のジェスチャーが自然と身についてしまう。感情は多少、大袈裟に示しておくくらいがちょうどいい。

「毎日の主食とするなら普通の豆腐のほうが好ましいですね。ただし……」

「ただし？」

「それが重要なミッションであれば、毎日、枝豆豆腐を食べつづけることも厭《いと》いませんけど」

その一言が、黒豆で煮えくりかえっていたエドの頭に新たな油を注いだようだ。

「重要なミッションさ。君のおかげでたった今、ひらめいたんだ。伝統的な食文化の枠を逸脱した主食に対する人間の適応能力を調査する。どうだ、やりがいのある任務じゃないか」

真顔で申し渡したエドはあきらかに意地になっていて、それは里佳にも飛び火した。

「承知しました」

短く答えてその場を立ち去った里佳は、二週間後、一通のレポートをエドに突きつけた。枝豆豆腐を朝晩の主食とした十四日間のメニュー、満腹感、体調、体重の推移などを嫌味なほどつぶさに記していた。

エドは感嘆の声をあげた。

「いやあ、こいつは驚いた。たいしたものだ」

「有意義な調査になりましたでしょうか」

「豆腐って本当にヘルシーなんだなあ。ダイエット効果も如実じゃないか。いや、すごい。僕もこれを参考に明日からばくばく豆腐を食べることにするよ。ごくろうさん」

エドがこの手のやんちゃな底意地の悪さで人を脱力させるのはめずらしいことではない。相手がすっかり虚を衝かれ、いわば魂の真空状態に陥ったところで、今度はその無防備な心を片手でひょいとつかみあげるのも。

「で、このミッションを遂行した今現在の心境は？」

「もう、豆腐はうんざりです」

間髪を入れずに言い放った里佳は、つぎの瞬間、初めてエドの心から愉快そうな笑い声を聞いた。

「じゃあ、今夜はなんでも好きなものを食べさせてあげよう」

「はい？」

不覚にも真空状態の魂を掬《すく》われた里佳に、エドは言った。

「よかったら一杯、飲みにいかないか」


まさかその日のうちに寝てしまうとは思いもよらなかった。

投資銀行にいた五年間、里佳は外国人にしろ日本人にしろ、会社の人間とは適度に距離を置いていた。勤務時間外のつきあいにやむなく応じることはあっても、プライベートの領域に相手を招きいれたり、私用の携帯アドレスを教えるような隙は見せなかった。ましてや社内恋愛なんて冗談じゃない。男女の関係がもつれたときに割を食うのは決まって女のほうなのだ。女が強くなったの、今の時代は女のほうが元気だのと言っても、恋愛によって社会性を奪われるほどに自分を失ってしまうのは今も女の側で、同性ながらほれぼれするほどの良い女がちんけな男にふりまわされていとも簡単に身を持ちくずしたり、将来有望な敏腕女性社員がどう考えても未来のない職場内不倫の末に退社を余儀なくされる末路を、里佳は幾度となく目にしてきた。

損はしたくない。女だからといって不利なレースを強いられたくはない。だから就職先も男女平等が徹底した外資を選んだし、転職先はさらに国際色の濃い国連機関に目をつけた。ネームバリューでも申し分のない国際公務員だ。上司との色恋で今のポストをふいにするリスクを冒すなんてばかげている。

なのに、気がつくと一糸まとわぬ姿でエドと交わっていた。

酔っていたのはたしかだ。エドにつれていかれた表参道のスパニッシュレストランで、里佳はいつになく軽快にワインを飲みつづけた。枝豆豆腐以外の料理で腹を満たせるのが単純に嬉しく、食が進むほどにアルコールにも弾みがついていった。水でも飲むようなハイピッチでグラスを空けていくエドにつられた感もある。

「強いんですね」

いっこうに酔いのまわる気配のないエドに、里佳はほとんどあきれていた。

「ボトルのまま飲んだほうがいいみたい」

「よく言われるよ。ワインを飲むならジョッキで飲め、ビールを飲むならピッチャーで飲め、それでも酔わなきゃ樽で飲めって」

「底なしなんですか」

「ん……まあ実際、溜《た》まらないんだよ。飲んでも飲んでもアルコールが溜まってかないんだ。ほどよく酔いかけたかと思うと、ある瞬間、急にゼロまでもどってしまう。また一からやりなおしだ。酩酊までの道は長く険しい」

「不経済な話ですね」

「僕たちの仕事と一緒だよ。A地区が鎮定してようやく難民が帰還できたかと思うと、今度はB地区で紛争が勃発し、なんの罪もない無防備な人々がはきだされる。きりがないんだ」

「でも、B地区で新たな難民が生まれたからといって、A地区での成果がゼロになるわけじゃありません」

「まあ、そうだね。生まれ育った故郷に帰っていく人々の潑溂とした姿は、たしかに僕の中になにかを溜めてくれるよ。つまり、フィールドにいれば少なくとも、底なしの胃にワインをぶちこむよりはマシなことができるってわけだ」

エドの乾いた笑いを聞きながら、里佳は彼を知る誰もが内心思っているであろう一言を口にした。

「もどりたいんですね」

「ん？」

「フィールドに、今すぐもどりたいって目をしてます」

「んー」

エドは否定をしなかった。

「まあ、できることならね」

「できないんですか？」

「専門職員にはローテーション・ポリシーってのがあって、危険度の高いD区域やE区域をうろつきまわったあとには、何年間か安定した国の事務所に勤務しなきゃならない。僕も少なくともあと一年は東京にいる予定だよ」

「なぜ東京事務所を希望したんですか」

「名前さ」

「名前？」

「エドって、昔の日本語で東京って意味なんだろ。どっかのフィールドで知りあった日本人に聞いたんだ。へえ、じゃあ一度東京に行ってみるかなって、その程度の理由だよ。どのみち先進国の都心はどこも似たりよったりだし」

駄洒落のような理由をしらっと口にしたエドは、黙する里佳の横顔をながめて言い添えた。

「しかし、だからって僕がここでの仕事を軽く見てるとは思ってほしくないけどね」

それは里佳も認めていた。一円でも多くの寄付金や拠出金をフィールドへ送るため、彼が外務省との交渉やマスコミへのアピール、イベントやシンポジウムの開催などに日夜奔走しているのは周知の事実だ。エドのためならと進んで広報活動に協力してくれる在日職員やNGO関係者も少なくない。

「ところで、君はどうなの。そろそろうちに来て三ヶ月になるだろう。難民問題への関心は芽生えてきたかな」

思わぬ切りかえしを受けた里佳は返事に窮した。国連の空きポストがたまたまUNHCRだったというだけで里佳が応募をしたことをエドは見抜いている。

「UNHCRの過去の資料に目を通したり、難民問題を扱った本を読んだりと、自分なりに勉強はしています。でも、それはあくまでも頭につめこんだ知識で、肌に刻んだ実感じゃない。結局のところ、自分の足でフィールドへ踏みこまないかぎりは、本当に難民問題を知ったことにならない気がするんです」

「踏みこめばいいじゃないか」

「私は現地採用の一般職員ですから、転勤はありません」

「一般職員でも緊急対応要員のロスター登録は可能だし、もしも君にその気があるなら、いずれ僕がＪＰＯ職員としてフィールドの空きポストに推薦したっていい。もちろん、君にその能力があると認めたらの話だし、ＪＰＯの試験にもパスしてもらわなきゃならないけどね」

里佳は気まずく沈黙した。ＪＰＯ職員——つまりは見習いの専門職員として、自らの足でフィールドへ赴く。そんな覚悟はどこを探っても出てこないのを知っていた。

電気も水も通信手段もない異国。劣悪な交通事情。キャンプにひしめく無数の難民たち。民兵や地元住民からのいやがらせや攻撃。国際機関を狙ったテロ。とてもじゃないが自分には耐えられそうにない。

エドは沈黙の意味を正しく理解して言った。

「まあ、いいさ。先進国のスタッフが支援金をかき集めてくれればこそのフィールド活動だ。人それぞれの役割がある。それに、東京事務所から君のふくらはぎが消えてしまうのも惜しいしね」

「ふくらはぎ？」

「君は知らないだろうけど、あの面接の日、部屋を立ち去る君のふくらはぎから足首にかけての美しいラインを見て、僕はこの人に一票を投じようと決めたんだ」

「それは……」

一瞬の躊躇《ちゅうちょ》を繕《つくろ》うように里佳は微笑んだ。

「それは職場の上司として、東京事務所における私のふくらはぎの存在価値を適切に評価してくださった、ということでしょうか」

「いや」

エドは里佳の作り笑いを拒むように目を細めた。

「ただたんに、男として欲情しただけだよ」

里佳の胃にするすると収まっていたイカ墨のパエリアが、喉元のあたりで急に滞った。里佳は時間をかけてそれを嚥下《えんか》し、胸元をさすりながら顔を持ちあげた。

「質問してもいいですか」

「なんなりと」

「その欲情は、今も？」

「ああ」

エドはかすれ声でうなずいた。

「まるで燻《くすぶ》りつづける戦火のように」

目が合って初めて、里佳は九つ年上のエドがひどくセクシーな男であることに気がついた。前歯についたイカ墨までもが、彼がそんじょそこらの好青年とはひと味もふた味も違う重厚な大人の男であることを証しているかのように思えた。前歯のイカ墨までもが——。

だからって、寝ることはなかったのだ。

職場の男と関係なんて持つものじゃない。エドに誘われて彼のマンションへとタクシーを走らせる道すがらも、モノトーンで統一された寝室のベッドでシャワーを浴びるエドを待つあいだも、里佳の持論は微塵も揺らぐことがなかったし、ほろ酔い加減ながらも芯のところでは覚醒していた。こんなことはするべきじゃない。損をするのは女なのだ、と。

なのに、抗《あらが》えなかった。もしかしたらそれは二人で四本空けたワインのせいかもしれないし、三年前に恋人と別れて以来抱かれることのなかった体の渇きによるものかもしれない。どちらにしても里佳は裸でエドと交わり、かつてないほどに激しいエクスタシーを得た。

エドはひどく飢えていた。あまさず全部を貪《むさぼ》るように里佳を求めた。幾度も。はてることのない欲望は里佳をひるませ、骨まで食らわれそうな恐怖心さえも呼びおこしたが、その全身の骨が、肉が、細胞の一つ一つがエドの洗礼を受けてなにやら別の骨や肉や細胞のごとく生まれかわっていく感覚に、ふと気がつくとえも言われぬ快感を覚えていた。

エドのセックスは特異だった。エドを知る以前の里佳にとって、セックスとは心地良い泉での戯れにすぎなかった。が、エドとのそれは猛《たけ》り狂う荒波との格闘だった。幾度となしに求められ、幾度となしに達し、それでもなおかつ飢えた目をしたエドと見つめあっているだけで、里佳の深部にはまた熱い波のうねりがよせてくるのだ。

「参ったな。やればやるほど、もっと欲しくなる。君の体、一体どうなってるんだよ」

「それはこっちが聞きたいわ」

双方ともに驚嘆させたこの体の相性は、二人が関係を重ね、ついには結婚に至ってからも衰えることはなかった。むしろますます発展したといっても過言ではなく、里佳はエドが地球の裏側にいるようなときでさえ、ポストに彼からのこんな手紙を見つけたものだった。

『この国のポストは屑入れ同然だから、バンコクに出張する同僚にこの手紙を託すよ。

さて、僕の奥さんは元気にしているかな？

東京事務所の皆はどうしてる？

こっちの状況はジュネーブ本部を通じて伝わってると思うけど、あいかわらずひどいものだよ。隣国の紛争はまったく収まる気配がなく、増設したてのキャンプには今日も二百人の新たな難民が到着した。この国の政府はこれ以上の受け入れを渋ってるし、地元住民は我々の保護する難民が自分たちよりも良い暮らしをしていることにすっかり腹を立ててるし、難民からはいつ母国に帰れるんだって毎日泣きつかれるし……まあ、いつものことだな。

粘り強く待てばいつか物事は好転すると信じてるけど、信じても報われないことがないわけじゃない。重度の栄養失調を意味するリストバンドを腕にした子供が日に日に増えていくのを見ると、本当に気が滅入るよ。絶望の文字が頭にへばりついて離れないときには、君のことを考えることにしている。君の完璧なふくらはぎ。そして、君とのセックス。忘れることなどとうてい不可能な夜を一部始終、つぶさに思い起こしていく。すると不思議なことに、ありとあらゆる技巧と精力を総動員して励みに励んだつもりのセックスにも、必ずどこかしら落ち度が見えてくるんだ。あそこはもっとああすればよかった、あそこはこうすべきだった、ってね。人間のやることに完全はない。どんな物事にも改善の余地はある。そう、このキャンプにだってまだなにかしら僕のやるべきことがあるんだ——と、まあ、こんな具合にパワーがよみがえってくるわけだ（君が僕のポジティブな劣情をこばかにしないことを祈っている）。

ともあれ、年末には一時帰国ができそうだよ。昨日は隣村のキャンプでユニセフの職員が民兵に襲われて腕を折ったけど、僕は無傷で君と熱い再会の抱擁を交わすことを誓う。

君のふくらはぎとセックスの神にかけて！』

生命の危険ととなりあわせのストレスフルな環境のもとでは、どうやら一種の「不謹慎さ」が精神のガス抜きとして機能するらしい。

しかし、エドの忍ばせたユーモアが里佳にも機能し、ひとときの微笑みをもたらしてくれたのは、結婚して間もないうちだけだった。

戦場さながらの危険地域に夫を送りだす不安。怪我や病気、あるいは死の知らせがいつ舞いこむやもしれない恐怖。待ちに待った一時帰国の日が訪れても、彼はまたすぐに電話すら通じない辺境へと旅立ってしまう。つぎに再会できるのはいつ？　里佳が訊くよりも早くエドは笑う。一年後には会えるさ。いや、わからない。また新たな紛争が起これぱそれさえも数多《あまた》の不確定事項の中へ押しやられてしまう。

覚悟はしていたつもりでも、フィールドに身を置くＵＮＨＣＲ職員の妻という境遇は、想像以上に里佳を疲弊させた。

いや、本当は覚悟などしていなかったのかもしれない。私はなんの心構えもなく、ただ枝豆豆腐を食べつづけたのと同種の意地と勢いだけで彼の妻になってしまったのだ——と、里佳がこの結婚を悔やみはじめるのには三年とかからなかった。

そもそも、些細な痴話喧嘩に端を発した結婚だった。

二人が関係を重ねてほぼ一年の経ったある日、なにかの折にエドがふと別れた妻のことを口にし、里佳がそれを憤然と聞きとがめたのだ。

「なんですって？　私、あなたが結婚してたなんて聞いたことないわよ」

「話す機会がなかっただけだよ。隠してたわけじゃない。だいたい、もうずいぶんと昔の話だし、四十すぎて離婚歴がたったの一回なんて、アメリカ人としてはごくごくまっとうだよ」

「てっきり独身主義者だと思ってたのに……。あなたが過去に誰かの夫としてまかりとおっていたなんて、信じられない。ペテンにあった気分だわ」

里佳を憤らせたのは先妻の存在ではなく、それを彼が胸に秘めていたことでもなかった。エドが結婚していた。夫として家庭を築いていた。それがあまりにも彼のイメージとかけはなれていたため、なにやら痛烈な裏切りにあった思いがしたのだ。

「彼女がそれを望んだんだよ」

エドは里佳の剣幕をなかば愉快そうにながめながらも、口では彼女を鎮めようとした。

「なんせ僕は一年のうち三百四十日は電話もつながらないところにいるだろう。一時帰国のたびに彼女とどれほど濃密な時間をすごしても、僕がまた任地へと旅立った瞬間、他人にもどる気がするって言うんだよ。まったく本物の赤の他人に、さ。あるとき、ついに二者択一を迫られたんだ。このまま永遠に他人になるか、あるいは夫婦になるか、どちらか一方を選んでくれって」

「で、夫婦を選んだってわけ？　ずいぶんと極端な話ね」

「恋愛は女を極端にするんだよ。それに彼女は知らなかったんだ、夫婦も他人であることを」

「どういう意味？」

「夫婦は一心同体であるべきだと彼女は思ってたんだろうな。結婚したとたん、彼女は僕を危険地域に送りだすのをそれまで以上にいやがるようになった。僕のことで思いつめ、カウンセリングにまで通いはじめた。あるとき、そんな彼女を慰める職場の同僚ってのが現れて、二人はあっというまに良い仲になったってわけだ。よくある話だよ」

その当時スーダンに赴任していた彼は、彼女に一言「メリークリスマス」を言いたいがために衛星電話を求めて車を走らせ、その途中、武装集団に襲われそうになりながらも這々《ほうほう》の体《てい》で町中のUNHCR事務所にたどりついたのだが、彼が電話口でささやいた「メリークリスマス」に対して返ってきたのは、火のついたような泣き声だった。

「どうしたんだよ、ハニー。まるでベイビーみたいな泣きっぷりじゃないか」

「ベイビーよ、エド。先月、私が産んだの」

「いや、でも、僕たちはかれこれ一年と五ヶ月は会ってないはずだけど」

「ええ、つまりはそういうこと。ベイビーのパパと代わってもいい？」

そんなやりとりをエドはおもしろおかしく笑いながら話してきかせたが、里佳にはなにがおもしろいのかわからなかった。

国連職員、とくにフィールド活動を重視する機関の専門職員は概して離婚率が高い。一年の大方を離れて暮らすのみならず、任地の多くが電話も通じなければ手紙もろくに届かない辺境にある。燃えたぎる情熱も、染みわたる愛情も、この世から消えてなくなったも同然の圧倒的な不在の前には術《すべ》なく敗れ去っていく。

それを承知で里佳が「ねえ、もう一度、選んでみない？」とエドに持ちかけた心の底には、少なからぬ意地とチャレンジ精神があった。

「あと何ヶ月かすればあなたはまたフィールド勤務にもどるんでしょう。その前に、私と他人になって日本を去るのか、夫婦になって去るのか、選んでほしいの」

先妻に対する意地ではない。「夫婦も他人だ」と、先ほどエドがきっぱり口にした一言に里佳はこだわっていた。

エドにはそういうところがある。どんなに激しく交わっても、毎日のように愛をささやきあっても、どこか本質のところで他人を切り離しているような、一番生身のやわらかい部分は誰にも触れさせないような。

先妻とは他人のままで別れたのなら、自分こそは本物の夫婦になりたい。エドの殻を溶かしてその内側に入りたい。そんな意地が里佳を結婚へと逸《はや》らせたのだ。

と同時に、同じ職場の男と寝てしまった以上、たんなる恋人として彼の一時帰国を待つよりも、この際、妻という特等席に安座したいとの計算も里佳にはあった。

職場の男女関係が発覚した際に割を食うのは、つねに女の側だ。しかし、それが結婚というタイトルを伴ったとき、女は晴れやかな勝者となる。国際公務員同士の結婚はままある話だし、専門職員のエドは一般職員の里佳よりも遥かに年俸も高い。海外生活の長かった里佳の両親は娘から外国人のボーイフレンドを紹介されることにも慣れているため、エドさえその気になれば障害はなにもないはずだった。

そして、エドはその気になった。

「他人になるのは忍びないから結婚しよう」

ザイール（現コンゴ民主共和国）への赴任が決まったエドからその選択を告げられたとき、里佳は心で「勝った」と叫んだ。私はうまくやった。断じて損はしなかったのだ、と。

脳をやられていたとしか思えない当時の愚考をかえりみるにつけ、結局のところ自分も恋する女の例に漏れず、我を失うほど一人の男に執着してしまったのだと里佳は苦笑を禁じ得ない。

結婚さえすればエドと幸福に暮らしていけるなんて、なぜ思ったのだろう？

多少の客観性さえ失わずにいれば、二人の結婚がエドの一度目の結婚と同じ過程をたどるのは目に見えていたはずなのに。

そして、ついには同じ終焉《しゅうえん》を迎えることも。

約束の十二時半を五分ほどすぎて里佳が〈鉄門〉の鉄扉をくぐったとき、時間に厳格なリンダはすでに奥のテーブル席でメニューを広げていた。青山通りから少し入ったところにあるこの店は、価格設定が高めのせいか昼間はあまり客がいない。

「遅れてすみません。あの、これ……」

リンダの向かいに腰をおろした里佳は、言い訳でもするように資料のファイルをさしだした。外務省に提出する緊急支援要請用の資料だが、結局、一度だけざっと目を通し、シエラレオネの案件を新たに加えるだけのことで午前中のほとんどを費やしてしまった。

「お疲れさま」

リンダはファイルの中身を点検せずにそのままバッグへ収めた。ひとりになってから入念にチェックを入れるタイプだ。

「で、お肉はどうする？　一頭でも二頭でも、好きなだけ食べてちょうだいね」

「お気持ちは嬉しいけど、このレディースランチというので十分です」

「あら、そう？　私はこのアイアンスタイルっていうのにしようかしら、なにがアイアンなんだかわからないけど」

プライベートな食事中は仕事の話をせずに会話を楽しむのがリンダのやり方だ。が、ここ二週間はさすがにそんなことも言っていられない。肉が焼きあがるのを待つあいだ、二人は目下進行中のイラク戦争について情報を交換し、イラク国内にまだ残る「人間の盾」や、ヨルダンへと避難したソマリア難民の安否を案じあった。つい先日、コンゴで千人の死者を出した部族間対立も心配事の一つだし、中国や香港で猛威をふるうＳＡＲＳにしても、いつ国連職員に被害がふりかからないともかぎらない。

暗い話題の応酬に口を重くしながらも、運ばれてきたステーキは二人とも付けあわせの野菜一つ残さずに平らげた。食事が喉に通らないほど参っていると思われるのは里佳にしても本意ではなかったし、なにより、エドは食べ残しをひどくいやがった。

「ところで」

と、リンダがようやく本題に入ったのは、二人が食後のコーヒーを前にしてからだ。

「私はそろそろあなたが深い悲しみの底から這いあがってくると信じてるけど、率直なところ、どうなのかしら。エドの死が里佳にとって耐えがたい現実であるのはわかってるわ。でも、このままだと今度は私があなたを失いそうで、怖いのよ」

三ヶ月間の猶予をくれた上、なおも直截《ちょくせつ》な非難を口にしないリンダに、里佳はただ恥じて目を伏せるしかなかった。

「ごめんなさい。まったくどうかしてるって、自分でも思うんです。なのに、どうにもならなくて……。一体どうすれば以前の自分をとりもどせるのか見当もつかないの。このままじゃあなたの足を引っ張るばかりだし、事務所のみんなにも迷惑をかけつづけてしまう。だからリンダ、あなたが決定を下したときには、心して従うわ」

「いいえ。決定を下すのは私ではなく、あなた自身よ」

解雇の宣告をなかば期待していた里佳に、リンダは意外な言葉を突きつけた。

「ねえ里佳、冷静に聞いてほしいんだけど、あなたに一つ提案があるの」

「提案？」

「荒療治を受けて立つ気はないかしら」

　里佳は身構えた。

「と言いますと？」

「アフガンでエドを失ったばかりのあなたにこんな話は酷かもしれないけど、あえて言うわよ。里佳、アフガンへ行かない？」

「アフガンへ？」

「西部のヘラートに空きポストがあるのよ。そこの所長とはかつてボスニアの地獄をともにかいくぐった仲だから、あなたさえその気なら、私から強力にプッシュできるわ。もちろん、その前にＪＰＯの試験をパスする必要があるし、形式的に二年間は研修員として赴任してもらうけど、里佳、あなたなら即戦力になると私は彼に誓ってもいい」

「ちょっと待ってください」

「三度目よ、里佳。これまでも二度、私はあなたにフィールド勤務を勧めたわよね。二度ともあなたはためらった。なぜかはわからない。一般職員の中には家族や健康の問題でフィールドへ出たくても出られない人だっているし、あなたにもあなたの事情があるのでしょう。でも、今回ばかりは前向きに考えてみるべきだと思うの。このまま東京でエドの死を引きずりつづけるあなたを、正直、見たくないのよ」

「リンダ、待って……」

「フィールドにはなにもないわ。おいしいステーキもおしゃれな服も疲れを癒すバスタブもない。

そして理不尽な死だけが豊富にある。圧倒的な死。あなたはすぐにエドの死をごく普通のことみたいに受けとめるようになるでしょうよ」

「それが荒療治だと？」

「難民たちのほとんどが家族を失っているのよ。彼らはあなたに教えてくれるでしょう、泣くよりもほかにやるべきことがあると」

里佳はテーブルの上で組みあわせた手を力ませた。右手の爪が左手の肉をえぐり、左手の爪が右手の甲を嚙む。職場で泣いたことなど誓って一度もないのに、リンダは見抜いているのだ。仕事を終えてマンションにもどった瞬間から里佳が夜な夜な涙に暮れていることを。

「お心遣いには感謝します。でも、私は現地採用の一般職員です。これまで十年間、東京から出たことのない私が、今さらフィールドへ行っても……」

「三年前にあなたを広報部へ引っ張ってから、私は自分のスキルのすべてを伝授したつもりよ。国連的な文書の書きかた一つをとってみても、専門職員として十分に通用するやり方を教えこんできたわ。卑下が辞退の理由になるとは思わないでちょうだい」

里佳は両手を組みかえてうつむいた。そうだ、リンダはすばらしい上司だった。一般職員をただの雑役としてしか見ていない専門職員もいる中で、彼女は里佳にあらゆる仕事を経験させてくれた。国際公務員の威光に惹かれてＵＮＨＣＲへ入った里佳に、難民問題の抱える影の深さを知らしめてくれたのがエドならば、仕事への熱意とやり甲斐をもたらしてくれたのはこのリンダだ。その期待に背を向けるのは罪作りでもある。が、しかし——。

「里佳、ためらっているのね」

「はい」

「なぜ？」

「……」

「前から疑問に思っていたの。エドもあなたがフィールドへ出ることを望んでいたのではないの？」

急所を突かれた里佳の爪が再び自らのやわらかな皮膚を掻《か》く。

「ええ、エドはもちろんそれを望んでいました」

「でしょうね」

「けれど私は抵抗した。フィールドを、敵のように思っていたから」

「敵？」

「私から、エドを連れ去る敵のように」

黒目がちなリンダの瞳は瞬きもせずに里佳を見据えている。物資輸送の要路を封鎖すると支援国の反政府組織に脅されたときでさえ、彼女は顔色を変えたりはしないのだ。先に目をそらしたのはもちろん里佳のほうで、リンダはそれ以上、部下を追いつめようとはしなかった。

「来週中に返事をちょうだい」

リンダは軽やかに伝票をつかんで立ちあがり、里佳も冷めたコーヒーを残してそのあとに続いた。店を出ると四月の外気はまだ肌寒く、春というよりも琥珀《こはく》がかった秋に目の前を覆われている気がする。一筋の風が音を立てて耳元を吹きぬけていくと、里佳は足を止め、そのあとを追うように大きく体をそらして空を仰ぎ見た。

風。風に舞いあがるビニールシート。私には見えない——。


新婚生活はまるで旋風のようだった。二十五日。これが里佳とエドの送った新婚時代のすべてだ。東京事務所での勤務を終えたエドは二十六日目の朝にザイールへ向けて旅立ち、里佳もこのときは笑顔で彼を見送った。もともとエドのフィールド復帰が呼び水となった結婚だし、婚姻届を提出してからの二十五日間、勲章の一つも捧げたいほどの奮闘を彼がベッド上でくりひろげてくれたことにも至極満足していた。

夫の不在にじめじめするような二十代の若妻というわけでもない。日々の仕事を終えてひとりの時間が訪れると、里佳はなにかしら自分のすべきことを見出そうとした。妻としてすべきこと。夫の留守中にもできることはある。そうだ、まずは新しい城づくりだ。

二人の新居は白金台の外苑西通り沿いにあり、そこは以前からエドが一人暮らしをしていたマンションの一室だった。二人で暮らすにも十分なスペースがあるため、里佳が荷物とともに転がりこんできたのだ。エドはもともと必要最小限のものしか置かず、ここはビジネスホテルだと言われても納得できるほど生活臭の希薄な部屋だったから、里佳の家具や私物で空隙を埋めても尚、そこにはまだどこかしらすかすかとした印象が残っていた。

まずはこのリビングからはじめよう。吹きさらしのフィールドからもどったエドが心からくつろげる、温かい、家庭的な城づくりから。

　里佳はカーテンを寒色から暖色のものに替えた。フローリングの床に絨毯を敷き、テーブルにはランチョンマットを、椅子にはクッションをあしらった。キッチンには銅鍋セットを導入し、バスルームにはガラスの小瓶に詰めた色とりどりの入浴剤を並べた。バルコニーではハーブとトマトと赤唐辛子を育てた。できればころころとした犬や猫でも飼いたいところだったが、これぱかりはエドの同意が必要と思いとどまった。

　約一年ぶりの一時帰国が叶った夜、すっかり様変わりした部屋の扉を開いたエドの、矛盾と混乱に満ちた態度を里佳は永遠に忘れないだろう。

「すごいな、まるで別人の部屋だよ」

「君にこんな才能があったとは驚きだ」

「まるでインテリア誌にでも登場しそうじゃないか」

「この部屋になら誰を招いても恥ずかしくない」

　エドはリビングの戸口でわめきたて、テーブルに手のこんだ料理を並べる里佳に惜しみない喝采を送った。それでいて、彼の足はなかなかリビングの敷居を跨《また》ごうとはしないのだった。たいしたものだ。驚きだ。素敵だ。信じがたい。動かすのはもっぱら口ばかりだが、讃美の語彙もやがては底をつく。徐々に勢いをなくしたエドの声がついにとぎれると、その場にはしらじらとした沈黙が立ちこめた。

「エド、料理が冷めてしまうわよ」

里佳の声に力なくうなずき、やわらかい絨毯にそろりと踏みだしたエドの足取りは、まるで裸足で地雷原を行く子供のそれのように頼りなげだった。

すべてが彼を警戒させた。ベネチアンレースのランチョンマットが。里佳の手製のクッションが。食卓で湯気を立てる料理の数々が。エドはそれを露骨に出さぬよう用心しながらも、いつもと同じ軽快な会話の中で巧妙に、そして着実に彼にとっての不穏因子を遠ざけていった。

「見れば見るほど趣味のいいランチョンマットだな。染みでもつけたらもったいないから、僕のはこっちによけておくよ」

「このクッション、最高にやわらかくて肌触りもいいけど、いつもかたい椅子にばかり座ってる僕の尻には上質すぎるみたいだ」

「里佳、君がこんなにも料理上手だったなんて、嬉しい驚きだよ。でも、君にだって仕事があるんだから、無理をすることはないんだよ。僕の食事なんて弁当やケータリングでも十分だし、二人でちょっとそこまで飲みに行ってもいいんだし」

本来ならば人に安らぎを与えるはずのすべてが、逆に彼を脅《おびや》かす。新婚一年目にしてそれを悟った妻は、一体どうすればいいのだろう？　里佳にできるのは動揺をひた隠し、表面的には普段同様の会話を続けるエドに必死で調子を合わせるだけだった。

私はなにか大きな思い違いをしていたのだろうか？

「よかった、ベッドはもとのままか」

その夜、寝室の明かりを灯したエドがぼそっとつぶやいたとき、里佳は初めて彼の本音に触れた安堵で泣きたくなったほどだった。

「もしも天蓋つきのベッドにでも入れ替わってたら、僕は新婚一年目にして深刻な不能に陥るところだったよ」

里佳がベッドに手を出さなかったのは、彼との夜を薄めたくなかったからだ。エドの余韻をそのまま封じこめておきたかったのだ。

その夜、二人は一年ぶりに激しく貪りあった。エドはフィールド勤務の疲れを感じさせない高ぶりを見せ、里佳も大胆な情熱でそれに応えた。二人は改めて自分たちの比類なき相性を再認識した。

と同時に、里佳はその夜、二人の肌と肌が触れあっているうちは夫が決して眠りに落ちない、という事実をひとり静かに確信した。

とりとめのない睦言《むつごと》のあとで眠りにさらわれる寸前、エドはいつも里佳とのあいだに一定の距離を刻むのだ。


それでも最初の二、三年は里佳も負けじと悪あがきを試みた。リビングにこそあれ以上の手は加えなかったものの、結婚生活のもたらすなにかしら「よきもの」をエドに伝えようと腐心し、挑戦しつづけた。

人間の本質は容易には変わらない。が、年月が人間を変える例も皆無ではない。いつかフィールドから疲れきって帰還したエドが、「かつて感じたことのないこのくつろいだ気分はなんだろう」「鬱陶しさの中にもきらりと光るこの底知れぬ温かみは？」などと突然、開眼しないともかぎらない。

元来、負けず嫌いの里佳はその日を夢見て料理の腕を磨き、バルコニーで育てる野菜の種類を増やした。台所には七面鳥を丸ごと焼ける巨大なオーブンを増設し、納戸には自家製ベーコン用の燻《いぶ》し器やら自動パン焼き器やらファミリー流しそうめんセットやらの秘密兵器を忍ばせた。エドの一時帰国のたびに大量の写真を撮影し、まるで三百六十五日をともにしているかのように二人のアルバムを華やげた。家庭のありがたみはいざというときにこそ発揮できるのだと、救急セットや緊急避難グッズのメンテナンスにも手を抜かなかった。

そんな里佳をいぶかしげに、時には薄気味悪そうにながめながらも、エドは表立った抵抗をすることはなかった。どうせ日本ですごす十日たらずの辛抱と考えている節もあったが、彼は彼なりに里佳の奮闘を容認しようと努めているようにも見えた。もしくは、結婚生活というものを容認しようと努めているように。

しかし、結婚三年半を迎えていたある日——正確には赴任先から三度目の一時帰国をした夜、里佳から贈られた手縫いのパジャマを着てベッドに入ったエドは、朝、目覚めるまでのあいだになんらかの内的変化を起こしていたようだ。

「前々から考えてたんだけど……」

朝食の最中、ちょっとした提案という軽さを装いつつ、エドがひどく緊張した瞳で切りだしたときのことを、里佳はビデオにでも録画したようにくっきりと憶えている。もしも実際に録画していたとしたら、タイトルは『攻守交代』だ。これまで守る一方だったエドが、初めて攻めにまわったのだ。

「里佳、君のその……なんていうか、いろんなバイタリティをこの日本国内で遊ばせておくのはもったいないと思うんだ。僕は正直、君がこんなにもまめな奥さんになってくれるなんて想像もしてなかったよ。むしろ外で活躍するイメージがあったし、今だってそのほうが君にふさわしいと思ってる。君の飽くなき挑戦心、粘り、それにその負けん気の強さ……家の中じゃとうてい、発散しきれないよ。そこで考えたんだけど、君もこの際、フィールド勤務を志願してみたらどうだろう」

「私がフィールドへ？　冗談はやめて」

里佳の耳には文字通り、タチの悪い冗談としか聞こえなかった。

「私は一般職員よ。このふくらはぎを見そめたあなたが面接で採ったのよ」

「君のふくらはぎなら世界中のどこでも通用するさ。もちろん仕事の能力や英語力、それにそのバイタリティもね。本当さ、君ならＪＰＯとして十分にやっていけるし、二年後には必ず正規の専門職員に昇格してるはずだ。そりゃあフィールドに出ればいろんなことがあるけど、それはきっと君をもっとタフで豊かな人間にしてくれるよ」

エドが本気であることを悟った里佳はしばし絶句し、それからにわかにいきりたった。

「なにを言ってるのよ、エド。私までがフィールドに出たら、私たちはますます遠のいてしまうのよ。二人そろって通信手段もない国にいて、一体どうやって連絡をとりあうの？　二人の休暇がうまいこと重なる見込みなんてある？　今のままなら少なくともあなたは一時帰国のたびに私のもとへ帰ってこられるし、私はこの部屋であなたを待っていられるわ」
「待つことはないんだよ、里佳。君には君の人生がある」
「そしてあなたにはあなたの人生が？　違うわ、エド。夫婦は一つの人生をともに全うするものよ」

話が嚙みあうわけはなかった。里佳はエドを家庭のぬるま湯にひたそうと躍起になり、エドはその家庭から里佳を冷たい外気のもとへ引きずりだそうと勇んでいたのだから。

その日以来、エドはなにかというとフィールド勤務の話を蒸しかえし、里佳も里佳でそれをはねかえし、二人はまるで綱引きのように相手を自分の陣地へと引っ張りあった。そして毎回、勝負がつく前にどちらもへとへとになって、もしくは面倒になって停戦ラインのベッド上に崩れおちるのだ。

二人の夜をうるおす完璧な調和がなぜ日常生活においては通用しないのか？　ベッドの上では二人とも向こうみずな勇者でいられるのに、夜が終われば落ち武者のようにそろって肩を落とし、ままならない明日を迎えることになる。

エドの一時帰国など長くて十日、短ければ五日にも満たなかったから、結局、二人の綱引き合戦はどっちつかずのまま次回へと持ちこされて終わるのだった。

次回——早くても一年後に。

一度だけ、里佳は任地へもどる夫に長い手紙を渡したことがあった。彼への思い。日々の不安と葛藤。ささやかな願い。便箋何枚にもわたって里佳は思いのたけを切々としたため、最後にこう結んだ。

『お願い、エド。私にもあなたの本音を、裸の心をぶつけてちょうだい。あなたは本当に私を家族として認めてくれているのかしら？』

当時エチオピアにいたエドから返事とおぼしき一枚のカードが届いたのは、三ヶ月後のことだった。

『ハロー、奥さん。僕は今、東部の州都ジジガってところにいる。エチオピアの治安はあいかわらずひどい。今年は深刻な旱魃《かんばつ》にも見舞われた。僕らは水や食糧の緊急援助に奔走しながら、今も難民キャンプで暮らすソマリア難民の帰還をサポートしている。人手も足りなきゃ金もない。じり貧の支援活動だ。

わかってるよ。世界はもうとっくにソマリア難民のことなんて忘れてるんだ。でも彼らはまだここにいる。オーイ、オーイ、いるんだぞー、とぴょんぴょん跳ねながら全人類に手をふりたいくらいだよ。しかし僕には残念ながらたった二本の手しかない。風に舞いあがるビニールシートはあとを絶たないのに。

ともあれ、君の健康を毎晩祈っているよ。僕のことは心配いらない。君のふくらはぎとセックスの神にかけて、また無事に君と再会することを誓うよ。

最高に淫《みだ》らな愛をこめて　エド』

里佳は何度もこの文面を読みかえし、そこに自分の手紙への返答を見出そうとした。冒頭の

「ハロー、奥さん」に里佳を家族として認知する決意がこめられているのではないかと穿《うが》ってみたりもした。けれども最後には理性が冷静な判断を下したのだった。彼はそれどころではないのだ、と。

良いことを一つ。何事にもなにかしらの良い面がある。

エドとの結婚は里佳に人生の複雑さを知らしめてくれた。この結婚が自分にとって得だったのか損だったのか、もはや里佳はそんな単純な尺度で物事を考えられなくなっていた。人生には得も損も落ちていない不毛な荒野をひた歩くしかないときもある。たったひとりで。行方すらわからずに。

皮肉にも、年に何度か顔を合わせる大学時代の友人たちは皆、里佳が勝ち組との結婚に成功し、「大いに得をした」と見なしているようだった。世界中を飛びまわる国連職員の妻なんて素敵。国際結婚なんて恰好いい。白金台のマンションなんてうらやましい。旦那が年中留守なんて最高。よってたかって里佳を祭りあげようとする彼らの中には、国連職員が日本の総理大臣よりも高給取りであると信じこんでいる輩までいた。

やめてよ。ねえ、考えてもみてよ。自分の夫が爆音の絶えない危険地域にいるのよ。いつ怪我をしても病気になってもおかしくないのよ。誘拐でもされたらあなた、どうかテロに屈することなく……なんて公の場で言える？　世界の秩序より夫の命を重んじずにいられる？　毎日毎日、こんなことばかり考えてるの。どうにかなりそう。いつまで正気でいられるかわからないわ。しかも、ねえ、誓って言うけど、この地球から難民がいなくならないかぎり、エドは絶対に今の仕事をやめたりはしないのよ。そしてこれも誓えるけど、世界が今のまま機能しつづけるかぎり、難民は決してこの地球上からいなくならないの。

里佳の真剣な抗弁は、しかし、「またあ」「そんなぁ」「謙遜しちゃってえ」等々の語尾のぼやけた声にさえぎられ、話題は再び白金台のマンションや高給の話へと引きもどされていく。

そうか、彼らはエドの深刻な任務など知りたいわけではないのだ。かつての自分がそうであったように、ただ景気のいい話をして盛りあがりたいだけなのだ。難解で重苦しい現実は見て見ぬふりをされる、それもこの世界の機能の一部ではないか。

遅まきながらそれに気づいた瞬間、酒と料理と発作みたいな笑いの飛びかう宴の席で、里佳はエドがたまらなく恋しく、いとおしくなった。得も損も落ちていない不毛な荒野をひた歩いているのはエドのほうかもしれない。恐らくひどく孤独で。それでも開拓の意志は捨てずに。

今度会ったときには全力で抱きしめ、温めてあげたい。疲れた体を癒して、乾いた心をうるおして、家庭のぬくもりで彼を包みこみたい。

でも――と、そこまで考えて里佳は広げた両腕を宙にむなしく泳がせることになる。

問題は、そのぬくもりがエドを逆に追いつめることなのだ、と。

里佳がエドを二人の城へ引っ張りこむことを断念し、エドが里佳を二人の城から引っ張りだすことを断念してからも尚、二人の結婚が七年目を迎えるまで続いたのは奇跡的とも言える。

結局のところ、二人は離婚という結論に至るのに必要な時間さえも欠いていたのだ。一、二年に一度、彼らがともにするわずか数日のあいだでは、二人の齟齬《そご》や亀裂が目についても、それを突きつめるまでには至らない。かぎられた時間ならばあえて波風を立てるより、片目を閉じてでも平和にすごすほうを選んでしまう。

時間さえあれば……と、だからこそ里佳は絶えず思っていた。時間さえあれば無防備に喧嘩もできる。時間さえあればその後の和解もできる。時間さえあればそうやって徐々に夫婦の絆をかためていけるのに、と。

ザイールからエチオピアへ、エチオピアからコソボへと異動を重ねていたエドがつぎなる勤務希望地を検討しはじめた頃、その候補に東京も加えてほしいと申し出たのも、そんな一念からだった。結果的には、その申し出が良くも悪しくも停滞していた二人の関係を動かす起爆剤となった。

結婚七年目の夏だった。コソボから一時帰国をしたエドにはめずらしく二週間もの長い休暇が待っていた。その夏、米大統領が予定していたひと月の休暇を米国民から「長すぎる」と批判され、やむなく三日間だけ短縮する、という珍騒動が起きていたため、里佳とエドはその二週間を「ブッシュの恩恵かもしれない」と皮肉ったものの、ともあれ、休暇は長いにこしたことはない。

里佳もエドの帰国に合わせて一週間の夏休みを申請し、二人は旅行を計画した。結婚七年目にして初めての夫婦旅行。どちらもそれを良いアイディアとしてとんとん拍子に話を進めたものの、空気の停滞した二人きりの城で二週間も顔を突きあわせることへの気後れがその裏にひそんでいることへは目を向けなかった。

旅先を決めたのはエドだった。熱川温泉へ行きたい、と前々から里佳に根回しをしていたのだ。一週間もあればもう少し気のきいた旅ができそうなものだが、エドはどうしても熱川のバナナワニ園に行きたいと言う。爬虫類に目がないのだ。旅の趣旨はエドの骨休めだから、里佳もあえて反対はしなかった。

二人は熱川の海に近い温泉ホテルを予約し、長年つれそった夫婦のように踊り子号へ乗りこんだ。最初の夜は妙にはしゃいで酒盛りと入浴をくりかえし、ふらふらになってセックスもせずにばたんと寝入ってしまった。

二日目は朝からエド念願のバナナワニ園へ直行した。エドはそこに期待以上のワニを見たらしく、「僕は閉園ぎりぎりまでここにいるぞ」と真顔で宣言し、里佳は「どうぞ」と承知した。いいわよ、じゃあ私はバナナのほうを見てるから。実際、二人は朝食も昼食も三時のおやつも園内の喫茶店でとり、ウエイトレスの女の子を驚かせた。

三日目はレンタカーを手配し、熱川から約三十分の白浜ビーチへくりだした。海水浴のハイシーズンはすぎたとはいえ、そこにはまだ大勢の若者たちがつめよせ、去りゆく夏をにぎやかに惜しんでいた。里佳とエドは浜辺でビールを飲み、波間で戯れ、パラソルの下で昼寝をした。潮風に吹かれながらのキスはとても自然で、まるでいつも一緒にいる夫婦みたいだと里佳を有頂天にさせた。やけどしそうなほどにすべてが眩しい真夏日だった。

だからその夜、ホテルのバーで食後のカルバドスを舐《な》めながら、里佳は勢いにまかせて例の話を口にしたのだった。閉園までバナナワニ園にいたいと言ったエドと同じくらいの無邪気さで。

「ねえ、エド。そろそろつぎの勤務希望地を考える時期でしょう。できれば私、あなたにまたしばらく日本に留まってほしいの。UNHCRの東京事務所が次期所長を募集しているのを知ってる？　あなたのキャリアと人望があれば、所長の椅子だって難しくないわよね」

ひと息に言いきった里佳は、返事をためらうエドのこわばった瞳をのぞきこみ、自分がこの旅をだいなしにしてしまったことを瞬時に理解した。

「僕が東京事務所の所長に？」

エドは困惑を隠さなかった。いらだちすらもその目は宿していた。

「待ってくれ。さっぱりわけがわからないよ。なんだって急にそんな、突拍子もないことを？」

「以前から考えていたの。昨日や今日の思いつきじゃないわ」

「僕にはまったくそんな発想はなかったよ。僕が東京事務所の所長？　東京事務所の所長……東京事務所の……」

忌まわしい呪文のように唱えているうちに、エドはようやく持ち前の技を思いだしたらしい。何事も軽い冗談として受けながすやり方を。

「考えてごらんよ、里佳。僕が所長になったら、東京事務所はあっという間にもぬけの殻になってしまうさ。君だって三日と持たずに逃げだしていくはずだ。なんたって僕は先進国の流儀を知らないフィールドの荒くれ者だからさ」

里佳はまともにとりあわなかった。

「お願い、エド。まじめに考えて。私たち夫婦にはもっと共有の時間が必要だわ。ずっと日本にいてほしいと言ってるわけじゃないの。このつぎのクールだけ。どうせあなたはまたフィールドへもどるのでしょうし、私もそれを止めたりはしない。ただ、つぎの勤務地だけは……私たち夫婦にとっては今が大事な時期だと思うのよ」

「大事な時期？」

「たとえば、子供のこととか」

里佳は声を落とした。できれば子供の問題など持ちだしたくはなかったが、四十、五十になるまで胸に収めているわけにもいかない。

「女が子供を産める時期はかぎられているの。ちゃんと話しあったことがなかったけど、私の場合はあと五年がせいぜいだわ。産むなら今……そしてその場合は、少なくとも子供が自分の足で立ちあがれるようになるまでは、あなたにもそばにいてほしいのよ」

エドの顔から表情が消えた。日中の紫外線で真っ赤に焼けた肌さえもひどく青ざめて見えた。

「里佳、君は子供が欲しいのか？」

この愚問に心を乱した里佳はとっさに愚問を返した。

「あなたは欲しくないの？」

尋ねるまでもない問いであり、答えるまでもない問いだった。二人のあいだに立ちはだかっていた壁が、にわかに国境さながらの凶暴性を帯びるのを里佳は意識した。

「普通のことじゃないのかしら」

感情的にはなるまいと決めたそばから、自らの声がその決意を裏切ってうわずる。

「恋愛から結婚に進んだら、つぎは子供を作るのが当たり前だと思ってたわ、うちの両親みたいに。そりゃあうちの両親は海外生活が長いし、一見進んでるみたいに見えるかもしれないけど、家の中じゃすごく普通のたわいのない夫婦でね、悪いけど私も彼らの血を引いてるの。あなたは寝るときに私の肌がちょっとでもどこかに触れてるといやがるけど、私はうちの両親が仲良く手をつないで寝てる姿をずっと見てきたのよ、小さい頃から」

言いすぎた。エドの瞳のかげりから里佳はそれを見てとったものの、加速する口を止めることはできなかった。

「いいのよ、いいわよ、両親は両親だし、あなたはあなただから。夫婦はそれぞれ違うし、私たちは私たちなりの家庭を築いていきたいと私は思ってた。でも、あなたはそれさえも拒むのね。ランチョンマットや手作りのパジャマをさりげなくわきへどけるみたいに、あなたは私や私たちの子供も上手に避けてとおるのね。それがあなたを縛るから？」

「それだけじゃないんだ、里佳」

「あなたは怖いもの知らずの勇者でありたい。いつでもすべてを投げだしてフィールドへ飛んでいける身分でいたい。だから妻だとか家庭だとか子供だとか、そんなお荷物はまっぴらごめんなのよ。あなたが守らなきゃならないものも、あなたを守ろうとするものも」

「聞いてくれ、里佳。たしかにそれもあるかもしれない。でも、それだけじゃないんだ」

「ほかになにが？」

「ビニールシートが……」

「え？」

「風に舞いあがるビニールシートがあとを絶たないんだ」

夜、うなされたときのあの悲痛な声をエドがしぼりだすものだから、里佳は一瞬、本気で彼がどうにかなってしまったのかと思い、ぞっとした。が、しかしエドはよどみのない冴えた瞳でカルバドスのグラスを見つめている。このぼんやりとした温泉地の煤《すす》けたホテルの薄暗いバーの中で、誰よりも冴えた目をしている。

「もう君は聞き飽きたと思うけど、僕はいろんな国の難民キャンプで、ビニールシートみたいに軽々と吹きとばされていくものたちを見てきたんだ。人の命も、尊厳も、ささやかな幸福も、ビニールシートみたいに簡単に舞いあがり、もみくしゃになって飛ばされていくところを、さ。暴力的な風が吹いたとき、真っ先に飛ばされるのは弱い立場の人たちだ。老人や女性や子供、それに生まれて間もない赤ん坊たちだ。誰かが手をさしのべて助けなければならない。どれだけ手があっても足りないほどなんだ。だから僕は思うんだよ、自分の子供を育てる時間や労力があるのなら、すでに生まれた彼らのためにそれを捧げるべきだって。それが、富める者ばかりがますます富んでいくこの世界のシステムに加担してる僕らの責任だって」

「責任？」

「もしくは、贖罪《しよくざい》」

「………」

里佳はウエイターにもらったペリエで口を湿らせ、これ以上ないほどに深々と吐息した。

ほかになにができるだろう？

「ねえエド、あなたには私が血縁だとか、遺伝だとか、DNAだとかにこだわるエゴイストに見えるかもしれない。実際にそうよね。でも、なんと思われても私、あなたの子供が欲しいのよ。この世界にたった一人しかいないあなたの子供が……。これからも二人でUNHCRの仕事にできるかぎりの力をそそぎながら、一方で私たちの子供を育てることはできないのかしら」

「地球にはもう十分すぎるほどの人間がいるんだよ。十分すぎてとても救いきれないほどの命がひしめいていて、さらに増えつづける。空を真っ黒に塗りつぶすほどのビニールシートがつねに舞っているんだ」

「じゃあ、私たちのビニールシートは？　誰が支えてくれるの？」

里佳はついに叫んだ。抑えきれなかった。

「私たち夫婦のささやかな幸せだって、吹けば飛ぶようなものなんじゃないの？　あなたがフィールドにいるあいだ、私はひとりでそれに必死でしがみついているのよ。あなたはなにをしてくれたの？」

これを言ったらおしまいと胸に押しこめていた一言——。

エドの答えはその「おしまい」をより完全にしてくれるものだった。

「仮に飛ばされたって日本にいるかぎり、君は必ず安全などこかに着地できるよ。どんな風も君の命までは奪わない。生まれ育った家を焼かれて帰る場所を失うことも、目の前で家族を殺されることもない。好きなものを腹いっぱい食べて、温かいベッドで眠ることができる。それを、フィールドでは幸せと呼ぶんだ」

二人が離婚という結論に達したのはそれから三日後、旅行最後の夜だった。ホテルのプールで、レストランで、近くの海辺で、再び訪ねたバナナワニ園で、夜のベッドで、二人は幾度となしに話しあいを重ね、どうにか接点を見出そうと努めた。しかし、話せば話すほどに思いはすれちがい、とうてい埋まらない溝ばかりが露《あら》わになっていく。互いの求めるところの落差に驚き、傷つき、へとへとになった彼らにとって、離婚は逃げ道ではなく先へ進むための唯一の活路にほかならなかった。

意外だったのは、離婚を決意したとたん、失意の底にあった里佳の心が奇妙な浮上をしたことだ。これ以上悪化する見込みのない「最悪」がもたらす、ほのかな安らぎというものがある。もはや相手になにも望まなくていい。相手からなにかを望まれることもない——。

それはエドにしても同様だったのか、熱川から白金のマンションにもどってからの二日間、彼に残されたわずかな時間を二人はかつてないほど心健やかに共有した。意固地に引っ張りあっていた綱を手放し、ほうっと地面に腰をすえて、互いの健闘をねぎらいあったのだ。

エドがコソボへもどる前日にそろって役所へ赴き、離婚届を提出した直後でさえ、二人は敢闘賞でももらったかのように毅然として、帰りにシャンパンで乾杯した。価値観の不一致。離婚の理由を述べる欄にはそう記したけれど、それは二人の敗因ではなく、引きわけの証なのだ。

最後の夜は時間をかけてお行儀のいいセックスをした。ゆっくりと。静かに。そっと。他人にもどったことによる遠慮からではなく、性急に事を終えてしまうのを惜しんでのことだ。その「らしからぬ」求めかたがおかしくて、最中に何度も目を合わせて笑った。

「悲しいことじゃないいんだよ、里佳。法的には別れても、僕はこれからも君に手紙を書くし、ピンチのたびに君のふくらはぎを思いだして欲情するだろう。約束する。一時帰国のときもアメリカじゃなくて日本に帰ってくるよ。僕たちはまた一緒に食事ができるし、ひょっとしたらセックスもできる。運がよければバナナワニ園にだって行けるかもしれない。君への愛情は決して変わらない。愛情の種類は変わっていくかもしれないけど、そんなことで僕たちは悲しむべきじゃないんだ」

重ねあっていた体を離し、別々にベッドへ横たわってからも、二人はなかなか眠りにつこうとはしなかった。

彼らがようやく手に入れた傷だらけの平穏を、時計の針が刻々とすりへらしていく。

二人を包む空気が湿り気を帯びるたび、エドはバナナワニ園で買ったワニ人形を片手に「カナシクナイ、カナシクナイ」と下手な日本語の腹話術を披露し、里佳を笑わせようとした。

「本当だよ、里佳。僕たちは悲しみなんてそう簡単に受けいれるべきじゃない」

何度も同じささやきをくりかえしたエドがついに眠りにおちてからも、里佳は断じて瞼を閉じようとはせず、数時間前までは夫だった男の寝顔を見つめつづけた。瞬きをするのも惜しいほどにじっと、息をひそめて。冷房を弱めたせいか暑がりのエドは鼻の頭に汗を浮かせて、ときおり激しく寝返りを打つ。右へ転がり、左へ転がり、ついには薄手の布団を引きはがした。肩から下を露わにしたエドの姿に、里佳は小さく吹きだした。エドの左手がまだワニ人形を握りしめていたのだ。きっとこのままコソボまでつれていくのだろう。微笑みながらながめていた里佳は、急にふとした誘惑に駆られ、息を殺した。小さな、たわいのない誘惑——なのにどうしても抗えない。やがて里佳は意を決し、エドの指間からそっとワニ人形を引きぬいた。彼が起きないように慎重を期して。まるでなにかの真剣勝負のように。それから今度はさらに慎重に、空隙のできたエドの指間に自分の右手を忍ばせていった。おそるおそる、風船に針でも通すように。うまくいった。ぴったりと合わさった。思わず頰がゆるむ。どきどきしながらエドの寝顔をうかがう。彼は目覚めていない。布団をはがして涼しくなったのか、心地良さそうに寝息を立てている。五本の指を通してエドの体温が里佳に伝わってくる。肌が肌に溶けていく。どうかどうかこのまま、エドが朝まで眠ってくれますように。あの忌まわしい風も今日だけは彼を見逃してくれますように——。

安らかに閉ざした瞳をエドが再び開くまで、里佳はそれだけを一心に祈りつづけた。

空が白みだした頃に目覚めたエドはそんな里佳に気づいてきょとんとし、それから自分の左手に視線をすべらせた。そこにはまだ里佳の右手が握られていた。

里佳は多少ばつの悪い思いでいたずらっぽく微笑んでみせる。

「ワニだと思ったでしょう」

エドは無言で里佳の手を引きよせ、その指先にキスをした。恐らく今までで一番優しいキスを。

「いや、里佳だとわかってた」

その瞬間、里佳はエドと出会って以来最も大きな幸福に包まれ、声をあげて泣いた。


翌日、エドはコソボへもどった。

その十日後にアメリカで未曾有の同時多発テロが発生した。

さらにその半年後にエドから届いた一枚の葉書によって、里佳は彼がつぎなる赴任地にアフガニスタンを選んだことを知った。


「お待たせしました」

通信社との約束にはまたもや五分遅刻した。ざっとまとめた資料を抱えて里佳が一階の玄関ロビーへ赴くと、担当の記者はラックに常設されたUNHCRのニュースレターをぱらぱらとめくっていた。年の頃は里佳と同じくらいだろうか。交換した名刺には大手通信社の国際部記者とあり、今は主にアジアを担当しているとの説明を受けた。

「今日はアフガン問題についての取材とうかがっていますが、もういくつかほかの機関にもあたられたんですか?」

「ええ、ユニセフと国境なき医師団には現地で話をうかがってきました」

「現地?」

「先月、アフガンへ行ったんです」

「ああ……そうですか」

それなら話も早いだろう。

「どうぞ、部屋を用意していますので」

ＵＮハウスにはＵＮＨＣＲのほかにも国連児童基金《UNICEF》や国連開発計画《UNDP》など、多数の国連機関が同居している。里佳は受付の先にあるエレベーターに記者をうながし、国連大学図書館に隣接した二階の会議室へ案内した。図書館同様、様々な機関が共用するスペースの一つだ。

二人にはやや広すぎるテーブルの一角に腰を下ろすなり、寺島という記者は改めて取材の趣旨を嚙みくだいた。

「新聞の国際面を見れば一目瞭然ですが、このところ国際社会の関心事はイラク一色で、アフガン問題は再び九・一一以前のように忘れ去られつつあります。しかし、このまま忘れ去るにはいかんせん問題が多すぎる。あの国はいまだ内戦や米軍攻撃の痛手から回復できずにいるし、カルザイ政権もまだまだ基盤が脆弱《ぜいじゃく》で、アメリカを筆頭とする国際社会の後ろ盾がなければいつ空中分解してもおかしくないのが現状です。その実情レポを上、中、下、と三回に分けて配信するにあたって、難民支援の視点からＵＮＨＣＲの見解もおうかがいできればと思いまして……」

この手の取材はよく受ける。一時間、時には二時間もＵＮＨＣＲの活動や難民の現状を熱弁したあげく、その内容をたった三行にまとめられた記事を見て脱力することも稀ではない。それでも、どんなに片隅でも紙面に載ることで難民問題が人々の目に触れるのなら、厭わずに語りつづけるべきだと里佳は思っている。かつて東京事務所にいたエドがそうしていたように。

とはいえ、今回ばかりはできることなら口を閉ざしていたかった。

アフガン——その名を耳にするだけで今でも体がこわばるのに、この国について自らなにかを語るだなんて。「大丈夫ね？」と今朝、不安げに念を押したリンダの顔を思いだし、里佳は呼吸を整えた。これも荒療治の一つなのか。

「アフガン難民について申しあげれば、支援活動は現在停滞していますし、今後も難航が予想されます」

冷静に、冷静にと心でくりかえしていたせいか、過剰なほどに冷ややかな声が出た。

「UNHCRでは昨年、二〇〇二年の三月から本格的な難民帰還事業を開始し、年内に百八十万人の帰還を支援しました。これは当初の予想を大きく上回っています。それでもまだ国外に二百万人、国内に七十万人の避難民が残されています。二十年にわたる内戦、今年で五年続きの旱魃、米軍の空爆……そうたやすく回復できない傷をアフガンは抱えているんです。復興の早い都市部はともあれ、中央政権を無視した軍閥に支配されている地方の治安はまだ劣悪で、難民は故郷へ帰りたくても帰れない状態です。民族対立もある。地雷もある。住宅再建も深刻な課題です。アフガン全土の四〇パーセントの民家が戦乱で破壊されていますから、故郷へもどったところで住むところがなくて、泣く泣くキャンプへ引きかえしてくる難民も多いんです。UNHCRではNGOのJEN《ジェン》と協力して住宅再建のプロジェクトも始動しましたが、とうてい追いつきません」

レコーダーをまわしてはいるものの、寺島は里佳の発言をメモにとるでもなく耳を傾けている。目新しい情報はないということか。

「イラク戦争によってアフガンが再び国際社会の関心を失いつつある現状については、どのようにお考えですか？」

「国際社会の関心を失うことは支援金を失うことですから、当然、憂慮しています。国連ではアフガン復興に必要な二〇〇三年度の予算を一億九千五百万ドルと見積もっていますが、今のところ受けとったのは二千五百万ドルにすぎません。しかも、イラク戦争がはじまってから地方の治安がいちじるしく悪化していて、資金不足に加えてスタッフの活動制限も足枷《あしかせ》となっています。一時的に撤退を余儀なくされた事務所もありますし」

「地方の治安悪化はアメリカがＩＳＡＦの地方展開を渋った結果とも言われますが、国連としては今も地方展開を望んでいるわけですよね」

「アメリカだけじゃありません。イギリスにドイツ、そしてフランスも……」

カブールの治安維持のために結成された国際治安支援部隊《ＩＳＡＦ》の問題はＵＮＨＣＲの管轄外だが、里佳はあえて続けた。ＩＳＡＦがカブールだけでなく、地方の治安も守ってくれていたら……。そんな無念が幾度、頭をかすめたかわからない。

「ＩＳＡＦの主要参加国がそろって地方展開に反対しているんです。望んでいるのはアフガン政府と国連事務局だけでしょう」

「事務総長は地方展開の必要性をくりかえし訴えていますよね」

「ええ。でも、事務総長がどんなに望んだところで、例によって安保理で潰されますから」

「どこの国も自分たちの兵隊を危険地域へは送りこみたくない。結果、首都カブールの異様な戦争景気とは裏腹に、地方はまだ無法地帯のまま復興から取り残されている。イラク戦争がはじまって以来、軍閥やタリバーンの残党勢力による米軍や政府軍への攻撃が頻発しているようですが」

「一月から五十件を超えています」

「国際機関を狙った攻撃も増えていますよね」

寺島の目がにわかに不穏な光を宿し、里佳の鼓動を騒がせた。冷静に。冷静に。冷静に。これはオフィシャルな対話なのだ。事実を端的に伝えるまでだ。里佳は自制心のメーターをマックスまでふりきってこわばる唇をこじあける。

「ええ、残念ながら。ご存じのように先月も赤十字のスイス人スタッフが武装集団に襲われ、犠牲になりました」

「ＵＮＨＣＲからも今年の一月に犠牲者が出ていますね」

「ええ……北部のマザリシャリフで」

「暴漢に襲われたパシュトゥン人の少女を助けようとしたアメリカ人男性が撃たれた」

「タリバーン政権の崩壊後、マザリシャリフではパシュトゥン人の殺害や婦女暴行があとを絶たないんです。タリバーンと同じ民族であるパシュトゥン人に対して復讐心を燃やす人々がごまんといて……」

「アメリカ人男性は銃を向けられた少女を庇《かば》って犠牲になったと聞きました」

「情報が錯綜しているので詳しくはわかりませんし、犯人も捕まっていません」

一体どの口が話をしているのだろう。ひび割れた氷のような声を他人事みたいに聞いていた里佳は、しかし、寺島のつぎなる一声でハッと我にもどった。

「実は、そのアメリカ人男性の元奥さんがこの東京事務所にいるとの噂を耳にしたんですが……」

油断していた。さっきからの微妙な誘導に用心すべきだった。冷たい滴が体の芯をすりぬけていくような怖気を覚えつつ、里佳は負けん気をふりしぼって寺島の目をにらむ。

この男ははたしてどこまで知っているのか。

私が元妻であることは?

張りつめた静寂の中で探るように寺島の目を凝視した結果、恐らくこの人は知らない、と里佳は結論づけた。彼もまた探る目をしていたからだ。

「スタッフの個人情報についてはお答えしかねます。それから……」

どちらにしても、この男の取材を受けたのは間違いだった。里佳は切り口上で寺島に告げた。

「それから、もう一度確認させてもらいますが、この取材の趣旨はイラク戦時下のアフガン難民問題ではありませんでしたか。国際機関への攻撃云々についてはUNHCRの管轄ではありません。難民問題以外のことをお知りになりたいのでしたら、ほかへ行ってください」

寺島は渋い表情で押し黙った。否定も弁解もしない。

「失礼します」

里佳は冷然と言い置いて席を立った。が、しかし会議室を出ようとドアノブに手をかけた矢先、思いもよらない声が背中から追ってきた。

「少女に会ったんです」

里佳はゆらりと寺島をふりむいた。

「少女？」

「アメリカ人男性が救った例の少女に、僕は会ってきたんです」

寺島のかたい声色に、重心を見失った里佳の体が頼りなく傾く。

「どうして……」

「救われた少女は両親を亡くした難民だったので、精神的なダメージから回復するまで現地のNGOの手にゆだねられました。そのスタッフの一人に僕の知りあいがいた。先月、マザリシャリフを訪ねたときにその話を聞いて、少女に会いたいと頼んだら、会わせてくれたんです」

言いながら寺島は鞄を探り、一枚の写真をテーブルに載せた。おそるおそる、しかし抗う術もなく、おぼつかない足で里佳がそれに吸いよせられていく。黒いヴェールで頭を覆った痩せっぽっちの少女。顔の造形はまだあどけない子供のそれなのに、表情はいかめしく、現《うつ》し世《よ》に倦《う》んだ老婆のような目でカメラを見据えている。里佳は再び体の重心を見失い、崩れるように椅子へかけなおした。

「名はソワイラ、まだ十三歳になったばかりです。栄養状態が悪いせいか実際はもっと幼く見えました。そんな子供を強姦しようとする男がいた。恐らくあの一帯を牛耳《ぎゅうじ》る軍閥の兵士でしょう。ソワイラは必死で逃げたそうです。けれど力ずくで捕らえられ、顔を殴られ、意識が朦朧《もうろう》としてきたところで例のアメリカ人男性が現れた。彼は大声をあげて暴漢につかみかかった。暴漢がひるんだ一瞬の隙にソワイラは逃げだそうとした。怒った暴漢は彼女に銃を向けた。アメリカ人男性はソワイラの背中に体ごと覆いかぶさるようにして銃弾から守ったそうです。文字通り、自らの身を挺《てい》して」

小さく震えだした里佳から目をそらし、どこか遠い一点に視線を定めて寺島は語りつづける。少女の写真から目をそらすことのできない里佳の耳にも、その声はどこか遠い一点から降りてくるように響く。

「倒れたスタッフの下敷きになった形で地面に伏したソワイラは、暴漢が去ってからもキャンプの人間に発見されるまで、そのまま動かずにいたそうです。怖かったからだと言っていました。彼女を守ってくれた外国人の体が大きくて、温かくて、安心に思えたから、と」

「安心に……」

「生きている人間よりも死んでいる人間のほうが安心できる。それが彼女の身を置く世界です。尊い犠牲のおかげでたまたま彼女は救われましたが、アフガンではそんなことがしょっちゅう起こっている。家をなくし、両親をなくし、わずかな水と食糧だけで零下十度以下の冬を乗りきった難民の少女を、その上さらに痛めつけようとする輩が跋扈《ばっこ》している。その度し難い現状を訴えたいんです。アフガンには救いの手が必要なのだと」

寺島はその存在を思い起こさせるように机上のレコーダーへ手を伸ばし、改めて里佳の前にさしだした。

「犠牲者と同じＵＮＨＣＲのスタッフとして、なにかコメントをいただけませんでしょうか」

ＵＮＨＣＲのスタッフとして——。

喉元までこみあげていた熱いものを押しもどし、里佳は顔を持ちあげた。寺島の瞳はもはや里佳が犠牲者の元妻であるか否かなどは問うていない。ただ里佳に本来の職務を、責任を、今ここにいる理由を問うているだけだった。

そう、問題はエドの命ではなく、今も危険にさらされている難民たちの命なのだ。世に放つべくは別れた妻の泣き言ではなく、ＵＮＨＣＲ職員としての警鐘なのだ。が、しかし——。

「アフガンにはたしかに救いの手が必要です。しかし、同じＵＮＨＣＲのスタッフとは言っても、私は東京事務所を離れたことのない人間ですから、フィールドで命懸けのミッションを行っている専門職員たちと同じ立場でものを言うことは……」

里佳は言葉をよどませた。煮えきらないことしか言えない自分をこれほどくやしく思ったことはなかった。

「すみません。でも、アフガン難民の現状も、彼らが求めているものも、私よりもむしろ現場をご存じの寺島さんのほうがお詳しいでしょう。なんでしたら、アフガン勤務の経験があるＵＮＨＣＲの専門職員をご紹介します。フィールドへ出たことのない私よりも、よほど切実で説得力のあるコメントが返ってくるはずです」

寺島は意外そうな顔をした。

「フィールドへ、一度も出られたことがないんですか」

「ええ、私は現地採用の……」

一般職員ですから、といつもの調子で言いかけ、違う、と里佳はその言葉を口中に押し留めた。違う。それはフィールドへ出ない理由ではなく、言い訳だ。私は富める国に生まれた大多数の人々と同様、貧しい国の惨状から目をそむけているだけだ。草木も育たない干上がった大地を、難民たちの痩せこけた体を、目の前で失われていく無数の命を、獰猛な風に揉まれ煽られ飛ばされていくものたちを、この目で直視するのが怖いのだ――。

里佳の沈黙をどう解釈したのか、寺島はレコーダーの録音ボタンをオフにし、鞄の中に収めた。

「すみませんでした。やはり、ご同胞の殉職にかかわる質問は無神経でしたね」

「同胞ではありません」

とっさに里佳は口走っていた。

「かつての夫です」

「やはり、そうでしたか」

寺島の目に驚きの色はなかった。

「そんな気がしてました。その……ごめんなさい、つらい思いをさせてしまって」

「いいえ、事件の詳細を教えていただけてよかったです。感謝しています」

寺島は里佳の真意をおもんぱかるように見つめ、それから低く尋ねた。

「エドワード・ウェインさんの事件を記事にするにあたって、なにかご要望はありますか」

「どうぞお好きなように。ただし、美談にはしないでください」

「美談にはしません。けれど一縷《いちる》の希望は託したいと思います」

「どこに希望が？」

「ソワイラは、国際機関で働くのが将来の夢だと僕に打ちあけてくれました」

その一言で緊張の糸がぷっつりと切れた。

こみあげてくる嗚咽をこらえきれず、里佳はテーブルに泣き伏した。


エドについて、もう少し。

エドの死からひと月がどうにか流れた頃、周囲の助言が「しばらく休養を」から「静養を」に変わっていくのをうつろに感じていた里佳は、突如としてあることを思い立ち、一時的に奮起した。エドの備忘録を作ろう、と。

こうして泣き暮れているあいだにも、私はエドの細部を日々、刻々と忘れているのではないか。そんな恐怖心に囚われ、いてもたってもいられなくなったのだ。それも小さな、単純な、愛すべきところから忘れ去っていく気がして、記憶の粒子をピンセットでつまみあげるようにして拾いあつめた。

エドは梅酒の梅が好き。

エドは鼻歌が下手。

エドはラスベガスが嫌い。

エドはラスベガスのつぎにトイレの芳香剤が嫌い。

エドはパンケーキを焼くのが上手。
エドは爬虫類を偏愛する。
エドはバラとチューリップ以外の花の名前を知らない。
エドは猫舌。
エドはつむじが二つある。
エドはしゃっくりを止める名人。
エドは汗っかき。
エドはシンフォニーよりもコンツェルト派。
エドは天気予報が得意。
エドはジョン・レノンのサインを持っている。
エドは豆腐にケチャップをかける。
エドは片穴ずつ鼻をかむ。
エドはチェックの服を着ない。
エドは手先が器用。
エドは鳴き声で虫を当てられる。
エドは差し歯が二本。
エドはワニ人形を「僕のジュニア」と呼んでいた。
エドは――

エドは——
エドは——

どんな些事をも見落とすまいと記憶をたぐっているうちに、里佳はふと、エドにまつわる自分の知識に膨大なブランクがあることに気がついた。その備忘録にはエドがUNHCRに携わる以前の過去が欠けていたのだ。

「両親はとにかく料理をよく食べ残す人たちだった。僕とは昔から折りあいが悪くてね、UNHCRへの就職を猛反対された時点で義絶してるんだ。君との結婚どころか、前の彼女との結婚だって彼らは知らないよ」

家族の話を巧みに会話から遠ざけていたエドが里佳に洩らした「思い出話」といえば、その程度だった。

とにもかくにも七年間、自分の夫であった男の過去をこんなにも知らずにいたなんて……。

その恐るべき発見から数日後、里佳はUNハウス七階の世界食糧計画《WFP》に勤務する専門職員のティルにコンタクトをとり、近場でのランチに誘いだした。ティルはエドの友人で、里佳も一緒に就業後のワインを楽しんだことがある。たしかエドと同郷という話だったから、知られざるエドの一面を知っているかもしれない。

が、しかし里佳同様、当時まだエドの死を引きずっていたティルは浮かない面持ちですまなそうに言った。

「悪いけど、同郷といってても同じテキサスの出身ってくらいで、昔のエドを知ってるわけじゃないんだ。テキサスは広いしね。第一、エドは昔のことを語らない男だったし」

「なにひとつ？　エドはまったくなんにもあなたに話したことがないの？」

「一つだけ……二人ともやけに陰鬱なムードだった夜、エドが一度だけ子供時代の話を口にしたことはあったよ。なんか悪いもんでも吐きだすみたいにね」

「教えて。エドは、なんて？」

「僕はそれを聞いたとき、ああ、こんな話なら聞かないほうがよかったと思ったよ。君もきっとそう思う」

「思わないわよ」

「里佳……」

「思うわけないじゃない」

元妻の迫力に屈したティルがさらに浮かない面持ちで語ってくれたその話を、里佳はその夜、震えるペンで早速、備忘録に書き足した。

　エドはテキサスの裕福な家庭に生まれ育った。

　エドは一人っ子だった。

　広大な農地と牧地を所有していた両親は、その管理や資産の運用、地元有力者たちとの交際に忙しく、物心がついた頃からエドのそばにいたのは世話役のメイドたちだけだった。

　それでいて、特権意識のかたまりだった両親はメイドたちにエドとの親しげなスキンシップを禁じ、エドにも彼女たちと一定の距離を置くようにと厳しく指導した。

つまり——

恐らく、エドは誰の肌のぬくもりも知らずに育った。

夕食会の時間だそうです、とリンダの使いで千鶴が里佳を呼びにきたのは、午後五時半を少々まわった頃だった。

リンダが七時よりも早く夕食の予定を入れるのはめずらしい。寺島と別れてから化粧室で十分ほど気持ちを整え、以降は秘書室でアフガン関連の資料を読みふけっていた里佳は、今度ばかりは遅刻すまいと勇んで部屋を飛びだした。

リンダの部屋へ向かう道すがら、データ管理室の前を通りかかると、普段なら数人の職員が残業しているその大部屋に今日は一人の影もなく、やけに静まりかえっている。これもまためずらしい光景だと思わず足を止めた里佳を、「里佳さん、早く」と千鶴がせかした。

「今日の会合は時間厳守だそうです」

どんな会なのか忘れてしまったことを言いだせないまま、里佳はUNハウスの前からリンダとタクシーに乗りこんだ。いつもより若干こじゃれた装いの千鶴も同行するようだ。UNHCRに入って半年目の千鶴は物怖じしない明朗な後輩だが、なにぶんにもまだ新人であるため、リンダが重要な席につれていくとは思えない。リンダは今朝ほど大事な会合と言っていた気もするけれど……。

「代々木方面にお願いします」

恰幅のいいリンダに遠慮をしてか、自ら助手席にまわった千鶴が運転手に告げ、タクシーが走りだす。どのみち到着すればどんな会合か判明するだろう。里佳が詮索をあきらめたところで、後部座席にとなりあわせたリンダがおもむろに口を開いた。

「里佳、午後の取材は無事に対応できた？」

アフガン関連の取材を里佳に任せたことを気にかけていたのだろう。

「ええ、できるかぎりのことは……。感情を完全に抑えることはできませんでしたが」

「そう。やっぱりあなたには早すぎたかしら」

「いいえ、そうではなく……」

胸に秘めていることもできたが、里佳は打ちあけることにした。開けっぱなしのドアと同様、何事もオープンに共有するのがＵＮＨＣＲ流だ。

「今日、うちに来た通信社の記者、エドが救った少女を知っていたんです」

「え」

「先月、マザリシャリフでその少女……ソワイラに会ってきたそうです」

英語を解さない運転手までもがもぞもぞとラジオをいじりだすような、なんとも重々しい沈黙が車内に立ちこめた。里佳はそれを自ら繕《つくろ》うように声のトーンを持ちあげた。

「大丈夫、彼に話を聞けてよかったと私は思ってますから。これまで知らなかったこと……エドの最期を彼は教えてくれたんです。私が一番知りたかったことを」

「一番知りたかったこと？」

「エドはなにを思いながら死んでいったのか、私はそれをずっと知りたかったの。さびしかったのか、怖かったのか、くやしかったのか……。エドは約束したんです、ピンチのときには私のふくらはぎを思いだすって。でも、最期の瞬間に彼が欲情していたとは思いがたいし」

「あら、欲情しながら息絶えるなんて、素敵じゃない」

湿った空気を払おうとする里佳に合わせて、リンダも微笑んだ。

「同感です。でも、残念ながら私のふくらはぎの出る幕はなかったみたい。エドは銃を向けられたソワイラの背中に覆いかぶさるようにして撃たれ、彼女を下敷きにする形で崩れおちたんです。エドがもう生きていないと知りながらも、ソワイラは長いことそのままエドの下に隠れてたそうです。エドが大きくて、温かくて、安心に思えたから。だから……」

「だから？」

「だから、きっとエドも彼女の……人間の肌のぬくもりを感じながら死んでいったんです」

リンダは瞳を大きく見開き、断固として瞬きを拒みながら星でも仰ぐように頭をそらした。それから小さく鼻をすすりあげて言った。

「欲情よりも、素敵ね」

「同感です」

千鶴が運転手に「ここで降ります」と告げたのは、代々木公園沿いにある通りの一角だった。

タクシーを降りた里佳は、普段は静かなその通りがつねならぬ活気を帯びているのに気がついた。ほのかに暗くほのかに明るい夕映えの下、大勢の人々がつれだって練り歩き、面する店もない場所柄には不釣りあいなにぎわいに満ちている。怪訝に思いつつリンダのあとを追った里佳は、園内に足を踏み入れてすぐにそのわけを知った。

桜だ。今が見頃にして散り頃の桜木を一目愛《め》でようと、そこには大勢の花見客がつめかけていた。家族づれ。カップル。会社の同僚。大学のサークル——あらゆる木陰に酒や肴《さかな》を楽しむグループの輪があり、早くも宴たけなわの陽気なざわめきが響いてくる。

「リンダ、こっちよ」

そのグループの一つから耳慣れた声が飛び、弾かれたように目をやった里佳は思わず「あ」と声にした。ひときわ大きな桜木の下に、ついさっきまで同じオフィスにいたUNHCR職員たちが顔をそろえていたのだ。ビールやワイン、できあいの総菜を所狭しと並べ、華やかな宴席を設けている。

「リンダ、もしかして、大事な夕食会って……」

ようやく悟った里佳に、リンダは茶目っ気たっぷりの笑みを返し、そのとなりから千鶴が日本語でささやいた。

「リンダさん、みんなで里佳さんを元気づけなきゃって、まだつぼみも膨らまないうちからこのサプライズ・パーティーを計画してたんですよ」

里佳は目を細め、リンダのすました横顔を見つめた。それからその目を木陰で手をふる仲間たちへと移していった。早くも酔っているのだろうか、オフィスにいるときよりも皆が艶《つや》やかな、やわらかい表情をたたえている。彼らだけではない、その色香をもって大地を呑みこむ白波のような桜木の下では、そこにいる誰もが満ちたりたのどかさを漂わせている。

ああ、やはりこの国は平和でいい。平和ボケ万歳だ、望むところだ、と突然、発作のように里佳は胸をつまらせた。平和はかくも美しい。ボケでもなんでもすばらしい。どうかこの美しさが、すばらしさが永久に続きますように。彼らがその下に敷いたビニールシートをしっかりと大地に留め、荒ぶる風に抗いつづけますように——。

里佳は心の底からそう祈った。

それからリンダをふりむいて言った。

「リンダ、私をアフガンへ行かせてください」

参考資料

『文化財修理報告書vol．1〜5』楽浪文化財修理所
『日本の美術382　不空羂索・准胝観音像』浅井和春　至文堂
『仏像は語る』西村公朝　新潮社
『仁王像大修理』東大寺南大門仁王尊像保存修理委員会　朝日新聞社
『国連の可能性と限界』モーリス・ベルトラン　国際書院
『国連のしくみ』吉田康彦　日本実業出版社
『国連改革――「幻想」と「否定論」を超えて』吉田康彦　集英社新書
『だから、国連はなにもできない』リンダ・ポルマン　アーティストハウス
『国境という現場から』杉原たみ　文芸社
『私の仕事』緒方貞子　草思社
『緒方貞子――難民支援の現場から』東野真（取材・構成）　集英社新書
『国際協力を仕事として』西崎真理子　他　彌生書房
『国連職員への道』世界の動き社
『アフガニスタン　祈りの大地』千田悦子　清流出版
『アフガニスタンに住む彼女からあなたへ』山本敏晴　白水社
『ブルカ沈黙の叫び』アナ・トルタハーダ　集英社
『難民キャンプの子どもたち』田沼武能　岩波書店
『国境を越える難民』小林正典　岩波新書
『世界の貧困　1日1ドルで暮らす人びと』ジェレミー・シーブルック　青土社

謝辞

「鐘の音」の執筆に際しましては、楽浪文化財修理所の高橋利明さんをお訪ねし、仏像修復の現場を見せていただいた上に、数々の得難いご教示をいただきました。

「風に舞いあがるビニールシート」の折には、現在、UNHCRネパール・ダマク事務所長をされている根本かおるさんに、二度にわたってお時間を頂戴し、貴重なお話をうかがいました。又、UNHCR駐日事務所にいらっしゃる守屋由紀さんにも、パキスタン大地震直後のご多忙な時期だったにもかかわらず、快く取材に応じていただき、難民支援に携わる皆さんの真摯な取り組みを垣間見せていただきました。

　取材や資料集めに協力してくださった編集担当の斉藤有紀子さん、花田朋子さんを含め、お世話になりました方々に深く感謝します。

森　絵都

初出誌「別册文藝春秋」

器を探して　2005年３月号（「美濃焼の器」改題）

犬の散歩　2005年５月号

守護神　2005年７月号

鐘の音　2005年９月号（「残響」改題）

ジェネレーションX　2005年11月号

風に舞いあがるビニールシート　2006年１月号

森　絵都

1968年、東京生まれ。早稲田大学卒業。90年、『リズム』で第31回講談社児童文学新人賞を受賞しデビュー。同作品で第２回椋鳩十児童文学賞を受賞。『宇宙のみなしご』で第33回野間児童文芸新人賞、第42回産経児童出版文化賞ニッポン放送賞を受賞。『アーモンド入りチョコレートのワルツ』で第20回路傍の石文学賞を受賞。『つきのふね』で第36回野間児童文芸賞を受賞。『カラフル』で第46回産経児童出版文化賞を受賞。同作品は映画化され話題となる。『DIVE!!』（全４巻）で第52回小学館児童出版文化賞を受賞。初めて児童文学の枠を超えて綴られた『永遠の出口』で第１回本屋大賞第４位に選出。『いつかパラソルの下で』で直木賞候補。あたたかくて力強く、深い作品世界は幅広い年代の読者に支持されている。

風《かぜ》に舞《ま》いあがるビニールシート

2006年５月30日　第１刷発行

著　者　森《もり》　絵《え》都《と》

発行者　白幡光明

発行所　株式会社　文藝春秋
〒102-8008　東京都千代田区紀尾井町3-23
電話　03-3265-1211

印刷所　凸版印刷
製本所　加藤製本

万一、落丁・乱丁の場合は送料当方負担でお取替えいたします。
小社製作部宛、お送り下さい。定価はカバーに表示してあります。

ISBN4-16-324920-6